गुलमोहर ग़र तुम्हारा नाम होता!

[कहानी-संग्रह]

गुलमोहर ग़र तुम्हारा नाम होता!

हुस्न तबस्सुम निहाँ

राधाकृष्ण प्रकाशन

ISBN : 978-93-91950-76-7

गुलमोहर ग़र तुम्हारा नाम होता!

पहला संस्करण : 2022

मूल्य : ₹495

प्रकाशक

राधाकृष्ण प्रकाशन प्राइवेट लिमिटेड

जी-17, जगतपुरी, दिल्ली-110 051

शाखाएँ : अशोक राजपथ, साइंस कॉलेज के सामने, पटना-800 006

पहली मंजिल, दरबारी बिल्डिंग, महात्मा गांधी मार्ग, प्रयागराज-211 001

वेबसाइट : www.radhakrishnaprakashan.com

ई-मेल : info@radhakrishnaprakashan.com

मुद्रक

बी.के. ऑफसेट

नवीन शाहदरा, दिल्ली-110 032

GULMOHAR GAR TUMHARA NAAM HOTA!

Stories by Husna Tabassum Nihan

समर्पित उस सपने को
जो मेरा न हो सका।

क्रम

दुआ में याद रखना

"अम्मी, मैं शादी करना चाहती हूँ।"

"क्या कहा, शादी...?" अलमारी में कपड़े सँभालती अम्मी ने चौंकते हुए उसे मुड़कर देखा और फिर उसी के पास सोफ़े पर आकर बैठ गईं और उसे घूरती हुई बोलीं—

"इत्ते दिनों से पढ़ाई के लिए ज़िद किए थीं। लड़कों को डाँट-डपटकर तुम्हारा दाख़िला करवाया। और दूसरे, अभी एक ज़ख़्म भरा नहीं है और दूसरे का इन्तज़ाम कर रही हो।"

"मेरा ज़ख़्म भर चुका है, अम्मी।"

"चलो ठीक है, अगर ऐसा है तो अच्छी बात है। ख़ुदा का शुक्र है, अब हम लोग कोई मार्के का लड़का तलाशेंगे, मगर यहाँ तो एक दाग़ भी है तलाक़शुदा होने का। अब तो दोहले-तेहले ही मिलेंगे, कुँवारे तो बिलकुल नहीं," कह के अम्मी ने एक गहरी साँस खींची।

"अगर कुँवारा ही मिल जाए तो...?"

"बहुत मुश्किल है, बेटी बल्कि नामुमकिन है। लौंडे वालों के दिमाग़ बड़े उरूज पर होते हैं। क्या कमी थी तुझमें कि धक्के मारकर निकाल दिया गया, सिर्फ़ इतनी सी बात कि वह कहीं और लग-फँस गया। तेरा क्या क़सूर था?"

"उफ़! अब उन सब बातों को भूल जाइए। मैं भी भूल चुकी हूँ। कहा न, ज़ख़्म भर चुका है।"

"ठीक है, मैं लड़कों से बात करती हूँ। देखें कोई लड़का..." कहती हुई वह उठने को हुईं कि कैसर की अगली ख़बर ने उन्हें चौंका दिया—

"उसकी फ़िक्र न करें, मैंने तलाश लिया है। सिर्फ़ तुम्हारी मर्ज़ी चाहिए।"

"क्या मतलब...कहाँ देखा है? कौन है वह? उसकी जात-बिरादरी मालूम है?"

अम्मी दोबारा वहीं बैठ गईं। वह दिल को काबू करते हुए बोली—

"उसका कौशल नाम है अम्मी, ग़ैर-मुस्लिम है और हमारे कॉलेज का प्रोफ़ेसर है। कलकत्ते का है।"

"कैसर जहां, होश में आओ। जानती हो ये क्या कह रही हो?"

"मैं होश में आ चुकी हूँ, अम्मी।...पहले ज़रूर होश में नहीं थी।"

अम्मी झटके-से उठीं, पर लहराती हुई गिरने लगीं कि कैसर ने थाम लिया, मगर अम्मी ने हाथ झिटक दिया—

"मत छूना मुझे, नजिस हो गई है तू।"

वह चुपचाप उठी और अपने कमरे में चली गई।

शाम का वक़्त था। तीन दिन बाद आज कैसर जहां अम्मी के सामने थी। अम्मी ने उसके लिए कॉलेज ले जाने के लिए कुछ मिठाइयाँ बनाई थीं। डब्बे में भरकर लाई थीं। कमरे में रखकर जाने लगीं तो कैसर ने पुकार लिया—

"अम्मी।"

"बात मत कर मुझसे। तू इतना गिर गई कि अपने टीचर का भी नहीं लिहाज़ किया? उस्ताद और शागिर्द के बीच तो माँ-बाप और औलाद का रिश्ता होता है।"

"ये ज़माना कुछ और है, अम्मी। आप लोगों ने पहले भी मुझे किसी के गले बाँधा था। उसने मेरे साथ क्या किया? उसे मैं नहीं, मेरे नाम पर नोट चाहिए थे। देते रहते आप लोग। क्यूँ मुझे छुड़ा लिया? उसने कौन-सी ख़ुशी मुझको दी सिवाय ज़लालत के?"

"कुछ भी हो, एक जुआरी, शराबी, बदचलन, मुस्लिम आदमी, एक बहुत-ही शरीफ़, परहेज़गार, कमासुत, काफ़िर से लाख गुना ज़्यादा बेहतर है।"

कैसर जहां को आग ऊपर लगी तो नीचे बुझी। चीख़ पड़ी—

"ये आपका फ़लसफ़ा है, मेरा नहीं। आपका मतलब है मैं एक शरीफ़, पढ़े-लिखे, इज़्ज़तदार इनसान को छोड़कर एक शराबी रिक्शेवाले से शादी कर लूँ?"

"मैं नहीं जानती। जब तेरे भाइयों को पता चलेगा तब क़ायदे से लेंगे तेरी ख़बर...वे लोग तो मना कर ही रहे थे। हमने ही नाहक ज़बरदस्ती तेरा दाख़िला करवाया। अब वे सारे मुझे ही तो कहेंगे।" अम्मी की इस मलामत पर वह जैसे भीतर तक चटख़ गई। आँखें बरबस भीग गईं। चुपचाप टी.वी. पर आँखें जमा दीं।

दो दिन बाद वह हॉस्टल वापस लौट गई, मगर अम्मी को शॉक-सा लग चुका था। ख़्वाबों में वह शौहर का चेहरा तलाशतीं और घंटों बतियातीं—

"मैं क्या करती मुन्नन के अब्बा? मैंने सोचा कि नहीं पढ़ाऊँगी उसे तो वह दिल पर ले लेगी। सोचेगी, बाप नहीं हैं तो...मैं क्या जानती थी कि वह..."

फिर उनकी कैफ़ियत अक्सर ऐसी ही रहने लगी। अन्दर-अन्दर घुटती रहतीं। बहुओं से किस मुँह से कहतीं? बात का बतंगड़ बन जाता। ख़ानदान भर में शोर मचातीं सो अलग। बेटों से कहें तो फ़ौरन कैसर की पढ़ाई पर ही आई-गई हो जाए। इसलिए भीतर-भीतर घुटती रहतीं और घुटते-घुटते कुछ ही महीनों में सूखकर काँटा हो गईं। आख़िर बहुओं ने बेटों को बुलवा लिया। बेटे अम्मी की बीमारी की ख़बर सुनकर फ़ौरन घर आ पहुँचे। आए तो अम्मी की हालत को बेहद संगीन पाया। तय किया गया कि घर की अन्तिम शादी भी लगे हाथ निबटा दी जाए, अम्मी की आँखों के सामने ही कैसर जहां को फ़ोन पर फ़ौरन घर लौट आने की ताक़ीद कर दी गई।

कैसर जहां का तअल्लुक़ कानपुर के एक बड़े सम्माननीय घराने से था। इस घराने को पूरे शहर के लोग बड़े सम्मान व एहतराम से देखते थे। सूफ़ी घराने के नाम से ख्यातिलब्ध यह घराना अपने आप में मिसाल था। शहर के मुस्लिम घरानों से सम्बन्धित तमाम मसाइल यहीं लाए जाते थे जब सूफ़ी साहब जीवित थे। किन्हीं-किन्हीं अहम मौकों पर यहाँ से फ़तवे तक निकाल दिए जाते थे। मुस्लिम पर्सनल लॉ बोर्ड के सदस्य भी थे वह। इसलिए कानपुर सहित उ.प्र. के अधिकतर मुस्लिम इलाक़ों में उनका दबदबा था, किन्तु जबसे सूफ़ी साहब का इन्तकाल हुआ, वह ख्याति स्वतः ग़ायब हो गई। बाहरी इलाक़ों में यह परिवार शक्तिहीन हो गया, मगर घर में वही दबदबा क़ायम रहा। बहुओं ने आज तक बाहर की दुनिया देखी ही नहीं। कपड़े, चूड़ी, चप्पल वाले ख़ुद उलटे ही उनके यहाँ अपनी दुकान समेट लाते। वे घर में ही सारी ख़रीदारी कर लेतीं। ग़रज़ यह कि बेटों ने बाप की रिवायतें क़ायम रखीं। नया सिर्फ़ इतना हुआ कि माँ के तमाम इसरार पर कैसर जहां को बाहर पढ़ने भेज दिया गया, लेकिन उन लोगों ने अपनी बेटियों को ये छूट न दी। जहाँ बेटियाँ बारह साल की हुईं, उन्हें बुर्क़ा पहना दिया गया। ख़ुद कैसर जहां भी बुर्क़ा पहनती थी। ये और बात है, ट्रेन में बैठते ही बुर्क़ा लपेटकर झोले में डाल लेती। यही काम आते वक़्त भी करती। वहाँ से बग़ैर बुर्क़े के ही चलती और कानपुर स्टेशन पर गाड़ी रुकते ही बुर्क़ापोश बन जाती।

जब कैसर जहां घर पहुँची, सारा परिवार इकट्ठा था। सारे भाई-बहन वग़ैरह। वह देखकर धक-से रह गई। हालाँकि उसे यह तो पता था कि अम्मी को इस हालत तक उसने ही पहुँचाया है, पर करती क्या? एक-दो दिन बीते कि बड़ी बहन ने उसे ख़बर दी—

"अम्मी का कुछ भरोसा नहीं, इसलिए तुम्हारी शादी का इन्तज़ाम किया जा रहा है।"

वह चौंक पड़ी। फिर दन-से खड़ी हो गई—

"ये कैसे हो सकता है, बग़ैर मेरी मर्ज़ी के?"

"वे लोग जो भी करेंगे, अच्छा ही करेंगे। दुश्मन थोड़े ही हैं?"

"आपा, पिछली दफा भी शादी इन्हीं मेहरबानों की मर्ज़ी से हुई थी। मैं ये शादी नहीं करूँगी।"

"हमारे रसूल का फ़रमान है, किसी औरत या मर्द को तनहा नहीं रहना चाहिए।"

"अपने रसूल की तो मत कहिए, उन्होंने ही तो इन मुस्लिम मर्दों के लिए ऐयाशी करने के दरवाज़े खोल दिए हैं। कोई भी मुस्लिम मर्द दो से कम बीवियों पर राज़ी ही नहीं रह पाता। अगर किसी मर्द को इस काम से रोकना चाहो तो वह फ़ौरन ऐसी ही दलीलें सामने रखता है कि चार बीवी रखना तो हमारे यहाँ सुन्नत है वग़ैरह-वग़ैरह और हम लाजवाब हो जाते हैं। और मैं ये भी नहीं समझ पा रही कि चालीस साल की उम्र में सिर्फ़ सात साल की बच्ची से निकाह करके या ढेरों शादियाँ करके उन्होंने अपनी उम्मत के सामने कौन-सी नज़ीर पेश की या कौन-सा रश्क का काम कर दिया है? अगर आज के दौर में यही काम कोई आम आदमी कर दे तो उसे क्या कहा जाएगा, बताओ तो ज़रा? यही वजह है कि लाखों मुस्लिम लड़कियाँ मेरी तरह तलाक़शुदा होने का तमगा गले में लटकाए घूम रही हैं और ऐसी ही लाखों लड़कियाँ सौतिया डाह में झुलस रही हैं। इसका ज़िम्मेदार कौन है? सिर्फ़ हमारी शरीअत। आज हमारी क़ौम की औरतों को किसी पैगम्बर की ज़रूरत नहीं। उसे कोई राजा राममोहन राय सरीखी शख़्सियत चाहिए जो हमारे यहाँ की औरतों को तलाक़ और सौतिया डाह की दोज़ख से बचा सके...जैसे उन्हौंने अपनी औरतों को सती की दोज़ख से बचाया।"

"या अल्लाह माफ़ कर, क्या कुफ्र बोले जा रही है? सुनने वाले को भी गुनहगार बना रही है।"

"हुँह कौन-सा गुनाह...? जब गुनाह नहीं किए थे तब कौन-सी जन्नत भोग रही थी।"

"तौबा वस्तगफ़ुरुल्लाह...तुम आपकी बराबरी एक काफ़िर से करती हो...जाने क्या मसलहत रही हो इसके पीछे?"

चारपाई पर बैठी कैसर फैलती हुई बोली—

"बस रहने दो...आदमी फ़रिश्ता अपने 'अमल से बनता है। अगर किसी ने अपनी औरतों को जीते-जी दोजख में भस्म होने की रिवायतों से आज़ाद किया है तो वह किसी फ़रिश्ते या पैगम्बर से रत्ती भर भी कम नहीं। रही मसलहत की बात तो जाने दो, अब मुँह न खुलवाओ वरना फिर कहोगी कि गुनहगार बना रही हो..."

आपा को काटो तो ख़ून नहीं। चुपचाप उठीं और अम्मी के कमरे में चली गईं।

धीरे-धीरे ये बात पूरे घर में फैल गई। फिर जब अधिक दबाव बनाया जाने लगा तो उसने वास्तविकता पर से पर्दा उठाया—

"...मैं कौशल से शादी करूँगी।"

कहना था कि जैसे बम फट गया। बड़े भाई ने झपटकर उसे ज़ोरदार थप्पड़ जड़ा और उसका गला दबाने लगे। दूसरे भाइयों ने मिलकर छुड़ाया। भाभियाँ मुँह में दुपट्टा दबाए खिसक लीं। बहन सिर पकड़कर बैठ गई। सभी शॉक्ड हो गए थे।

उस दिन से घर के लोगों का खाना-पीना सब छूट गया। जिन भाभियों की तरफ़ से वह भाइयों से तकरार तक कर लेती थी, अब वे इकट्ठी बैठकर उसी के कीड़े बीनती रहतीं—

"हुँह, बहुत पढ़ी-लिखी बनती थी। हम लोगों को कितना भड़काती थी कि तुम लोग दबकर क्यूँ रहती हो? शौहरों की बाँदी क्यूँ बनी हो? बाहर निकला करो, अपनी ज़िन्दगी जिया करो। ख़्वाहमख़्वाह हम लोग इसके कहने में पड़े रहते थे। और ख़ुद वहाँ क्या-क्या गुल खिलाती रही?"

"और नहीं तो क्या, मैं तो सोच रही थी इनसे ज़िद करके अपनी बेटियों को ख़ूब पढ़ाऊँगी, मगर अब तौबा। मेरे बाप की तौबा। इसी साल से उनका नाम कटवा दूँगी। ज़माना बड़ा ख़राब है।"

"और फिर जब घर में ये माहौल देखेंगी तो और बिगड़ेंगी।" इस तरह भाभियाँ एक निष्कर्ष पर पहुँचीं, मगर कैसर जहां टस से मस नहीं हुई। बहन समझा-समझा के थक गई। बड़ी भतीजी ने दबी ज़ुबान में कैसर जहां के सामने अपनी बात रखी—

"फूफी, तुम ऐसा करोगी तो हम सबकी पढ़ाई बन्द हो जाएगी।"

"क्यूँ बन्द हो जाएगी? तुम भी हमारी तरह ग़लत चीज़ों की मुख़ालिफ़त करना सीखो।"

—भतीजी ख़ामोश हो गई।

एक दिन बहन से काफ़ी बहस हो गई।

"आख़िर इत्ती बड़ी दुनिया में तुमने एक काफ़िर का ही इन्तख़ाब क्यूँ किया?

"क्योंकि ये तलाक़...तलाक़...तलाक़...उनके मअशरे में रचा-बसा नहीं होता। इसलिए वो इसके आदी भी नहीं होते, और फिर मुहब्बत ये सब कहाँ देखती है?"

बहन चुप हो गई।

मुआमला खिंचते-खिंचते दूसरे महीने तक चला गया। बड़े भाई ने ताक़ीद कर दी—

"अब तुम कॉलेज नहीं जाओगी।" बड़ा भाई बाप के जैसा। फ़िलहाल तो हुक्म मानना ही मानना था। हाँ, शादी वाली बात आगे नहीं बढ़ रही थी। अम्मा भी उसे समझातीं, पर नहीं। भाई परदेसी थे, अपना कारोबार छोड़ के आए थे। उन्हें जाना भी था। कैसर अपनी ज़िद पर अड़ी थी। एक बचपन की ज़िद्दी कैसर जहां। एक दिन बड़े भाई मुन्नन ने उसे अपने कमरे में बुलाया। वह गई, मुन्नन भाई ने उसे सोफ़े पर अपने बग़ल बैठा लिया और बोले—

"तू क्यूँ हमारी इज़्ज़त उतारने पर उतारू है? आख़िर चाहती क्या है तू?"

"...मैं सिर्फ़ अपनी ज़िन्दगी अपनी तरह गुज़ारना चाहती हूँ, भाईजान। एक ज़िन्दगी आप लोगों के मुताबिक़ गुज़ार ली, नाक़ाम रही। अब दूसरी ज़िन्दगी अपनी तरह गुज़ारना चाहती हूँ। अगर इस ज़िन्दगी को पार लगाने वाला कोई ग़ैर-मुस्लिम ही मिला है तो मैं क्या करूँ? सिर्फ़ इतनी-सी ख़ामी की वजह से किसी इनसान के पूरे वजूद को तो नहीं नकारा जा सकता। जो खुसूसियात कौशल में हैं, क्या कोई मुस्लिम घराने का इतनी ही ख़ूबियाँ रखने वाला लड़का मुझ तलाक़शुदा लड़की को अपना सकता है? मुझे आप सबकी इज़्ज़त की परवाह है भाईजान, मगर मुझे अपनी ज़िन्दगी को भी तो किसी ठौर लगाना है। आप ये भी जानते हैं कि किसी बाल-बच्चेदार आदमी के साथ मेरा गुज़ारा नामुमकिन है। मैं क्या करूँ?

कुछ देर ख़ामोशी छाई रही। भाईजान ख़ामोश सिगरेट फूँकते रहे। ऐश ट्रे में राख झाड़ते रहे, फिर जैसे किसी फ़ैसले पर पहुँचते हुए बोले—

"एक काम कर सकती हो?"

"जी, बताइए।"

"उसे इस्लाम अपनाने के लिए राज़ी कर लो तो दोनों काम हो जाएँ। तुम्हारी भी रह जाए, हमारी भी रह जाए।"

"मैं कोशिश करूँगी, भाईजान।"

कैसर ने फ़ौरन कौशल को फ़ोन लगाया और सारी सूरत-ए-हाल कह सुनाई। कौशल एकदम से घबरा ही गया—

"ये तुम क्या बक रही हो? तुम्हें पता है मेरी धर्मों में कोई आस्था नहीं। मैं इन पचड़ों में नहीं पड़ना चाहता।"

"मैं तुमसे कब कह रही हूँ कि तुम किसी धर्म-वर्म के पचड़े में पड़ो? बस, हमारा काम आसान हो जाए, इसलिए तुम केवल कनवर्ट करने का ढोंग कर लो। लोगों की निगाह में तो इस रूप में आ जाओगे। कौन तुम्हें आलिम बना रहा है?"

"लेकिन यह इतना आसान भी नहीं है।"

"तुम कर रहे हो न प्लीज़ मेरे लिए।"

"उफ़! चलो...जैसी उन सालों की मर्ज़ी।"

"क्या कहा...?" वह चिल्ला पड़ी।

"अब चीख़ती क्यूँ हो? सालों को साले न कहूँ तो क्या कहूँ?" और फिर ठठा पड़ा।

"ठीक है, अब तुम फटाफट कानपुर आ जाओ।"

कौशल चौथे दिन ही दिल्ली से कानपुर आ गया। कैसर के भाइयों से मुलाक़ात की। उनकी तमाम बातें उसे माननी पड़ीं। इनमें तमाम बातें ऐसी भी थीं जिन्हें मानते हुए उसका जी वितृष्णा और आत्महीनता से भर उठा था, मगर कैसर का मुँह देखकर सारा ज़हर अमृत की तरह पी गया था। तमाम जानकारियाँ हासिल करने के बाद भाइयों ने उसका धर्मान्तरण करवा के एक सादे से समारोह में कैसर जहां से उसका निकाह करवा दिया। अब कौशल, कौशल प्रताप सिंह नहीं मोहम्मद क़ादिर हो गए थे। इस अवसर पर कौशल की तरफ़ से सिर्फ़ उसकी बड़ी बहन ही शिरकत करने आईं। कौशल क़रीब एक सप्ताह कानपुर रहा। फिर चला आया। कहते हैं, इश्क़-मुश्क छुपाए नहीं छुपते। कौशल के आने से पहले कौशल की ख़बर दिल्ली आ पहुँची थी। कैम्पस में अजीब खा जाने वाला माहौल। लोग अजीब खा जाने वाली निगाहों से देखते। अलबत्ता स्टाफ़ के ही एक प्रो. इमरान कुरैशी ने बड़े जोशोख़रोश से उसको बाँहों में भर लिया—

“आइए-आइए डॉ. क़ादिर शेख़...अब तो आप हमारी जमात में शामिल हो गए।”

कौशल जैसे झेंप गया। इधर-उधर चोर निगाहों से देखा। सभी पंडित-वंडित, इसरा-मिसरा उसे लताड़ने वाली निगाहों से देखे जा रहे थे। कौशल ने फिर नज़र उठाई ही नहीं। जल्दी-जल्दी क्लास लिया। कौशल का जिस्म निचुड़ गया जैसे। धर्मों को धता बताने वाले जो तर्क पहले कौशल रखा करता था और अपने नास्तिक होने का ज़ोर-शोर से प्रचार-प्रसार किया करता था, आज उसी कौशल की ज़ुबान को ताले लग गए थे। किसी रोज़ मिश्रा जी ने उसे अकेले में झिड़का था, “यार, अजीब हो...तुम्हें लड़कियों का अकाल था क्या?”

वह सकपकाता हुआ तेज़ी से क्लास की ओर बढ़ गया। एम.ए. फ़र्स्ट सेमेस्टर के बच्चे उसके क्लास में आते ही एक अर्थपूर्ण निगाह से एक-दूसरे को देख मुस्कराने लगे। ये मुस्कानें कौशल को सूई-सी चुभती हुई महसूस हुईं। उसने बेमन से एक चैप्टर पढ़ाया और बाहर निकल आया। अभी वह कारिडोर की तरफ़ बढ़ ही रहा था कि बग़ल से गुज़रते हुए शुक्ला जी ने गुहार लगाई—

“और मौलाना साहब...! आपने तो हमारे समाज में एक हिन्दू कम कर दिया और वहाँ एक मुसलमान बढ़ा आए।”

कौशल जैसे सारे तर्क भूल चुका था। चुपचाप वह पी गया। कहाँ कि वह बात-बात पर तर्क करता था, ज़ोर-शोर से अपना पक्ष रखता था, कहाँ कि वह मूक ही हो गया। जब वह कैसर जहां के साथ बाहर निकलता तो बहुत सतर्क रहता। कैसर जहां ठहरी ठेठ कट्टर मुस्लिम परिवेश से। परिवेश का प्रभाव व्यक्ति पर सारी उम्र हावी रहता है, वह कितना भी प्रगतिशील या परिवर्तनशील हो। इस प्रभाव ने न कौशल का पीछा छोड़ा और न ही कैसर का, पर कैसर जहां को इससे कोई फ़र्क़ नहीं पड़ा। वह तो अपनी ही जनित मौलिक फ़िज़ाओं में साँस ले रही थी। फ़र्क़ तो कौशल को पड़ा। वह तो प्रेम में दोनों जहान हार चुका था। घर के लोगों ने भी किनाराकशी कर ली। उसके समाज ने भी उसे बहिष्कृत कर दिया। बाहर निकलता तो लोग उसे अजीब-अजीब नज़रों से घूरते। वह सिहर जाता। अजीब-से अपराधबोध का आभास होता।

एक दिन अन्तरंग मित्र रोहिताश ने कहा था—

“क्यूँ बे, तू तो बहुत प्रगतिशील और बड़ा वाला नास्तिक बनता था। अब क्या हुआ? ये कटुए बहुत पसन्द आ गए क्या?”

कौशल को काटो तो ख़ून नहीं। प्रेम में कौशल ने सफलता भले ही पा ली थी, किन्तु भीतर-भीतर उसे कुछ कचोटता रहता। एक भ्रम। वह सफल हुआ है या विफल? भीतर कोई सवाल उठाता—

"अपने उसूलों को रेहन रख के पाया तो क्या पाया?" और वह सारे तर्क भूल जाता। ऐसे तमाम सवाल उसके भीतर घुमड़ते रहते। ग्लानि से सन उठा था वह। प्रेम की परिणति जिस रूप में हुई थी, वह असह्य थी। अन्तस में एक विशाल सन्नाटा भर गया था। जब वह बाहर निकलता तो सड़कों के किनारे बने मन्दिरों को देख सायास उसका सिर झुक जाता। कहाँ कि कभी बड़े आराम से वह उन मन्दिरों को ठेंगा दिखाता निकल लेता था, किन्तु अब जाने क्यूँ एक अपराधबोध घर कर गया था, जिसका प्रायश्चित्त वह अनजाने ही करने लगा था। किन्तु अगर उस समय साथ में कैसर होती तो फ़ौरन झिड़क देती—

"ये क्या पागलपन है, मुर्दों और शिलाओं के सामने झुकते रहते हो। ये क्यूँ भूल जाते हो कि अब तुम मुसलमान हो चुके हो। अब इनसे तुम्हारा कोई वास्ता नहीं। अब तुम काफ़िर नहीं रहे।"

कौशल का जी भर आता। अन्दर कहीं कुछ टूट जाता। कहीं कोई हवा में फुसफुसाता—"...समथिंग इज़ रांग।"

जब कैसर नमाज़ पढ़ रही होती तो उसके जी पे साँप लोटने लगते। उसे अपने अस्सी-पचासी करोड़ भगवान बेहिसाब याद आते। भले ही जब वह नास्तिक था तो सारे देवताओं को पानी पी-पी के गरियाता रहता था, किन्तु यहाँ भाव दूसरे थे। 'स्व' से छूट जाने का भाव—"क्या कैसर बग़ैर उसके धर्म-परिवर्तन किए उसे नहीं अपना सकती थी? मैंने तो उसे अपना हंड्रेड परसेंट दिया। उसने क्या दिया? तो क्या इस प्रेम में सब कुछ एकतरफ़ा था? समर्पण भी एकतरफ़ा? क्या मेरी तरह वह भी न्यूट्रल नहीं हो सकती थी? क्या रखा है इन धर्मों के जंगल में? या फिर वह, वह रहती। मैं, मैं ही रहता। जोधाबाई क्या मुसलमान हुई, अपना नाम रज़िया सुल्तान रखा? या अकबर बादशाह क्या हिन्दू बना, अपना नाम महाराणा प्रताप रखा? फिर भी वे एक-दूसरे को प्रेम करते थे। एक-दूसरे के धर्म का सम्मान करते थे। बाक़ी मैंने तो धर्म नाम की संस्था का ही बहिष्कार किया था और कहाँ एक धर्म को अपमानित करके दूसरे को महिमामंडित करने बैठ गया हूँ। स्...साला... कहाँ घुस गई मेरी प्रगतिशीलता? प्रगतिशील बनते-बनते विमूढ़ कैसे हो गया? अगर प्रगतिशील जीवों में ख़ुद को शुमार करता हूँ तो मेरी पत्नी को भी तो उतना

ही प्रोग्रेसिव होना चाहिए था? क्या धर्म-परिवर्तन करने से हृदय-परिवर्तन भी हो जाता है? नहीं, कभी नहीं। धर्म मिथ्या है। भ्रम है। मैं किसी भी धर्म का पैरोकार नहीं हो सकता। कौशल मेरे माता-पिता का दिया गया एक स्नेहपूर्ण सम्बोधन मात्र है, न कि कोई हिन्दू या मुसलमान। मैं इस स्नेहिल सम्बोधन को किसी क़ादिर में नहीं विलय कर सकता। मैं अपने माता-पिता, भाई-बहन, रिश्तेदारों और मित्रों आदि को मुझे 'कौशल' पुकारने से नहीं रोक सकता। उन्हें 'क़ादिर' कहने के लिए बाध्य नहीं कर सकता।

ऐसे ही कितने ही सवाल उसे घोटते रहते। वह प्राय: तनहा बैठकर आत्मवंचना करता रहता। प्रत्यक्ष वह जितना गुमसुम, खोया-खोया रहता, भीतर-भीतर वह उतनी ही गहरी मंत्रणा में उलझा होता। उसका ज़ेहन फटने लगता। कहाँ वह अपने नास्तिक होने पर गर्व किया करता था, कहाँ वह एक अनन्य धर्म के अधीन हो के मानसिक रूप से पंगु होने लगा था। अजीब बिखरा-बिखरा, सहमा-सहमा। ख़ैर, तीसरे माह फिर वे मई-जून की छुट्टियाँ बिताने कानपुर चले आए। अब कैसर की वहाँ स्थिति सामान्य थी, पर औरतों के बीच अजब खुसुर-फुसुर चलती रहती। भावजें प्राय: कौशल से पर्दा करतीं। इससे उसे कोफ़्त होती, पर कहता कुछ नहीं। या कभी कोई बुलाता—

"और क़ादिर साहब...अपनी सुनाएँ।" वह अनसुना-सा बैठा रहता। दोबारा कोई झिड़कता—

"अमाँ तुमसे ही कह रहे हैं।" उसके कान तो 'कौशल' सुनने के अभ्यस्त हैं। 'क़ादिर' ध्यान से उतर जाता। घर में आने-जाने वालों के लिए उसके मुँह से 'अस्सलामु अलैकुम' बड़ी मुश्किल से निकल पाता। भावजों ने उसके खाने के बर्तन तक अलग कर रखे थे। कैसर ये बर्ताव देख काफ़ी क्षुब्ध होती। कहती—

"क्या भाभी, आप लोग भी...हमारी-आपकी तरह वह भी तो एक इनसान ही हैं। फिर अब हममें शामिल हो गए हैं।"

"न भई न...काफ़िर तो काफ़िर है। उसके बर्तन में खाते हुए कराहियत होती है।" मगर अम्मी कहतीं, "...इसमें ग़लत क्या है? आख़िर हमने एक काफ़िर को इस्लाम से जोड़ा है। इससे बढ़कर सवाब का काम क्या हो सकता है?" हल्की-फुल्की सुनगुनी कौशल पाता तो झुँझला जाता। दिमाग़ की नसें फटनें लगतीं। एक टीस-सी उठती रीढ़ की हड्डियों में।

उस दिन फ़ज्र का वक़्त था। अभी मुर्गा बांग ही दे रहा था कि सबसे छोटी भावज को प्रसव का दर्द शुरू हो गया। इतनी सुबह-सुबह भला कहाँ लिवा जाया जाए? बेपर्दगी हो, सो अलग। बड़े भाई साब ने इजाज़त ही नहीं दी—"जिसको बुलाना हो, यहीं बुलवा भेजो।"

आख़िर आस-पड़ोस की ही एक दाई और एन.एम. को बुलवा लिया गया। जच्चा प्रसव-वेदना से तड़प रही थी। चार-पाँच औरतें घेरे बैठी थीं। अल्लाह-अल्लाह करके बच्चे ने जन्म ले लिया। जच्चा को निजात मिली। अब वह प्यास से तड़प रही "पानी...पानी..." की रट लगाए थी। एन.एम. ने मना किया—

"नहीं, पानी बिलकुल नहीं। ज़हर बन जाएगा।"

बाक़ी बैठी औरतें एक-दूसरे का मुँह ताकने लगीं। जच्चा छटपटा रही थी प्यास के मारे। इसी बीच एन.एम. दाई को साथ लेकर कमरे से बाहर चली गई फ्रेश होने। बड़ी भावज से जच्चा की पानी की तड़प देखी नहीं गई। मझली वाली के कान में धीमे-से फुसफुसाई—

"...ज़हीर की दुल्हन, इसकी तड़प देखी नहीं जा रही। कहीं कुछ ऐसा-वैसा न हो जाए। सुनो, वो जो आब-ए-ज़मज़म का पानी रखा है, उसे पिला देते हैं। मुक़द्दस जगह का पानी है, वह तो फ़ायदा ही करेगा।"

मझली भावज ने सहमति में सिर हिलाया और जाकर आब-ए-ज़मज़म की शीशी उठा लाईं। बड़ी वाली ने झट ढक्कन खोलकर कुछ पानी जच्चा के मुँह में उड़ेल दिया और मझली के हाथ शीशी रखवा दी। तब तक एन.एम. वापस लौट आई और ठीक उसी वक़्त छोटी भावज यानी जच्चा को ज़ोर की हिचकी आई। और उस हिचकी के साथ ही उनके प्राण पखेरू उड़ गए। एन.एम. धक से रह गई। दाई चिल्लाई, "आख़िर कर ली न आप लोगों ने अपनी मर्ज़ी की?" तो बड़ी भावज ने उलटे ही रद्दा रखा—

"हमें क्या कहती हो...? ख़ुद को तो ढंग की डॉक्टरी आती नहीं है।" सँझली बहू से बर्दाश्त नहीं हुआ तो वह तड़-से बोली, "...झूठ क्यूँ बोलती हो भाभी, तुमने ही तो छोटी बहू को पानी पिलाया है।" एन.एम. सिर पकड़ के बैठ गई। दाई सामान समेटने लगी। कैसर शोर सुनकर कमरे में गई तो उलटे पाँव चीख़ती हुई भाइयों के कमरों की तरफ़ भागी। ख़ुशी ग़म में तब्दील हो चुकी थी। अन्ततः कफ़न-दफ़न कर दिया गया। अम्मी सकते में थीं। उनके घरौंदे को किसकी नज़र लग गई? और बड़ी बहू समझा रही थीं—

"कुछ नहीं अम्मा, हमारे घर पे अजाब-ए-इलाही नाज़िल हुआ है। हमने एक काफ़िर को अपना दामाद जो बना लिया है वरना आप ही सोचो जो आब का सोता हज़रत इस्माइल अलैह की एड़ियों से फूटा, वह ज़हरीला हो सकता है...? तौबा-तौबा। और फिर ये भी तो है, इस हालत में अगर औरत फ़ौत हो जाए तो उसे शहादत का दर्ज़ा मिलता है।" अम्मी ने कुछ सोचते हुए उनकी सहमति में धीमे-धीमे सिर हिलाया कि कमरे में दाख़िल होती कैसर चिल्लाई—

"ये क्या जाहिलों वाली बकवास छेड़ रखी है आप लोगों ने? ख़ुद ग़लतियाँ करोगी और तोहमतें दूसरों के सिर। एक तो पढ़ी-लिखी हो नहीं, न तो घर से बाहर निकलकर कोई ढंग की सोसाइटी ज्वाइन करोगी कि थोड़ा ज़ेहन खुले। कुछ सलीक़ा आए। जिस्म-ओ-ज़ेहन से क़ैद कर ली गई हो। मर्दों ने पिंजड़े की मैना बना के रख दिया है। वो बेचारी तो अपनी जान से गई और तुम उसे शहादत का दर्ज़ा दिलवा रही हो। तुम औरतें इसी दोज़ख-जन्नत और शहादत के नाम पर अपनी दुर्गति करवाती हो।"

बड़ी भावज सकपका गईं। सन्नाटा छा गया और फिर बात आई-गई हो गई।

एक दिन कैसर जहां अपने कमरे में लेटी कोई मैगज़ीन पलट रही थी कि दो साल की भतीजी कमरे में आई और उसके बाजू में लेटती हुई बोली—

"और फूफी, फूफा कहाँ गए?"

"जाएँगे कहाँ? ऊपर टी.वी. हॉल में होंगे।"

"ओह...फूफी एक बात कहूँ... ख़फ़ा तो नहीं होंगी?"

"नहीं, बोल," कैसर ने पत्रिका पर निगाह टिकाए हुए ही कहा।

"अम्मी कह रही थीं फूफा मुसलमान हुए ही कहाँ? बच्चा तब तक मुसलमान नहीं होता जब तक उसकी सुन्नत नहीं हो जाती...तो फिर फूफा कैसे मुसलमान माने जा सकते हैं? यह बात वह अब्बू से कह रही थीं।"

"उफ़ तू भी न...सब हो जाएगा, देखती जा।" कैसर ने पत्रिका पटकी उधर और पलटी, मगर चौंक पड़ी। ठीक पीछे कौशल खड़ा था। उसके चेहरे का रंग उड़ा हुआ था, जिससे ज़ाहिर होता था वह सब कुछ सुन चुका है। शरीर जैसे पूरी तरह प्राणहीन हो गया था। कैसर ने भतीजी को डपटा, "अब तू जाती है यहाँ से या...?"

"जा रही हूँ न..." और एक गहरी तल्ख़ निगाहों से कौशल को घूरती हुई बाहर चली गई। जाने क्या था उसकी कँटीली निगाहों में कि वह भीतर तक काँप

गया। उसके जाते ही वह बिस्तर पर निढाल-सा गिर गया। कैसर उसकी मन:स्थिति भाँप गई। वह उसे सँभालती-सी बोली—

"क्या हुआ तुम्हें? तुम टेंशन मत लो...सबको बकने दो, ऐसा कुछ नहीं होगा।"

मगर कौशल के हाथों के तोते उड़ चुके थे। कैसर के लाख मान-मनुहार करने के बाद भी वह सामान्य नहीं हो पाया। उसका खोया हुआ आत्मविश्वास लौटा नहीं। बिस्तर पर जाने कब तक यूँ ही पड़ा रहा कि नींद आ गई, किन्तु जल्दी ही किसी दु:स्वप्न से आँख खुल गई। इसी मन:स्थिति में उसके कितने ही दिन बीत गए। कैसर समझा-समझा के हार गई, पर सब व्यर्थ। अब उसे बाहर निकलते हुए भी भय लगता। कमरे में ही घुसा रहता। 'इत्ते सारे दंश...ओह माई गॉड...!'

अगर परिवार के दो-तीन जन इकट्ठा बैठे धीरे-धीरे आपस में बात कर रहे होते तो उसे लगता कि उसके ख़िलाफ़ कोई साज़िश रची जा रही है। मन-ही-मन प्लान करता—"अगर ऐसी स्थिति दरपेश आई तो क्या करना है? वह चुपके-से भाग खड़ा होगा। मगर कैसर को क्या जवाब देगा? नहीं, कैसर को भी लेता जाएगा। तो क्या कैसर चलने को तैयार हो जाएगी? रूढ़ता में वह अपने भाइयों से कम है क्या? ज़ेहन पथरा-सा जाता। हे ईश्वर, नहीं-नहीं...हे अल्लाह, क्या करूँ? फिर स्वयं पर ही क्षुब्ध हो जाता। यार, कहाँ-कहाँ भ्रम है?...ये कब तक ईश्वर की जगह 'अल्लाह' कहने का अभ्यास करता रहूँगा?" रात को सोता तो स्वप्न भी अजीब आते। कोई सफ़ेद बुर्राक परछाईं पैंताने छुरा निकाले बैठी है। वह चीख़कर उठ बैठता। पसीने-पसीने। जल्दी से उठकर सब खिड़की-दरवाज़े चैक करता, सब लॉक तो है न? कैसर उसकी अजीबोग़रीब हरकतें देखती रह जाती और गुहारती—"या अल्लाह, रहम कर...।"

एक रात वे सोने की तैयारी कर रहे थे कि दरवाज़े पर दस्तक हुई—

"कैसर, दरवाज़ा खोलो जल्दी।" कैसर के भाई थे। कौशल अभी लेटा ही था कि उचककर खड़ा हो गया और कैसर को बाँहों में भींच लिया—

"नहीं कैसर, मत खोलना...वे लोग साज़िशन आए हैं।"

"उफ़! छोड़ो भी...भाईजान हैं।"

"नहीं, कोई भी हो।" मगर कैसर जहां ने एक झटका मारा, ख़ुद को आज़ाद किया और जाकर दरवाज़ा खोल दिया।

"ये लो, तुम्हारा मसूरी जाने का टिकट करवा दिया है। तुम दोनों का है। ये क़ादिर को क्या हो गया है?"

उन्होंने भीतर देखते हुए कहा। कैसर ने भी पीछे मुड़कर देखा। वह दोनों घुटनों को सिकोड़े बाँहों में भरे विचित्र मुद्रा में बैठा था। वह कुछ नहीं बोली। भाईजान चले गए तो वह दरवाज़ा बन्द करके आई और उसे ज़ोर का झटका दिया—

"ये क्या बदतमीज़ी है? कैसे बैठे हो? क्या सोचा होगा भाईजान ने...छि:।"

वह कुछ न बोला। चुपचाप लेटा रहा। कौशल की इस तरह की विक्षिप्त मनोदशा देख वह बेहद सहम गई। कौशल उधर मानसिक संत्रास से इस क़दर जूझ रहा था कि दिन-ब-दिन उसकी मानसिक अवस्था तथा दिनचर्या गड़बड़ाती जा रही थी। देर रात तक जागना और सुबह देर से उठना फिर गुमसुम यहाँ-वहाँ घुसे पड़े रहना, यही हो गया था उसका रूटीन। दीन-दुनिया सबसे मोहभंग हो चुका था। कैसर से जिस्मानी राब्ता भी लगभग ख़त्म हो चुका था। एक रोज़ गई रात को सोते समय नींद में ही कैसर का हाथ उसके पेट पर पड़ गया तो वह चीख़कर उठ बैठा—

"नहीं-नहीं-नहीं...।" और उठ बैठा। कैसर ने उठकर लाइट ऑन कर दी। उसे पानी पिलाया। वह कुछ सामान्य हुआ। अचेत निगाहों से हर तरफ़ देखता रहा। हर ओर दीवारों पर भयभीत कर देने वाले दृश्य चिपके हुए हैं।

अभी सुबह का झुटपुटा था कि कौशल का फ़ोन बज उठा। उधर रोहिताश था। छूटते ही बोला—

"क्यूँ बे कटुए, हमको भी भूल गया?"

"ख़ामोश, ख़बरदार मैं कौशल हूँ...कौशल...कौशल प्रताप सिंह।"

इस तरह चीख़ते देख कैसर दौड़कर समीप आई—"क्या बात है, क्यूँ चिल्लाए जा रहे हो? तुम्हें हो क्या गया है? पागल हो गए हो क्या?अभी भाईजान सुन लेंगे तो...?"

"हाँ-हाँ, सुन लेने दो। साला कायरों की तरह जी रहा हूँ।...तुम सब हत्यारे हो, तुम लोगों ने हत्या की है मेरी। कभी माफ नहीं करूँगा मैं तुम लोगों को...।"

तेज़ आवाज़ें सुनकर घर के दूसरे लोग भी कमरे के बाहर इकट्ठा हो गए। भाभियों की खुसुर-फुसुर शुरू हो गई। भाई नहीं आए। बच्चे भीड़ जमाए अलग खड़े हो गए। कैसर ने कौशल से मोबाइल लेकर डिसकनेक्ट कर दिया। वह कुछ नॉर्मल हुआ और सोफ़े पर ढह गया। कैसर जहां का जी बुरी तरह से हौल रहा था—या अल्लाह, ये क्या हो रहा है...? बाज़ आई ऐसी मुहब्बत करके। क़रीब

एक घंटा बाद उसने कुछ सोचकर अपनी सखी सुमैया को फ़ोन किया, "...घर चली आ...बहुत उलझन में हूँ...।"

दोपहर क़रीब एक बजे सुमैया आई। कौशल खा-पीकर अपने कमरे में आराम करने चला गया। कैसर सुमैया को लेकर टी.वी. रूम में चली गई। दोनों दीवान पर आमने-सामने लेट रहीं।

"अब बता कैसर, क्या चल रहा है?" वह ठंडी साँस लेकर रह गई।

"कुछ बता न...कोई प्रॉब्लम है?" और फिर कैसर ने सारी सूरत-ए-हाल कह सुनाई। सब सुनकर सुमैया ने गहरी साँस खींची। कुछ देर ख़ामोश सोचती रही, फिर बोली—

"देख कैसर, इन हालात की ज़िम्मेदार तू ख़ुद है। ये रिश्ते मरने वाले रिश्ते होते हैं। मरने वाले रिश्ते बड़े ही कॉम्प्लीकेटेड होते हैं, इन्हें भर-नज़ाकत से सँभालकर रखना पड़ता है। बाक़ी ये धर्म, संस्कृति और सभ्यता ऐसी चीज़ें हैं जो किसी पर थोपी नहीं जा सकतीं, जब तक कि आदमी राज़ी-ख़ुशी से इसे न अपनाए या अपने दिल की आवाज़ पर न क़बूल करे। कौशल ने मुहब्बत तुझसे की थी, तेरे धर्म से नहीं। अपना मज़हब तो तूने उस पर ज़बरन थोपा है। उसने कितनी जद्दोजहद करते हुए ख़ुद को भीड़ से अलग किया होगा। अपने उसूलों को पैदा किया। उन्हें अमल में लाया होगा। उसने धर्म की परिकल्पना को ही रिजेक्ट कर दिया और कहाँ तूने उसे उसी बन्धन में जकड़ दिया। उसके मार्क्सवादी सिद्धान्तों को तेरे प्रेम का ग्रहण लग गया है। ऐसे वह कहाँ जी पाएगा? वह कोई कुन्द-बुद्धि का मूढ़ इनसान तो है नहीं। उसकी अपनी पहचान थी। मेरी बात पर ध्यान दो, 'थी'...'है' नहीं, इस 'थी' और 'है' के बीच में वह पिस रहा है। अपनी आइडेंटिटी खोकर जी पाना बहुत कठिन होता है कैसर। मैं नहीं जी सकती, तुम भी नहीं जी सकतीं। इसलिए हमें किसी की आइडेंटिटी छीनने का कोई हक़ नहीं। हमसे हमारा परिवेश कभी नहीं छूटता। फिर, इस मुहब्बत के इम्तहान में सिर्फ़ उसी की आज़माइश क्यूँ हुई? उसने सब कुछ खो दिया, पर तुमने क्या खोया है? तुम्हें तुम्हारा धर्म प्यारा था, तुम उसे ले के रहतीं। उसे उसकी तरह जीने देतीं, मगर यहाँ तो सब कुछ एकतरफ़ा ही रहा। तुमने सब कुछ पा लिया, उसने सब कुछ खो दिया। तुम इतनी सेल्फ़िश कैसे हो सकती हो? कभी उसका दर्द ख़ुद जीने की कोशिश की तुमने?"

इतनी देर में कैसर का चेहरा आँसुओं से सन गया था। ज़ुबां पे ताले लग गए थे। अब उसे अपनी ज़्यादतियों का ख़याल आ रहा था। सच है, उसके दम्भ और

ज़िद के आगे वह हमेशा झुकता ही रहा है। अज़ीम है तभी तो। कुछ देर सन्नाटा छाया रहा, फिर सुमैया ने ही सन्नाटा तोड़ा—

"...कैसर, ये ज़हीन लोग जज़्बाती भले ही हो जाएँ, मगर कोई भी बात बग़ैर किसी दलील के क़बूल नहीं करते। कभी ख़ुदा न ख़्वास्ता दिल के हाथों मजबूर हो के ऐसा कर भी लिया तो भी इनकी बौद्धिक और तार्किक चेतना उन्हें चैन से बैठने नहीं देती। यही हादसा हुआ है बेचारे कौशल के साथ। जज़्बात में आकर उसने ये क़दम उठा तो लिया, पर इसे दिल से क़बूल न कर सका। कैसे क़बूल कर सकता है जबकि वह धर्म की संस्था को ही नकार चुका है। उसके संग नाइंसाफ़ी हुई है। इसे कोई भी नहीं सह सकता। एक ही रास्ता है, उसे इन झूठी रिवायतों की बेड़ियों से मुक्त कर दो।"

कैसर को अपने किए पर बड़ा पछतावा हो रहा था। वह मन-ही-मन निर्णय ले चुकी थी कि आज ही वह कौशल को 'क़ादिर' के पिंजड़े से मुक्त कर किसी कबूतर की तरह आकाश में उछाल देगी। इन्हीं बातों में शाम के छह बज चुके थे। सुमैया को अब लौटना भी था। दोनों टी.वी. रूम से नीचे आईं। कैसर उसको बाहरी गेट तक छोड़कर वापस लौट आई। सोचती हुई कमरे की तरफ़ जा रही थी कि आज वह कौशल को सारी शर्तों और रूढ़ रिवायतों से मुक्त कर देगी और कल ही दिल्ली वापस लौट जाएगी। अपने वास्तविक वजूद में रहकर ही हम एक-दूसरे को प्यार करेंगे। कौशल, कौशल ही रहेगा। कैसर, कैसर ही रहेगी और कमरे में दाख़िल हुई।

कौशल था नहीं। वह उसी के बेड पर लेट गई और कौशल के तकिए को उठा के सीने से लगा लिया। तभी देखा उसी जगह पर एक काग़ज़ फोल्ड किया हुआ रखा है। फ़ौरन उठाकर पढ़ने लगी—

"कैसर, बहुत प्रयास करने के बाद भी कौशल, क़ादिर बनने में नाकाम रहा। मैं क़ादिर नहीं बन सका। तुमने प्रेम कौशल से किया था, क़ादिर से नहीं। पर आज तुम्हें कौशल नहीं क़ादिर चाहिए। इसलिए कौशल को तुम्हारे जीवन से दूर लिये जा रहा हूँ, हमेशा के लिए। मुझे ढूँढ़ने का प्रयास मत करना...बस्स...दुआ में याद रखना।"

—कौशल

इतना पढ़ते ही कैसर चीख़ मारकर बेहोश हो गई।

अन्तिम हस्ताक्षर

अभी जगदीश जी के रिटायरमेंट में दो महीने बाक़ी थे और स्टाफ़ के लोग थे कि पहले से ही उनसे विदाई टोन में बतियाने लगे थे, गोया कि—

"और जगदीश भाई, अब क्या इरादा है?"

"तो क्या सोचा आपने जगदीश भाई, जीपीएफ के पैसे कहाँ लगाएँगे?"

"मेरी मानिए तो लगते ही दोनों बेटियों को निबटा डालिए।"

"भई जगदीश बाबू, भूल मत जाना, मिलते रहिएगा।"

ऐसे ही तमाम क़िस्म के फ़िक़रे जगदीश बाबू को कचोट डालते। वह कुछ जवाब देने के बजाय मन-ही-मन उन कथित शुभचिन्तकों को गरियाने लगते—

"स्...साले इनका दम क्यूँ निकल रहा है, पैंतालीस साल गुज़ारे हैं इस कॉलेज में, कॉलेज का अभिन्न बनकर रहा हूँ और ये ऐसे बर्ताव करते हैं, लगता है कि मेरा रिटायरमेंट नहीं बल्कि अरथी उठने वाली है मेरी। जैसे ये कॉलेज इनके बाप का ही है।" बड़ी तल्ख़ तकलीफ़ होती। भीतर-भीतर चटख जाते। ज्यों-ज्यों रिटायरमेंट के दिन समीप आते जाते, लगता, कोई समय उनकी मुट्ठी से खींचे लिये जा रहा हो। समय तब नहीं ठहरता जब उसकी तासीर कहीं भीतर तक हलचल कर रही होती है। घर में जाते ही पत्नी काटने दौड़ती—

"क्या यहाँ-वहाँ ठठाया करते हो रीमा के पापा, अब तो निवृत्त होने वाले हो। अब तो चैन से बैठा करो।" वह सकपकाए-से अपने कमरे में घुस जाते। पत्नी कई बार पूछ चुकी थी—"कुल कितना बनेगा जीपीएफ? सारा हमको दे देना, हम सारे बच्चों को हिसाब से बाँट देंगे।"

ये कौन जाने कि इन बातों का कैसा तल्ख़ प्रभाव पड़ता है उन पर। रूह तक छिल जाती है। खाना-पीना उनका जैसे बन्द ही हो चुका था। इतना-उतना कहीं खाया तो खाया, फिर यहाँ-वहाँ बैठकर ग़म ग़लत करते रहते। किन्तु वहीं बैंठे-बैठे कोई उनकी दुखती रग पे उँगली रख देता तो उनका रोम-रोम चीत्कार उठता। इसी

छटापेटी में महीना सरकता रहा। ज्यों-ज्यों महीना सरके, लगे, उनके पाँव के नीचे से ज़मीन सरक रही है और सिर से आसमां। जब चीज़ें अपनी पकड़ से छूटने लगती हैं तो आदमी उन्हें और सख़्ती से पकड़ने का प्रयत्न करता है। किन्तु कहाँ, पकड़ें स्वतः ढीली पड़ जाती हैं। नियति कुछ भी शेष नहीं रहने देती। वह वेदित छटपटाहट के बीच रिसते रहते, रिसते ही रहते। अन्ततः ये दो महीने भी पंख लगाकर उड़ गए। मई की 2 तारीख़ झम्म-से सामने आकर ठहर गई।

आज कॉलेज जल्दी पहुँच गए वह क्योंकि रात भर बेचैनी बनी रही थी। नींद क्षण भर को नहीं आई। एहसास होता रहा कि जैसे नौकरी से नहीं, ज़िन्दगी से रिटायर होने जा रहे हों। पत्नी व बच्चे मौज से सोते रहे और वह सूनी आँखों से रात भर छत ताकते रहे। ताकते-ताकते सुबह हो गई। आख़िर सुबह आई। पाँच बजे ही वह नहा-धो के फ्रेश हो गए। सबसे अच्छा सूट पहना। सिर्फ़ चाय ही ली, नाश्ता रहने दिया। शरीर में एक ऊर्जा-सी भर गई, किन्तु सात बजे जब कॉलेज की तरफ़ चले तो लगा जैसे ख़ुद-ब-ख़ुद पैरों से प्राण निकलते जा रहे हैं। कॉलेज पहुँच तो गए, पर देखा तो वहाँ सब ओर सन्नाटा। कुछ देर वहाँ खड़े रहे। तब एक चपरासी ने लाकर कुर्सी दी और बोला—

"बैठ जाइए सर, आज और बैठ जाइए। फिर ये कुर्सी अब कहाँ मिलेगी!" जैसे किसी ने जी निचोड़ लिया हो। सहसा आँख भर आई। लगा, कुर्सी पर ढेर सारे काँटे उग आए हों। उनसे बैठा ही नहीं गया। चली जाने वाली चीज़ से कैसा मोह? बोले—"नहीं राकेश, चलता हूँ। बाद में आऊँगा। अभी तो कोई आया भी नहीं है।"

"ठीक है, साहब।"

चलते-चलते कुर्सी को बड़े नेह से देखा, जैसे कह रहे हों—

"पैंतालीस साल तक तूने मुझे बहुत सँभाला...अब मुक्त करता हूँ तुझे अपनी कामनाओं से।" और चले गए।

एक घंटा बाद वह फिर कॉलेज पहुँचे। इस बार कॉलेज गुलज़ार था। बच्चे रिज़ल्ट लेने आए थे, सो चहचहा रहे थे। सारा स्टाफ़ महीने भर के लिए रिलैक्स होने जा रहा था, इसलिए वह भी ख़ुश था। किन्तु उन्हें जाने क्या कचोट रहा था। जी चाह रहा था, समय ठहर जाए। कॉलेज में छुट्टी हो ही न। यहाँ-वहाँ फूल-पत्ती, पौधे, दर-ओ-दीवार छू-छू के महसूस करते रहे। एक पल को चैन नहीं था। अन्तस में ज्वालामुखी बनते रहे, फटते रहे। उस प्यारी जगह को देर तक खड़े निहारते रहे

जहाँ प्राय: फ़ुरसत के क्षणों में वह कुर्सी डालकर बैठा करते थे। वही अमलतास का दरख़्त। पैंतालीस साल तक जैसे यह दरख़्त उनके लिए ही उगा रहा था और आज उन्हें आतुर बाँहों से गुहार रहा था, जैसे अभी रो देगा, मगर वह रो दिए। सम्मोहित से उधर चले गए और कुर्सी खींचकर उस दरख़्त के नीचे बैठ गए तो लगा, सदियों तक वहीं बैठे रह जाएँ। इस जगह को छोड़ पाना अत्यन्त पीड़ाजनक, वेदित और जैसे आर्तनाद कर उठा उनका रोम-रोम।

अभी वह सायास स्मृतियाँ खँगालने लगे हैं, जब उन्होंने पहली दफ़ा ज्वाइन किया था। मात्र दो वर्ष की आयु। उसके बाद कितने ही उतार-चढ़ाव आए, जिनका साझी केवल ये विद्यालय ही रहा है। आज इसका भी संग छूटा, जैसे जीवन ही छूट रहा हो। तभी चपरासी ने तन्द्रा भंग की—

"साहब, बाबूजी बुला रहे हैं...साइन कर दीजिए।" फिर हँसकर बोला—

"आज और कर लीजिए।"

उन्हें हठात् धक्का-सा लगा। शिराओं में ठंडक दौड़ गई। बड़ी मशक़्क़त से उठे और ऑफ़िस की तरफ़ बढ़ गए। क्लर्क ने रजिस्टर आगे खिसका दिया। वह धीरे-से बैठ गए। पेन निकाला फिर साइन करने को हुए कि हाथ थरथरा गए। जी चाहा, इस साइन के बीच ढेर सारा अन्तराल भर जाए और एक साइन की भ्रामक डोरी थामे वह और-और समय कॉलेज के नाम पर गुज़ार सकें, किन्तु नहीं। क्लर्क ने चेताया—

"करिए जगदीश बाबू, आज आपका अन्तिम हस्ताक्षर है।" लगा, तत्क्षण उन्हें किसी ने मृत्यु-शय्या पे उठा के फेंक दिया हो। उन्होंने लिखना शुरू किया—

जगदीश चन्द्र प्रसाद... कई सेकेंड में लिखा गया। जाने उन्होंने जानबूझकर समय लगाया या लिखा ही नहीं जा रहा था। लगा, वह किसी विद्यालय के रजिस्टर पर नहीं, तलाक़नामे पे साइन कर रहे हों। और दस्तख़त पूर्ण होते ही उनका सम्बन्ध-विच्छेद हो गया। आँखें रिस आईं। तभी चपरासी ने आ के सूचना दी—

"सर, प्रिंसिपल साहब ने कहा है, उनसे मिल लीजिएगा।" वह बहुत कमज़ोर-से उठे और प्रिंसिपल के कार्यालय की तरफ़ मुड़ गए। प्रिंसिपल ऑफ़िस में क़दम रखते ही प्रिंसिपल ने पुलकते हुए कहा—"आइए जगदीश बाबू, पधारें। कल हम सब आपको विदाई-पार्टी देने जा रहे हैं।"

"क्या साहब, पार्टी-वार्टी।" ...कम उम्र होने के कारण, कुछ अच्छे संस्कारों

के कारण प्रिंसिपल ने हमेशा उनकी इज़्ज़त की है। जगदीश बाबू को उनका यही बर्ताव भाता है। वह चुपचाप बैठे रहे। प्रिंसिपल ने फिर धीरे-से उनसे पूछा—

"जगदीश बाबू, कैसा लग रहा है?" वह एक पल को प्रिंसिपल को देखते रह गए। फिर धीरे-से गहरी साँस लेते हुए बोले—

"...लगता है, सब कुछ समाप्त हो गया...आख़िरी हस्ताक्षर करना पहाड़ हो गया।"

अनबीता व्यतीत

"जाने क्यूँ लगता है कि मैं किसी अजनबी देश में हूँ, जहाँ मेरा पासपोर्ट खो गया है। अजब ऊहापोह की स्थिति और आर्तनाद का आलम यह है कि कहाँ जाऊँ, कहाँ चली जाऊँ...?"

रश्मि ने नितान्त रुआँसे और खोए-खोए स्वर में अपनी व्यथा रख दी थी। रजनी चौंक ही पड़ी—

"क्यूँ, क्या हो गया ऐसा? क्या हो गया, भई...?"

"मेरा मन उस पति रूपी प्राणी को नहीं स्वीकार कर पा रहा जिसके संग पाँच वर्ष पहले मेरी अबोधता ने अग्नि के सात फेरे ले लिए थे। वह तब भी एक धनकमाऊ टीचर था, अब भी वही है। मैं तब भी एक अबोध बाला थी, आज भी एक बिन्दास युवती हूँ। ये मेरे रेशम के फूलों जैसे ढेर सारे विमोहक प्रेमी, मेरी बलबलाती, हरहराती मादक ऋतुएँ, मेरा अपना मार्क्सवाद, रोमांटिसिज़्म...और मैं, ये चूल्हे-चिमटे और झाड़ू-बुहारू के मौसम नहीं जी सकती, कभी नहीं...।"

"तो अपने घर में कह क्यूँ नहीं देतीं?"

"किससे कहूँ? मेरी सास और माँ सगी बहनें लगती हैं। दोनों को मेरा वही रूप पसन्द है। उन्हें मुझसे नाती चाहिए, पोते चाहिए। उन्हें मेरा जीवन नहीं, मेरे लिए नर्क चाहिए।"

रश्मि मध्यवर्ग की एक महत्त्वाकांक्षी लड़की, किन्तु उसकी महत्त्वाकांक्षाएँ कोई आकाश पा लेतीं कि उससे पहले ही उसे किसी दूसरे आकाश की सीमा में बाँध दिया गया। उस समय वह बी.ए. तृतीय वर्ष की छात्रा थी मात्र 21 वर्ष की। ससुराल उसके माथे थोप तो दिया गया, किन्तु वह वहाँ निहायत कसमसाहट की स्थिति में रही। उसकी बौद्धिक सम्पन्नता ने न उसे अच्छी पत्नी बनने दिया न ही अच्छी बहू, जिस कारण सास व ससुर से प्रायः लड़ाइयाँ करनी पड़तीं। घर में सास की इजाज़त के बिना एक पत्ता न हिलता। पति भी माँ का मुरीद। वह नितान्त

अकेली पड़ जाती। उसे कविताएँ रचने का पुराना रोग। ठीक उस समय जब ज़ेहन में कोई कविता जन्म ले रही होती, सास की कर्कश पुकार झिंझोड़ जाती—

"उँह, जाकर जाले ही साफ़ कर दो। पूरा घर गंधा रहा है।"

—और कविता फक्क-से उड़ जाती।

"...बुड्ढी कहीं की, कितनी मार्मिक कविता बन रही थी। सब गोबर कर दिया। देहातिन, जाहिल।" ऐसे ही कितने ही शब्दों से वह सास को मन-ही-मन उलाहती फिर झाड़ू लेकर घर के जाले छुड़ाने में जुट जाती। एक दिन देवरानी ने आकर बताया—

"जब तुम कल ऊपर कमरे में नाच रही थीं, बच्चों ने अम्मा को बता दिया था। तब अम्मा बाबूजी से बोल रही थी कि हम तो कोठे पर की रंडी घर लाए हैं।" वह झल्ला गई—

"हुँह उस बुढ़िया को क्या पता कि कला को सम्मान दिया जाता है। लोग कत्थक या भरत नाट्यम यूँ ही नहीं करते। मैंने पैसे लगा के कत्थक सीखा है और वह रंडी बोलती है?"

उसके पहनावे तो सास-ससुर ने आते ही बदल दिए थे। सास का कहना—

"ऐसे कपड़े पहनो कि बहू लगो। ये क्या छोरियों वाले कपड़े पहनकर घूमती रहती हो?" ससुर भी यही कहते। पति से बोलती तो वह कहते—"अम्मा ग़लत नहीं कहती हैं। उनकी बातें मान लिया करो।"

वह चुप मार जाती। अपनी व्यथा कहे तो किससे कहे? एक हाथ से वह अपने सिर पे आसमान थामे थी और दूसरे हाथ से अपने पाँव के नीचे की बंजर ज़मीन, जिसपे उसकी नियति को बरबस टाँक दिया गया था। कभी ज़मीन छूटने लगती कभी आसमाँ। वह दोनों को बचाने का यत्न करती रहती। उसकी कविताई, गवाई, नचाई—सब चालू थी। सास की गाली और गुफ़्तारी भी चालू थी। न सास कम न वह कम। उसे अपनी ज़िन्दगी जीने का सलीक़ा चाहिए था और सास को जीवन से जूझती हुई एक नितान्त घरेलू, खाँटी बहू। परिणामत: दोनों में संघर्ष जारी था। इस द्वंद्व में रश्मि के पति वैभव की बुरी दशा थी, जैसे किसी अँधेरे कमरे में क़ैद हो और इधर-उधर की दीवारों से टकरा रहा हो। इससे बेहतर तो तब होता जब वह बाहर ड्यूटी पर होता। एक दिन रश्मि और सास के बीच कुछ ज़्यादा ही बात बढ़ गई। सास ने कहा—

"निकल जा घर से।"

रश्मि को तो इसी बात का इन्तज़ार था। तुरन्त कपड़े बाँधे और यह जा वह जा। माँ व पिता देखकर हतप्रभ। उसने साफ़ मना कर दिया—

"अब वहाँ नहीं रह सकती। मेरा एम.ए. में एडमिशन करवा दो। मैं आगे पढ़ूँगी।"

कुछ दिन माँ-पिता ने काफ़ी समझाया, फिर अन्ततः उससे एम.ए. का फार्म भरवा दिया गया। उसे मानो कुछ दिनों के लिए ही सही, एक नर्क से मुक्ति मिल गई। अपनी शर्तों पर जीने वाली वह बिन्दास लड़की पुनः अपने आकाश की मालिक थी, किन्तु उसे उसका आकाश पूरी तरह नहीं मिला। इस आकाश पे एक परछाईं-सी तैरती रहती जो उसे प्रायः डराती रहती। वह परछाईं उसे कहीं न कहीं से बँधे रहने का एहसास कराती रहती। उसे उसकी हैसियत याद दिलाती रहती और वह सहसा बुझ-सी जाती। कॉलेज में प्रेम जैसी चीज़ों ने भी जी में जन्म लिया, किन्तु लगा, उसके हाथ कहीं से बँधे हुए हैं। माँ का आग्रह—"जा तो रही हो कॉलेज, पर हमारी इज़्ज़त रखना। मत भूलना कि तुम शादीशुदा हो।"

उसका अन्तस कराह उठता। लगता, अपने समीप बजने वाली शहनाइयों को चुपचाप बजने दो। इन्हें ज़रा-सा छेड़ेंगे तो सुर बदल जाएँगे। सुनती रही, सुनती रही बस। एक दिन फिर रंजीत ने पूछा था—

"अचानक इतनी गम्भीर कैसे हो जाती हो? कहाँ विलुप्त हो जाती हो?"

"कहीं नहीं, कभी-कभी डर-सा लगता है जिस साज़ पे मैं ज़िन्दगी का गीत गाने बैठी हूँ, कहीं इसके सुर न बदल जाएँ। मुझे कुछ सुर उधार मिले हैं जिस पे मैं गा लेती हूँ जीवन के गीत। पीड़ा ये कि उन्हीं सुरों पे गाने के लिए अनुबन्धित हूँ। इनके सिवा कोई दूसरे स्वर मेरे नहीं हैं।"

"तुम शॉर्टकट अपनाओ। जितने सुर मिले हैं, उन्हें अपनी तर्ज़ पर गाओ। कल ये फिर वापस कर लिए जाएँगे। तुम फिर सुर-विहीन हो जाओगी। फिर क्या गा पाओगी? जितना हाथ आया है, वही तुम्हारा है। यही तुम्हारा सच है।"

और फिर एक लम्बा अन्तराल।

रश्मि को ससुराल छोड़े पाँच साल हो गए। इन दिनों में उसके ज़ेहन से ये बात पूरी तरह से ख़ारिज हो चुकी है कि वह कहीं, किसी छोर से बँधी हुई है। उसने पढ़ाई पूरी करके प्राइवेट जॉब पकड़ ली है। वह ख़ुश थी अपनी नौकरी और अपने दोस्तों के साथ। अपने प्रेमियों के साथ। अब वह एक तेज़-तर्रार आधुनिक युवती

बन गई है। पहनावे और जीवनचर्या से वह एक उच्चवर्गीय कामिनी लगती है। दोस्तों की भीड़। ये दोस्त भी उसी की तरह बुद्धिलब्ध और प्रगतिशील लगते हैं। सभी जीवन के संघर्षों से एकमेक। सभी के अपने आदर्श। अपने सिद्धान्त। अपनी प्राथमिकताएँ। वह सोचती है, उसे ऐसा ही जीवनसाथी चाहिए था, जीवन-डगर पर साथ-साथ चलने वाला। वह कविता लिखती है, दोस्त डूबकर पढ़ते हैं। सुनते हैं। सराहते हैं और अपनी राय भी देते हैं। ऐसे नहीं, ऐसे प्रयास करो। वह गद्गद। तितलियों-सी उसकी सहेलियाँ। एकदम रंग-बिरंगी। कितने ही रंग सायास भर गए हैं रश्मि के जीवन में। किन्तु रात-बिरात एक अजब-सी परछाईं उसे छू-छू के डराती रहती है। जैसे कहती हो—

"यह तुम्हारा सच नहीं, तुम्हारा यथार्थ नहीं।"

पति का भी फ़ोन कभी-कभार आ ही जाता है। पति, पति की तरह। कभी-कभी वह जब नितान्त हल्के मूड में होती है तो बेमौसम पति का फ़ोन आकर उसे सन्न कर देता है। वह झुँझला जाती है।

"या...र।"

उधर से पति की आवाज़—

"कैसी हो, जान?"

"ठीक हूँ।" संक्षिप्त-सा उत्तर।

"तुम्हारी बहुत याद आती है, तुम्हें...?"

"मुझे भी आती है," वह पुनः झुँझलाती है।

"मेरी क़सम?"

"ओह यार, ये क़सम-वसम क्या है? आती है तो आती है। क्या पागलपन है?"

पतिदेव सकपका जाते हैं—

"ठीक है, तुम्हारा मूड नहीं ठीक है अभी। बाद में बात करता हूँ। आई लव यू...।"

"लव यू...।" वह भी रटा-रटाया बोल गई और झटके-से फ़ोन बन्द कर दिया। फिर बड़बड़ाई—"ये कम पढ़े-लिखे लोगों का ज़ेहन भी बौना ही होता है। प्यार करने के या ज़ाहिर करने के और भी तरीक़े होते हैं। ये 'लव यू, लव यू' क्या है? बास्टर्ड...घिन आती है ऐसे चलन्तू और बिकन्तू सड़कछाप शब्दों से। एक वो रंजन क्या इनसान है...कविताओं से प्यार करता है। उसके स्पर्श में कविता बहा करती है। मगर वह...उसकी पत्नी तो कुछ और ही कहती हैं। उस दिन जब रश्मि रंजन की पत्नी से बात कर रही थी तो वह कैसा-कैसा ज़हर उगल रही थी—

"अरे बहन जी, वह आदमी है या पायजामा? खाते कविता, पीते कविता। हगते-मूतते कविता। यहाँ तक कि सम्भोग भी करता है तो लगता है, कविता लिख रहा हो।" वह ठठा के हँसी थी। अभी वह सोचने लगी है—

रंजन की पत्नी को ऐसा क्यूँ लगता है? रंजन है तो एक मुक़म्मल मर्द। मैं तो उसे जी-जान से चाहती हूँ। मुझे ऐसा क्यूँ नहीं लगता? हो सकता है, जो फ़र्क़ मुझे अपने पति में महसूस हो रहा है, वही फ़र्क़ उसे अपने पति में महसूस हो रहा हो। यार, कितना डिस्बैलेंस है ये सब? ख़ैर, पाँच साल तक रश्मि ने अपना आकाश जिया। प्यार किए। यात्राएँ कीं। सपने देखे। लेखन में रंग जमाया, किन्तु पाँचवाँ वर्ष पूरा होते न होते अचानक माँ का फ़रमान आ गया कि अब ससुराल जाना है। बहुत हो गया। बकरे की माँ कब तक ख़ैर मनाती? हाथ के तोते उड़ गए। माँ से काफ़ी बहस हो गई, पर माँ-पिता का एक ही फ़रमान, जाना है तो जाना है। माँ का एक ही राग—

"फलाँ की बेटी को देखो, कितने सुकून से रहती है ससुराल में? घरवालों का नाम ऊँचा कर रही है। दो बच्चों की माँ हो गई है। वह भी तो पढ़ी-लिखी है।"

उसे झुँझलाहट-सी होती है। ये माँ को तो आठवीं पास और पी-एच.डी. कर रही लड़की में कोई फ़र्क़ ही नज़र नहीं आता। वह तिलमिला जाती। दोस्तों से कहती—"सबसे अधिक तकलीफ़ हमें तब होती है जब लोग हमें समझते नहीं। वो माँ मेरी किसी से भी मेरी तुलना कर बैठती है। एक आठवीं पास लड़की भी उसे मुझसे बेहतर लग रही है क्योंकि वह ससुराल में रहकर अपनी इच्छाएँ मार रही है और मैं अपनी इच्छाएँ नहीं मार पाती। बस, इसीलिए मैं बुरी हूँ। मेरा इतना सब करने का कोई मूल्य नहीं। मेरा मूल्यांकन सही ढंग से तब किया जाएगा जब मैं पति की चेरी बनकर उसके पीछे-पीछे चलूँगी।"

बहरहाल, ये सब अपनी जगह था। यथार्थ यही था कि अब ससुराल की तरफ़ उसकी रवानगी थी। मन-ही-मन निश्चय किया कि वहाँ अपनी तरह रहेगी। ज़्यादा कुछ होगा तो तलाक़ मारकर चली आएगी। फिर जाते वक़्त वह कितनी घबराई हुई और भयभीत थी। सहेलियों के गले लगकर ऐसा रोई जैसे वह किसी खोह में खपने जा रही हो। दोस्तों ने भी समझाया—

"टेंस क्यूँ होती हो? जाकर कुछ दिन रहो। नहीं समझ में आएगा तो तलाक़ लेकर चली आना। कोई ज़बरदस्ती थोड़े ही है किसी के संग बँधे रहने की?"

दो दिन का लम्बा सफ़र तय करके वह ससुराल पहुँची। पति स्वयं स्टेशन पर उसे लेने आए थे। रास्ते में पतिदेव ने बेमतलब की दिलजोई शुरू कर दी थी,

"तुम्हारे बिना इतने साल वनवास जैसे बीते। माँ-बाबूजी कितने परेशान थे? माँ अकेली ही रसोईघर में खटती रहती हैं। तुमसे कितना सहारा मिलेगा? बहन की शादी का इंतज़ाम भी तुम्हें ही करना पड़ेगा। अब तुम आई हो तो सब ठीक हो जाएगा।" एक बारहवीं पास व्यक्ति इससे ज़्यादा क्या सोच सकता है? वहीं उन बातों से निरपेक्ष उसके कानो में रंजीत की सरगोशियाँ गूँज रही थीं—

"...तुम्हारे जाने के बाद कितना वीरान हो गया था सब कुछ? मौसम, मौसम नहीं रहे। पंछियों ने गीत गाने छोड़ दिए थे। भँवरों ने रासलीला भी छोड़ दी थी। कलियाँ खिलती ही नहीं थीं। आसमान जैसे टूट पड़ा था मुझ पर। सिर्फ़ एक हफ़्ते में।" वह मुस्कराई सहसा। ये होता है प्रेम में डूबे रहने का मर्म। वो शब्द ही होते हैं जो हमें नैसर्गिक कामनाओं के पार ले जाते हैं या फिर दग्ध झाड़ियों में धराशायी कर देते हैं। प्रेम चूल्हा-चौकी या बेलन, चक्कू-छुरी थोड़े ही है? प्रेम आकाश है, पाताल है, झील और समन्दरी प्रवाह है, जिसमें हम डूबना ही चाहते हैं, बस। अब रंजीत क्या करेगा? फिर से तनहा...वह तनहा, मैं तनहा। अचानक पति ने चलते-चलते उसकी ओर देखा—

"कहाँ खोई हो? क्या सोच रही हो?"

"नहीं, कुछ नहीं।" पति के कानों में माँ के कहे गए जुमले गूँज गए—

"इस बार आए तो कोशिश करना वह माँ बन जाए। एक बार माँ बन गई तो वह तेरे ही खूँटे के आसपास घूमती रहेगी। यहाँ-वहाँ नहीं भटकेगी।" उसके चेहरे पे एक कुटिल मुस्कान तैर गई। लपककर रश्मि को बाँहों में भर लिया।

रोमा ने क़रीब साल भर तक रश्मि की प्रतीक्षा की। उसका फ़ोन लगाती, वह बन्द। घर पे जाकर कभी हाल लेना चाहती तो रश्मि की माँ का मूड ही और रहता। वह झल्ला पड़तीं—

"वह अपने घर ख़ुश है। इतना जान लो, काफ़ी है।" वह लौट आती। माँ को डर था कि कहीं ये सारे दोस्त यार मिलकर फिर न उनकी बेटी को बहका-भटका दें। धीरे-धीरे उसने रश्मि के बारे में सोचना ही तर्क कर दिया। अचानक एक दिन शाम के वक़्त रोमा का फ़ोन घनघनाया । रिसीव करने पर रश्मि की आवाज़ आई। वह चिहुँक पड़ी—

"यार, तू कहाँ मर गई थी? मैं फ़ोन कर-कर के हलकान हो गई थी।"

"कुछ नहीं यार, यहीं घर पे ही हूँ।"

"अच्छा, क्या कर रही थी?"

"अभी बर्तन धो के उठी तो जाने क्यूँ तेरी याद बरबस आ गई और तुझे फ़ोन करने से ख़ुद को रोक न सकी। हालाँकि अब मैंने वो सब कुछ भुला दिया है।"

"क्या..., क्या कहा? भुला दिया, ये ख़ुद से झूठ बोल रही है या मुझसे ही?" वह कुछ नहीं बोली।

"अच्छा बता वो तेरा लिखना-पढ़ना कैसा चल रहा है?"

"सब ख़त्म, यार...।" एक फीकी और आहत हँसी के साथ जवाब मिला।

"क्या?"

"हाँ यार...अब मैं एक बेटी की माँ हूँ। यही और इतनी ही मेरी ज़िन्दगी है। यही मेरा सच है।"

"तुझे रंजीत अब भी याद करता है। उसका तलाक़ भी हो गया। उसे उसकी पत्नी ने कभी पसन्द नहीं किया।"

"क्या कहूँ रोमा...वो मेरा अतीत है अब...मेरा अनबीता व्यतीत...।"

रोमा का मन काँप-सा गया। इसलिए नहीं कि वह सब छोड़ चुकी है बल्कि इसलिए कि उसे रश्मि के शब्द किसी तूफ़ान से टकराकर आते हुए प्रतीत हुए। उसका वजूद हिलता-सा प्रतीत हुआ। रोमा ने फिर उसे कुरेदा—

"तू ख़ुश है न...तेरा पति ख़ुश रहता है न?"

"यार..." इस बार आवाज़ में कुछ ज़्यादा ही रीतापन घुल गया था।

"यार, पति के लिए खाना बनाती हूँ, उसके कपड़े धोती हूँ, उसके लिए सजती-सँवरती हूँ, उसके लिए हँसती-रोती हूँ, उसके बच्चे पैदा करती हूँ, उन्हें पालती-पोसती हूँ, तो वह ख़ुश रहेगा ही न...ख़ुश है।"

"और वो तेरा स्त्री विमर्श? तेरा फेमिनिज़्म?

"सब बकवास है, यार। एकदम बकवास...।"

रोमा का चेहरा जैसे पानी का-सा हो गया। अन्दर एक सहम-सी तैर गई। हो न हो रश्मि मर चुकी है। वह काँपते स्वर में बोली—

"रश्मि रख फ़ोन...तू मर चुकी है। तूने आत्महत्या की है। मैं मरे हुए लोगों से बात करना नहीं चाहती। रख फ़ोन...।"

भई यह दुनिया है दुनिया

सुभान भाई के घर से अलस्सुबह सायास ही दहाड़मारू रुदन का सोता फूट पड़ा तो मोहल्ले वाले जान छोड़कर दौड़े—

"क्या हुआ...क्या हुआ?"

"सुभान भाई निकल लिए।"—किसी ने इत्तला दी।

"इन्नल्लिल्लाहू..." बड़े अदब्र से पढ़ा गया।

लकवाग्रस्त सुभान भाई क़रीब साल भरं से अपाहिज होने की त्रासदी झेल रहे थे। साल भर पहले की बात है, वह मस्जिद जाने के लिए निकले तो दरवाज़े पर ही लड़खड़ाकर गिर पड़े। बाहर आ-जा रहे लोगों ने दौड़कर उन्हें सँभाल लिया। फिर घर में वापस पहुँचाया। कभी सीधे मुँह बात न करने वाली पत्नी रज़िया बेगम ने दौड़कर उन्हें थाम लिया। लड़के भी आगे दौड़ आए। उन्हें पलंग पर लिटाया गया और तब से वह लेटे ही रह गए। अब दवाओं का दौर शुरू हुआ। अपनी कुव्वत के मुताबिक़ बेटों ने इलाज पर अच्छा पैसा ख़र्च किया, किन्तु पैरालाइज़्ड मरीज़ मुक़म्मल स्वस्थ ही कहाँ होता है? फिर जब ग़रीबी और अभावों का मारा हो तो। हाँ, इतना हुआ कि इतनी दवा-दारू के बाद वह गलबला के बोलने लगे थे, किन्तु साल भर दवा-दारू के बाद आजिज़ आकर बेटों ने इलाज को वहीं विराम दे दिया। कोई कब तक इलाज करे? फिर ठीक होने की कोई गुंजाइश हो तब तो? यहाँ पैसा फेंको, वहाँ पैसा फेंको। उन्होंने कभी ये नहीं सोचा कि उनके इन्हीं पिता ने उनके लिए क्या-क्या नहीं किया होगा? इलाज तो इलाज, उनके छोटे-छोटे शौक़ भी पूरा करने में सुभान भाई ने कोई कोर-कसर बाक़ी न रखी। बड़े बेटे ने कहा—"साइकिल नहीं है।" उन्होंने अपनी साइकिल बेचकर कुछ पैसे और मिलाकर उसे नई साइकिल दिलवा दी। ख़ुद पैदल चलने लगे। बीबी ने कहा—"घर में टी.वी. नहीं है।" वह क़र्ज़ लेकर टी.वी. ले आए। बेटियों ने उलाहा—"वॉशिंग मशीन तो हो...।" उन्होंने वेतन पर लोन लेकर घर में वॉशिंग मशीन सजा दी, किन्तु आज...?

सुभान भाई तहसील के मुख्य डाकघर में बाबू थे। दो वर्ष पूर्व रिटायर हुए थे। चार बेटे, तीन बेटियों का भरा-पूरा परिवार। बेटियों को ग्रेजुएशन तक पढ़ा-पढ़ा के ब्याह दिया था। बेटे हल्के-फुल्के कामों में लग गए थे। हालाँकि पढ़े-लिखे बेटे भी थे, मगर "मुसलमान के लिए हिन्दोस्तान में नौकरी कहाँ?" ऐसा सुभान भाई का निजी ख़याल था। उनकी तनख़्वाह कुल 12,000 थी, जिसमें स्वयं को मिलाकर पेट से लेकर टेंट तक पलती थी। कभी-कभी वह हलकान हो जाते। लम्बे परिवार की गाड़ी अकेले चलाना आसान थोड़े ही है? इस पर भी ख़ासकर उनकी बेगम रज़िया का मुँह तो बना ही रहता—

"हुँह ऐसा घर, न मुँह का कौर न रहने का ठौर।"

सुनते तो सुभान भाई का जी बैठने लगता। ज़ेहन फटने लगता, जैसे किसी ने रिसते ज़ख़्म को बड़े-बड़े नाख़ूनों से कुरेद डाला हो। जैसे गर्म शोलों पे उँगली रख दी हो। चुप लगा जाते, किन्तु यही चुप भीतर दहाड़ें मार के रोती। बेटियाँ ढाल बन जातीं—

"अम्मी, कभी इनसानी ख़ुलूस के साथ भी जी लिया करो। अब्बू तुम्हें ज़बरन उठा के थोड़े ही लाए होंगे? नाना-नानी ने ही यहाँ ब्याहा होगा। शिकायत करना हो तो जाकर उनसे करो।"

ऐसे ऊलजलूल तप्त जवाबों-या प्रहारों से बेगम के नथुने फूलने लगते। घूरतीं बेटियों को। ऐसी बदज़ुबानी? अलबत्ता बेटों को ज़रूर बेगम ने क़ब्ज़े में कर रखा था और उन पर ही कूदती थीं। इस तरह एक समानान्तर कलह बनी रहती। व्यथित सुभान भाई जाकर मस्जिद में पनाह लेते और अल्लाह को उलाहते—

"तू ही कुछ कर...मगर तू कुछ नहीं करेगा।"

किन्तु किया। अल्लाह ने इतना किया कि उनकी तीनों बेटियों को अच्छे-अच्छे घर दिखा दिए। बेटे रोज़ी-रसा से लग गए, मगर रज़िया बेगम ने पंख फटकारने बन्द नहीं किए। आहत सुभान भाई बिलकुल अकेले हो गए। अब कौन ढाल बनकर आएगा जब बेगम तीर-कमान सँभालेंगी? पहले बेटियाँ सँभाल लेती थीं। बेटियों के ही आँचल में वह आश्रय लेते, मगर अब...? बेगम चारों पहर लत्ते लिये रहतीं। तब उन्हें बेटियों की बहुत याद आती। कभी-कभी वह बेटियों से फ़ोन पर शिकायत भी करते। तब बेटियाँ माँ को फ़ोन करके ख़ूब ख़बर लेतीं। बेगम इन सबकी शिकायत बेटों से करतीं, मगर बेटे हँसकर टाल देते मानो कह रहे हों—"हमें इस पचड़े में नहीं पड़ना, भई।"

बेटों की शादियाँ हुईं। घर में बहुएँ आईं। अब सुभान भाई को बेगम की छींटाकशी से मुक्ति मिली। अब वह बिन्दास रहते, बिन्दास जीते। रिटायरमेंट हुआ। आज़ाद हो गए। पेंशन उठाते, बेगम को भिजवा देते। कुछ अपने लिए रख लेते। इस तरह अब उनको सुकून था, किन्तु अल्लाह की मर्ज़ी देखो, ये राहत भी उससे बर्दाश्त न हुई। रिटायरमेंट के दूसरे ही साल वह पैरालाइज़ हो गए। पतझड़ फिर लौट आया। अब पलंग पर ही पड़े-पड़े बीबी की जली-कटी सुनते रहने को विवश हो गए।

"यह सब तुम्हारे अमल हैं..." वह ताना मारतीं, तो सुभान भाई दरक जाते। जी चाहता कहें—

"हाँ, तुम हरामख़ोरों को पाला-पोसा, इससे बुरे अमल क्या हो सकते हैं?" पर बोल पाएँ तब न? मन-ही-मन हाथ मल के रह जाते। रक्तिम-आँखें भर आतीं।

बहरहाल, साल बीतते न बीतते बेटों ने हाथ खड़े कर दिए।

"अब हमारे पास बजट नहीं है।" उनको उनके हाल पर छोड़ दिया गया। किसी को याद आता तो उन्हें दो निवाला खिला आता वरना नहीं। कभी उन्हें कोई ज़रूरत पड़ती तो देर तक अस्पष्ट आवाज़ में गुहारते रहते। तब कहीं जा के वहाँ कोई नमूदार होता। बेगम भी अब लापरवाह हो गई थीं। कुछ नहीं तो उन्होंने दो-चार अरबी की ट्यूशनें पकड़ ली थीं मन बहलाव के लिए। दो बहुएँ तो बेटों को लेकर उड़न छू हो गई थीं। तीसरी वाली घर बनाए थी। चौथी आई तो उसने भी घर को घर समझा। दोनों बहुएँ बारी-बारी उन्हें खिलाती-पिलातीं या कभी भूल भी जातीं। कृशकाय सुभान भाई पलंग पर पड़े-पड़े पलंग ही हो गए। फिर भी, शरीर भले ही पैरालाइज़्ड था, रूह थोड़े ही पैरालाइज़्ड थी? सोच थोड़े कुन्द हुई थी? वह जीवित मुर्दा बने पड़े-पड़े सोचते रहते, "ये इज़्ज़त व क़द्र अपने अज़ीज़ों और अज़दाद की। कहीं कोई अपना नहीं।"

घंटों गिड़गिड़ाते रहते, तब कोई उधर से गुज़रता हुआ उनके पास हो लेता। जिस ओसारे में उनका पलंग पड़ा था, उसी में दूसरी तरफ़ बकरियाँ बाँधी जाती थीं। उनके मेमने ख़ूब उछल-कूद करते। बकरियाँ देर रात तक उनके कान खातीं, इतना कि अब उनके कानों में बकरियों की में-में के सिवा कुछ ठहरता ही नहीं, किन्तु जब गई रात को मेमने उनके बिस्तर पर गुड़मुड़ हो के उनसे चिमटकर सो जाते तो उन्हें बड़ी राहत मिलती। उनकी गरमाहट महसूस कर वह जीवन से भर जाते। स्मरण हो आता कि कभी उनके नन्हे गुलगुले-से बच्चे भी ऐसे ही उनके

ईर्द-गिर्द चिमटकर सो जाते थे। मन उस वक़्त उल्लास से भर जाता। सोचते-सोचते सो जाते। अलबत्ता सुबह बेगम अवश्य हल्ला मचातीं—

"...उफ़, इस बुड्ढे को तो जरा भी अक्ल नहीं है। बौरा गया है। ख़ुद तो पड़ा-पड़ा हग-मूत रहा है, ऊपर से जानवरों का मूत भी हमसे धुलवाता है।"

एक रोज़ सुभान भाई ने लड़बड़ाती आवाज़ में बेगम से इसरार किया था—"...बेगम, खीर बना दो। बहुत जी चाह रहा है खीर खाने का"—वह तमककर बोलीं—"...हुँ...ह...वह दिन गए जब ख़लीलशाह फ़ाख़्ते उड़ाते थे। बुड्ढे को ज़ायका सूझ रहा है। जो मिले, चुपचाप खा लो।...हाँ...नहीं तो..."

उनके भीतर का इनसान चकनाचूर हो जाता। मन-ही-मन गुहारते—

"...या...अल्लाह...उठा ले अब..."

और अल्लाह ने सुन ली। मुनकन्नकीर ने उन्हें दोनों बाँहों से थाम लिया। वह जन्नतनशीं हो गए। अब बेगम पछाड़ें खा रही थीं। सीना पीट रही थीं—

"हय-हय कहाँ चले गए हमें छोड़कर? हमें बेसहारा कर दिया।" कि बड़ी बेटी आँसू पोंछती समीप आई और उनके कान में फुसफुसाई—"ऐ अम्मा, ई मक्कारी वाले आँसू मत गिराओ। अब्बू को जो ख़ून के आँसू तुमने रुलाया है, वह हम भूले नहीं हैं। दोबारा सीना पीट के कारन किया तो ये बात चार के सामने कहूँगी।" बेगम को जैसे साँप सूँघ गया। दोबारा चूँ तक न निकली, न ही आँसू। बेटे ज़ोर-शोर से उनके कफ़न-दफ़न की तैयारी करते रहे। हर जगह मिट्टी हा कहला दिया गया। भीड़ बढ़ रही थी। मझले बेटे का साला आबिद सऊदी अरब में टैक्सी चलाता था। वहाँ भी ख़बर कर दी गई और कुछ ही पलों में पूरे घर में ख़बर फैल गई—

"आबिद भाई को फ़ोन गया है। वह सुभान भाई के नाम पर उमरा करेंगे।"

"ओह, क्या क़िस्मत पाई है सुभान भाई ने? सीधे जन्नत में जाएँगे। उमरा सबको कहाँ नसीब होता है?"

"नसीब की तो बात ही है"—और सुभान भाई की छोटी बेटी तप गई। तपाक से बोली—"हुँह, दोज़ख तो अब्बू झेल ही चुके हैं। अब जन्नत तो उन्हें मिलनी ही चाहिए।" बड़े भाई ने उसे घूरकर देखा, पर बोला कुछ नहीं। उधर कुछ बुज़ुर्ग महिलाएँ बेगम को पट्टी पढ़ा रही थीं—"दुल्हन, अब तुम्हारा सुहाग रहा नहीं, अब चूड़ियाँ तोड़ दो।"

हताश बेगम दीवार पर दोनों हाथ मारने चलीं कि बड़ी बेटी ने हाथ थाम लिये—

"नहीं, वह चूड़ियाँ नहीं तोड़ेंगी। तुम लोगों का दिमाग़ ख़राब हो गया है। सिर्फ़ तकलीफ़ें बढ़ाने पर ही आमादा हो। ज़रूरी है कि उन्हें इस बात का एहसास दिलाओ।"

बुज़ुर्ग महिलाएँ कानाफूसी करने लगीं। कुछ अकड़ गईं, मगर बहू और बेटियों ने बेगम को चूड़ियाँ नहीं तोड़ने दीं। बड़ी बहू बोली—"नहीं अम्मी, कुछ मत करना, तुम्हें बेटों की क़सम। किसी के होने न होने का दर्द हमेशा औरत ही क्यूँ भोगे?"

अन्ततः उन महिलाओं ने हार मान ली। ख़ैर, कफ़न-दफ़न हो गया। मिट्टी घर से उठने लगी तो मझली बेटी की सास और बड़े बेटे की सास ने मशवरा दिया—

"मिट्टी के साथ ही रज़िया आपा को भी दहलीज़ लँघा दो। आख़िर ये ट्यूशन पढ़ाती हैं। बाहर कैसे जाएँगी...तरीक़ा तो यही है।"

कहना था कि कुछ महिलाओं की लाल मिर्च में सनी आवाज़ें झनझनाईं—"नहीं, बग़ैर इद्दत के दिन पूरे किए बाहर कैसे निकल सकती हैं?"

मर्दों ने भी 'हाँ' में 'हाँ' मिलाई। बड़े बेटे की सास ने समझाया—"कुछेक मौक़ों पर ऐसा करने की रिवायत है इस्लाम में। अगर बीबी कारोबारी है, नौकरीपेशा है या ऐसा कुछ मसला है कि उसका बाहर निकलना ज़रूरी होता है तो उसे शौहर की मिट्टी के साथ ही बाहर निकाल दिया जाता है। उसके पाँव खुल जाते हैं। बाक़ी इद्दत चलती रहती है।"

"जी नहीं, हमारे यहाँ यह तरीक़ा नहीं है।" सुभान भाई के छोटे भाई झल्ला के बोले कि बहुएँ फिर आगे आ गईं—

"नहीं चचाजान, अम्मी को बाहर जाने दें वरना इतने दिनों तक घर में बन्द-बन्द परेशान हो जाएँगी बेचारी।"

"परेशान क्या हो जाएँगी? घर में बैठकर इबादत करें। नमाज़ें पढ़ें...।" सुभान भाई के भतीजे ने ऊँची आवाज़ में मशवरा दिया तो छोटी बेटी नूरा तपाक से बोली—"क्यूँ बैठें घर में? जब बीबियाँ मरती हैं तब तो तुम लोग हफ़्ते भर में ही दूसरा निकाह पढ़वा लेते हो और औरत घर में बैठकर सोग मनाए...? तुम लोग घर से बाहर क्यूँ निकलते हो जब बीबियाँ नहीं रह जातीं? क्यूँ घर में बैठकर नफ़्लें नहीं पढ़ते?"

"अ...अजब वाहियात सवाल है"—कोई मर्द पीछे से बोला कि बड़ी बहन नबीला ने नूरा को परे ढकेल दिया—

"अब मैयत घर में रखी है और यहाँ जंग छिड़ी है।" तभी बाहर से आवाज़ आई—

"भई, मिट्टी का वक़्त निकल जाएगा। जल्द कोई फ़ैसला करिए।"

भीड़ दो समूहों में बँट गई थी। एक समूह चाहता था रज़िया बेगम को दहलीज़ लँघवा दी जाए। उन्हें घर की उमस से मुक्ति दिला दी जाए, जिसमें उनकी बहू और बेटियाँ भी शामिल थीं। दूसरा समूह उनके ससुराली ख़ानदान वालों का था, जो उन्हें इद्दत के दिन पूरे होने तक घर में क़ैद रखने के पक्ष में था।

अन्ततः बेटियों और बहुओं के ज़ोर-से उन्हें बाहर निकाल दिया गया। अब जो इस रिवायत के ख़िलाफ़ थीं, वे बड़बड़ा रही थीं—

"हुँह, सब पढ़ाई-लिखाई का नतीजा है कि ये सारी ऐसी ज़ुबान बोल रही हैं और अल्लाह रसूल को ताक़ पर रख दिया है। बस, इसीलिए हमने बेटियों को नहीं पढ़ाया। भला खूँटे से बँधी तो हैं।" दूसरी औरतों ने उनकी "हाँ' में 'हाँ' मिलाई और बुर्क़ा-चद्दर डाल-डाल नौ-दो-ग्यारह हो लीं।

दूसरे दिन संयूम था। घर में एक अलग तरह की रौनक़ थी, जैसे बहुत दिनों से कोई चीज़ इस रौनक़ को बाधित किए हुए थी और उसके जाते-जाते रास्ता आम हो गया। रज़िया बेगम पानदान सँभाले बैठी सरौते से सुपारी कुतर रही थीं। पास ही तीनों बेटियाँ घेरे बैठी थीं। सायास वह किसी मारक अनुभूति से सनकर बोलीं—

"मुझे पता ही नहीं था, तुम लोग मेरे लिए इतना भी सोच सकती हो।" नबीला पानदान की थाली से डली की छोटी किरची उठाकर मुँह में डालती हुई बोली—

"ऐसी बात नहीं है। हमने सोचा, जो इनसान अब्बू की ज़िन्दगी में उनसे बँधकर न रह सका, उसे उनकी मौत के बाद उनसे बाँधकर क्यूँ रखा जाए?"

"हाँ, अम्मी। हम एक माँ की नहीं एक औरत की हिमायत कर रहे थे। अपकी जगह कोई और औरत होती, तो भी हम ऐसा ही करते।"

इस एक क्षण में जैसे लरज गईं वह। बेटियों के चेहरे देखती रह गईं, "इत्ता ज़हर!"

चालीस दिन पूरे होने पर चालसी मनाई गई, जैसे कि हर मुसलमान के घर में मौत के बाद की रस्म है। हर कहीं न्योता गया। उस दिन घर मेहमानों से भर गया।

देगें खनकने लगीं। मदरसे से सौ बच्चे बुलवा लिए गए। उन्होंने क़ुरआन पाक पढ़कर सुभान भाई को बख़्शा। फिर दावतें उड़ाईं और चले गए। घर में बकिया शादी का-सा माहौल था। मेहमान भी दावतें उड़ा रहे थे। गोश्त, पुलाव, नान चाप, शीरमाल, कबाब...जर्दा। जिन पकवानों को सुभान भाई ने अपनी ज़िन्दगी में कभी चखा तक नहीं था।

ख़ैर, फिर गुज़रे हुए सुभान भाई को भी रस्मी तौर पर खाना खिलाने के लिए फ़ातिहा पढ़वाने का इन्तज़ाम किया गया। खाने की सीनी सजाई गई। छोटे बेटे ने अम्मी के कान में मशवरा दिया—"अम्मी, अब्बू को बीड़ी बहुत पसन्द थी। बहुत शौक़ से पीते थे। क्यूँ न उनकी सीनी में एक बंडल बीड़ी भी..." कि अम्मी ने ज़ोर से कान ऐंठा—

"चुप्प नासपीटे, ज़रा भी अक़्ल नहीं है।" और आगे बढ़ गईं।

ख़ैर, मौलवी साहब आए। खाने पर फ़ातिहा पढ़ी और खाने की सीनी मुहताज को भेज दी गई। शाम को बड़ा बेटा अम्मी के पास पलंग पर बैठते हुए बोला—

"अम्मी, अब अब्बू को जन्नत जाने से कोई नहीं रोक सकता। क़रीब डेढ़ सौ क़ुरआन शरीफ़ अब्बू को मिले हैं। आबिद भाई ने उनके नाम से उमरा भी कर लिया है। नसीब की बात है भई।"

उधर खलअ में अब्बू रूहानी पैरहन से झाँकते हुए टीस रहे थे, जैसे कह रहे हों—

"कमबख़्तो! मेरी रूह तो आज भी भूखी-प्यासी है। छटपटा रही है। जीते जी तो मुझे एक बूँद पानी के लिए भी तरसा दिया। अब मरने के बाद मुतंजन खिला रहे हो।"

दूसरी रूह खिलखिलाई—

"तुम भी मियाँ, कहाँ हो...ये तुम्हें थोड़े ही खिला रहे हैं? तुम्हें खिलाने का ढोंग करके अपनी मौज मना रहे हैं। भई, यह दुनिया है दुनिया।"

हुए तुम दोस्त जिसके...

विगत विमोहक ऋतुएँ आज भी उनके भीतर सुगन्धों की आँधियाँ भर जाती हैं। बड़े ही अवसाद भाव से वह आकाश तकने लगती हैं। जीवन जाता रहा, पर जिजीविषा नहीं गई। फूल मुरझा चुके, पर सुगन्ध नहीं गई और उन्हीं सुगन्धों की अटारी पे वह आज भी चढ़ी बैठी हैं। जब दैहिक कामनाएँ जिस्म पर हावी होने लगती हैं तो फिर मत पूछिए क्या-क्या न ताशे होते हैं। अपने ज़माने में वह सम्मानित वेश्या हुआ करती थीं। ठाकुर-वाकुर बड़े अदब से उनके कोठे पर क़दम रखते थे मानो कोठा नहीं किसी देवी का मन्दिर हो, और उतने ही अदब से वे उनके गले से प्रस्फुटित दादरा व ठुमरी की थाप सुनते थे। सुनकर झूमते थे और उन्हें जायज़ नेग देकर चले आते थे। इस शृंखला में कहीं-कहीं या कभी-कभार कोई-कोई मारक स्पर्श उन्हें हलाक़ कर जाते, जैसे बसन्त ताँगेवाला ही। वह न ठाकुर था, न चौधरी, न रजवाड़ा मगर उनके आँचल में आसमां भर गया था। ऊँचा माथा, सुतवाँ नाक, चौड़ा सीना। छह फुटा अहमक नवयुवक, मगर उसकी सारी गुस्ताख़ियाँ उन्हें बेदाम मंज़ूर। वह था ही ऐसा कि छू भर के ही तृप्त हुआ जा सकता था। सविता ताई ने उसके मौलिक, स्पन्दित-स्पर्श को उम्र भर जिया और उसी एक मौलिक प्रवाह में वह ताहयात बहती रहीं, किन्तु उससे क़बल एक वक़्त यूँ भी आया कि वे स्पर्श दंश करने लगे। उनकी दग्ध-चुभन पहरों सालती। उन्हें उक्त वेश्यावृत्ति में और कुछ मिला हो या न मिला हो, किन्तु दिव्य-स्पर्शों की धनी थीं। स्पर्श-सम्पन्न। उनके छूने भर से ही ग्राहक तृप्त हो जाते। कितनी ही मेनकाओं के रूप को गूँथकर रचा गया होगा उन्हें। वह तो छूती भर थीं, ग्राहक निहाल। तृप्त। स्खलित। इसी कारण उनका सम्मान था। चाँद-सूरज-सा दमकता उनका नमकीन चेहरा। आँखों में बिजलियों की आँच। चाँदनी बाँहें, लम्बे काले केशों में घटाओं का-सा पन। होंठों पे गुलाब-वुलाब अर्थात् वह थीं ही पूरा ब्रह्मांड।

बहरहाल, सविता ताई का जी आया तो उस छह फुटे ताँगेवाले पर। वजह थी। उस जैसा कामी उन्हें दूसरा दिखा ही नहीं। सविता ताई के कोठे की बाक़ी लड़कियाँ

अपने-अपने तरीक़े से ग्राहकों को दुहतीं। उन्हें इसकी छूट थी। सविता ताई ने और कोठे वालियों की तरह कभी नहीं चाहा कि उनके समूह की लड़कियाँ उनके स्वार्थ के लिए उनसे बँधी रहें। उन्होंने उन लड़कियों से साफ़ हिदायत कर दी थी—

"अगर तुम्हें लगे, यहाँ से कहीं अच्छी जगह मिल सकती है तो फ़ौरन चली जाना। मगर हाँ, उसे ठीक से ठोंक-बजा लेना,...मर्द ज़ात..." इत्ता कहते-कहते उनके चेहरे पर एक कसैलापन घुल जाता। लड़कियाँ हालाँकि उनको बेपनाह मुहब्बत करती थीं। उन्हें किसी अभिभावक का दर्जा देती थीं। फिर भी सविता ताई के कहे पर पूरा अमल किया। एक-एक कर जाती रहीं। बसन्त ताँगेवाले ने कई दफ़ा यह प्रस्ताव उनके सामने भी रखा—

"तू भी चल, कहाँ यहाँ फँसी पड़ी है? अलग दुनिया बसाएँगे। सम्मान की ज़िन्दगी जिएँगे।"

"...चाहती तो बहुत हूँ बसन्ते, मगर इन दो-चार लड़कियों को भगवान के सहारे कैसे छोड़कर चली जाऊँ? इनकी जवानियाँ मुझे कोसेंगी। नहीं जा सकती।"

"एक दिन ये सारी भी तुझे छोड़कर चली जाएँगी।"

"मैं तो चाहती ही यही हूँ ये सारी मुझे छोड़कर चली जाएँ। मैं मुक्त हो जाऊँ, मगर जब तक मैं मुक्त नहीं होती..."

"ये ख़ुद कमाएँगी, खाएँगी।"

"नहीं बसन्ते, यही तो हुआ नहीं मुझसे। एक वेश्या की ख़ुद्दारी तुम नहीं जानते। पेशेवर चोर, डाकू और लफ़ंगों के भी अपने उसूल होते हैं, वेश्या के भी।"

बसन्ते समझा-समझा के पक गया, मगर नहीं। आख़िर एक दिन उसी कोठे से बीसवाँ बसन्त जी रही पाखी को ही उड़ा ले गया। सविता ताई ने पहले तो ख़ुशी जताई कि चलो, एक और पत्थर शीशे में जड़ जाएगा, किन्तु जब सुना कि वह शीशा बसन्त ही है तो ग़श खाकर गिर पड़ीं। फिर दिन जाते जी को समझाती रहीं कि बसन्त की भी क्या ग़लती? उसे भी एक घर बनाना था। शुक्र है, उसके घर में उसी की चौखट की ईंट लगी, किन्तु इसके बाद से वह टूट गईं। कुछ छूट जाने का दर्द बेहद सालता रहा। निहायत सूनापन और तनहा महसूस करने लगीं। रातों को छत पे निकल जातीं, चुपचाप सितारे देखती रहतीं। अँधेरे में जाने कितने हाथ बढ़-बढ़ के छूते रहते उन्हें। उनमें एक स्पर्श बसन्त का भी होता। वह गलने लगतीं। जब दैहिक कामनाएँ जिस्म पर हावी होती हैं तो फिर मत पूछिए क्या-क्या न ताशे होते हैं। एक आदिम छुवन बेहद सालती उन्हें। ख़ैर, धीरे-धीरे सामान्य हुईं। ग्राहक

आते रहे। ठुमरी-दादरा की लय परवान चढ़ती रही। भँवरे मुग्ध होते रहे। उनकी विमोहक आँच को वह बख़ूबी जीने लगीं। और इसी तरह जीने की श्रृंखला में एक युग निकल गया। बकिया दो-चार लड़कियाँ धीरे-धीरे जाने कहाँ लापता हो गईं। दादरा-ठुमरी के रसिया भी धीरे-धीरे अपने-अपने रस्ते हो लिए अर्थात् परिन्दे उड़ गए और जैसे उनके पाँव के नीचे की ज़मीन ही ग़ायब हो गई। लड़कियाँ निष्ठुर थीं। जो भी गईं, सविता ताई की तिजोरी खँगालती गईं। अन्ततः सविता ताई को पेट भरने के लिए अपने कपड़े और गहने तक बेचने पड़े।

एक दिन ये भी समाप्त हो गया। कोठे पर म्यूनिसिपल का क़ब्ज़ा हो गया और वह दरबदर। अब वह 88 की हैं, किन्तु उनके भीतर आज भी स्पर्शों की एक हरित छाँह लहराया करती है। वो गुनगुने, गुलगुले ताप उनके ज़ेहन से विस्मृत नहीं हो पाए। आख़िर रोम-रोम में सँजोया था उन स्पर्शों को। आज भी रोम-रोम आहें भरता है। वह आज भी अतृप्त हैं। आज भी एक प्यास ताप बन जाती है, किन्तु कहाँ...?

अब वह दूर बस्ती के समीप बह रहे एक नाले के निकट बैठ ऐसे ही विमोहक स्पन्दनों की प्रतीक्षा लिए भीख माँगती हैं। सामने से गुज़र रहे लोगों को बड़े मनोयोग से देखती रहती हैं, किन्तु जब कोई युवक आता-जाता दिख जाता है तो उसे गुहार लेती हैं—

"मुन्ना, ई नाला पार करवा दियो जरा।"

युवक इधर बढ़ आता है। उनकी बाँहें थाम नाला लँघवा देते हैं और इन्हीं दो-चार क्षणों में वह कितने ही विमोहक और नैसर्गिक लम्हात जी लेती हैं। इस क़दर भींचकर पकड़ती हैं उस युवक की बाँह कि कभी छोड़ें ही न और उसका सारा पौरुष सोख लें। अगली दफ़ा नाले के इस पार बैठकर वह वही उपक्रम करती हैं। दिन भर में वह इस पार से उस पार, उस पार से इस पार ख़ुद को पार लगवाते कितनी ही ऋतुएँ पार कर लेती हैं। इस प्रकार से उनकी अतृप्तियाँ सावन जीती हैं और वह हर रोज़ अपने विगत मौसमों से एकमेक होती हैं, किन्तु ऐसे में उनके भीतर एक टीस अवश्य उठती है। बेसाख़्ता बसन्त ताँगेवाले की लौह बाँहें स्मरण हो आती हैं। एक ठंडी आह के साथ बुदबुदाती हैं—"हुए तुम दोस्त जिसके...।"

एक निकाह ऐसा भी

"रुक जाइए, रुक जाइए। ऐसे नहीं होगा निकाह।"

अचानक पीछे से आती आवाज़ ने पंडाल में बैठे सभी लोगों को चौंका दिया, ख़ुद क़ाज़ी जी को भी। ये आवाज़ दुल्हन के पिता इकराम की थी। सभी भौचक से घूमकर उन्हें देखने लगे। इकराम ने आगे बढ़ते हुए कहा—

"हमारे पास अपना क़ाज़ी है। हम निकाह उससे पढ़वाएँगे।"

अभी निकाह की रस्म शुरू होने ही जा रही थी। पंडाल में दो तख़्ते जोड़कर एक स्टेजनुमा बनाया गया था, जिस पर दूल्हे सहित कुछ ख़ास बराती बैठे थे। शेष सारे नीचे बिछी कालीन और यहाँ-वहाँ पड़ी कुर्सियों पर बैठे थे। कुछ टहल रहे थे। कुछ बैठे गप्पें मार रहे थे। अभी एक घंटा क़बल ही बरात आई थी। लड़की वालों की तरफ़ से बरातियों की अच्छी ख़ातिर-तवाज़ो की गई थी। कोल्ड ड्रिंक के साथ-साथ कई क़िस्म की मिठाइयाँ, फल, अंडे इत्यादि न जाने क्या-क्या। महिलाएँ ख़ुश थीं—

"चलो, बिस्मिल्लाह तो अच्छी हुई।"

बच्चे यहाँ-वहाँ दौड़ लगा रहे थे। पूरी तरह ख़ुशनुमा माहौल था। बारह-साढ़े बारह बजे निकाह की रस्म अदा होनी थी। दूल्हे के घरवाले निकाह की रस्म अदा करने की तैयारी ही कर रहे थे कि दुल्हन के पिता इकराम ने सबको चौंका दिया। वह आगे बढ़े और बोले—

"ऐसे निकाह नहीं होगा। हमने अपना क़ाज़ी बुलवाया है।"

"लेकिन हम अपना क़ाज़ी साथ लेकर आए हैं," दूल्हे के पिता बोले।

"हम इसके लिए तैयार नहीं हैं। निकाह हमारे क़ाज़ी जी ही पढ़ाएँगे।"

दुल्हन के पिता ने फिर ज़िद की तो दूल्हे के पिता भी अड़ गए—

"नहीं भाई साहब, हम इसीलिए अपना क़ाज़ी साथ लेकर आए हैं कि निकाह हमारे क़ाज़ी साहब ही पढ़ाएँगे।"

"देखिए साहब, आप हमारे मेहमान हैं, इसलिए हम बात बढ़ाना नहीं चाहते। मगर चूँकि शादी हमारे घर की है तो निकाह भी हमारे क़ाज़ी साहब ही पढ़ाएँगे। लो, वह आ भी गए।"

और बाजू में क़ाज़ी साहब आकर खड़े हो गए। अब दोनों घर के क़ाज़ी आमने-सामने थे। दुल्हन के पिता आगे बढ़कर बोले—

"ये पढ़ाएँगे निकाह? इनको निकाह का आलिफ-बे भी आता है?"

इधर के क़ाज़ी जी को डंक-सा लगा। उनकी भौंहें तन गईं—

"ज़रा ज़बान सँभालिए, मैं भी आपके क़ाज़ी को नंगा कर सकता हूँ।"

अब दुल्हन के तरफ़ के क़ाज़ी साहब की बारी थी। वह भड़क गए—

"ज़रा औक़ात में रहो...मुझे क्या नंगा करोगे...हम शाही क़ाज़ी हैं, तुम्हारी तरह यहाँ-वहाँ पत्ते चाटते नहीं घूमते हैं।"

बस, क्या था? क़ाज़ी-क़ाज़ी भिड़ गए। बराती-घराती अलग ही रह गए। इतनी गरमागरमी कि हाथापाई की नौबत आ गई। गिरहबान पकड़े जाने लगे। वर-वधू के पिताओं में गाली-गलौज शुरू हो गई। बराती-घराती में अलग ठन गई। ऐसी जूतम-पैजनियाँ कि बस...। बीच-बचाव करने वाले कम, भिड़ने वाले अधिक। अचानक वर-पक्ष के क़ाज़ी ने वधू-पक्ष के क़ाज़ी के चेहरे पर भरपूर थप्पड़ रसीद कर दिया। क्षण भर में उनका चेहरा फूल के कुप्पा हो गया। उन्होंने आव देखा न ताव समीप पड़े अद्धे को उठा बलपूर्वक वर-पक्ष के क़ाज़ी पे उछाल दिया। निशाना सटीक बैठा। वर-पक्षी क़ाज़ी जी का सिर फट गया। ख़ून से नहा गए। मामला अब संगीन था। बीच-बचाव करने में दूल्हे की पगड़ी और सेहरा इधर-उधर हो गए। सेहरे के फूल लोगों के पैरों तले मल-दल गए। शक्कर-छुहारा पूरे पंडाल में बिखर गया। बाहर की गरमागरमी का प्रभाव ज़नानख़ाने में भी हुआ। दोनों तरफ़ की औरतें एक-दूसरे से भिड़ गईं। दुल्हन-दूल्हे के ऐब बढ़-चढ़ कर गिनाए जा रहे थे। दूल्हे की बहन ने दुल्हन की ओर संकेत करते हुए चेतावनी दी—

"आने दो इस कुतिया को हमारे घर, ऐसा सबक़ सिखाऊँगी कि..."

दुल्हन सुनकर जलबलाई तो बहुत। मगर ख़ून का घूँट पीकर रह गई। आख़िर, दुल्हन के लिबास में थी। लिबास का लिहाज़ कर गई वरना जवाब क़रारा देती। दुल्हन की भाभी ने जवाब दे मारा—

"ले जाओ उस नामर्द को हमें नहीं ब्याहना अपनी बेटी नामर्दों के यहाँ।"

दूल्हे की चच्ची ने हाथ नचाया—

"उस नामर्द को छाँटा तो तुम्हारी बेटी ने ही था। ज़हर खाने जा रही थी।"

दुल्हन की ख़ाला गुर्राईं—

"एहसान मानो एहसान, हमारी लड़की ने तुम्हारे निठल्ले को पूछ लिया।"

"निठल्ला होगा तुम्हारा ख़ानदान, तुम्हारी पुश्तें।" दूल्हे की बहन चिल्लाई तो दुल्हन की चच्ची चीख़ीं—

"ख़बरदार जो ख़ानदान को कहा। चाँद में दाग़ होगा, मगर हमारे ख़ानदान में नहीं। तुम जैसों की तरह पैबन्द नहीं है हमारे ख़ानदान में।"

"कौन सूअर की बच्ची कहती है पैबन्ददार है हमारा ख़ानदान?"

कहते हुए दूल्हे की चच्ची दुल्हन की ख़ाला की तरफ़ झपटीं। ख़ाला झटके-से पीछे हटीं कि पाँव फिसला और जीने से सीढ़ी-दर-सीढ़ी बल खाती हुई आँगन में आ गिरीं। पूरे घर में हाय-तौबा मच गई। आनन-फ़ानन बरातियों वाली गाड़ियों में से एक गाड़ी उन्हें लेकर हस्पताल के लिए रवाना हो गई। उधर पंडाल में क़ाज़ी जी की मरहम-पट्टी मोहल्ले के ही एक झोला-छाप डॉक्टर कर रहे थे। मुआमला बिगड़ चुका था। दूल्हे के स्टेज पर लहूलुहान पड़े क़ाज़ी जी लेटे-लेटे कराह रहे थे। दुल्हन-पक्ष के क़ाज़ी जी जाने कब पंडाल छोड़ नौ दो ग्यारह हो चुके थे। कुछ मोतबर लोग आपसी बहस में उलझे थे—

"आख़िर मामला क्या है? निकाह ही पढ़वाना है, कोई भी पढ़ा दे।"

दूल्हे के चचा भड़के—

"वाह ख़ूब कहा। देवबन्दियों से हम निकाह पढ़वाएँगे?"

"तो आप लोग क्या हैं?"

"लो, आपको यही नहीं पता। हम अहले हदीस हैं, भई।"

समझाने वाले लोग इस नफ़्सियात और फ़िरक़ापरस्ती से कहीं ऊपर थे। उन्होंने समझाया—

"भाईजान, हम सब हैं तो मुसलमान ही। क़लमा ये भी पढ़ाएँगे, कलमा वो भी पढ़वाएँगे। कुछ अलग थोड़े ही करना है?"

"हुँह छोड़िए, जब आपको यही नहीं मालूम है तो बात ही ख़त्म है।"

"भई, तब किस मुँह से कहते हो 'अल्लाह एक है'। जब इस मार्के की क़यामत करते हो अल्लाह रसूल के नाम पर।"

दूल्हे के चचा बोले—

"अब आपको यही नहीं पता। भई, इन्हें तो अल्लाह तक पहुँचने के लिए सिलसिले चाहिए। जहाँ देखो, मज़ारों पर टहल रहे हैं। फ़ातिहा पढ़ रहे हैं। चद्दर चढ़ा रहे हैं। ये सब काफ़िराना तरीक़े मुसलमान के हो सकते हैं? क्या रसूल ने ऐसा फ़रमाया था?"

दूल्हे के पिता आगे बढ़ आए—

"तो क्या सहाबा, वली सब झूठ थे?"

लोगों ने फिर बीच-बचाव किया। बहस बीच में ही रोक ली गई। एक सज्जन ने समझदारी से पूछा—

"ये सब तो चलो समझ में आ रहा है, मगर ये समझ में नहीं आ रहा कि जब आप लोगों में इतनी नाइत्तेफ़ाक़ियाँ थीं तो ये शादी तय कैसे कर दी? तब नहीं मालूम था?"

इस सवाल पर दोनों पक्ष के लोग बग़लें झाँकने लगे। वर पक्ष से फिर किसी ने कुरेदा—

"क्यूँ ज़ुबैर भाई?" ज़ुबैर, यानी दूल्हे के पिता भड़क उठे—

"मैं मरता क्या न करता, मरदूद की ज़िद थी शादी करेंगे तो इसी हूर से वरना ज़हर खा लेंगे। क्या करता?"

फिर वह दूल्हे की तरफ़ मुड़े—

"चलो बेटा, गाड़ी में बैठो। अब शादी नहीं होगी। ऐसी बेइज़्ज़ती हम नहीं सहेंगे। बरात वापस जाएगी।"

"बरात वापस ले जाकर देखो, दहेज-प्रथा का मुक़दमा न कर दूँ तो कहना।" दुल्हन के बाप गरजे।

"हमको धमकाने की कोशिश कर रहे हो? अब तो बरात ज़रूर वापस जाएगी। बेटे, नौशे मियाँ, चलो बैठो गाड़ी में।"

"नहीं अब्बू, हम वापस नहीं जाएँगे। जाएँगे तो निकाह करके ही जाएँगे।"

दूल्हे के पिता ज़ुबैर सकपका गए। चेहरा तमतमा गया। बेटे की ऐसी जुर्रत? साथ आए बराती फिर समझाने लगे, मगर वह अड़े रहे—

"हमारी बेइज़्ज़ती की। हमारे क़ाज़ी जी को लहूलुहान किया। अब सवाल ही नहीं उठता। इसे करना है तो करे। मेरे यहाँ लेकर नहीं आएगा। और कहीं भी ले जाए।"

"मैं अपनी बेटी भेजूँगा ही नहीं। मेरी साली का पाँव टूट गया। इतनी ज़लालत? लगता है बराती नहीं, गुंडे छूटकर आए हैं।"

दुल्हन को कहलाया गया, कपड़े बदल ले। निकाह नहीं होगा। इधर दूल्हे ने दुल्हन को फ़ोन किया—

"डरना मत, निकाह होगा और तुम्हें लेकर जाएँगे।"

महिलाओं ने दुल्हन से फटाफट चेंज करने को कहा—"कपड़े बदल लो, निकाह नहीं होगा लुच्चों के यहाँ से।"

दुल्हन ने मना कर दिया—"मैं नहीं करूँगी चेंज। शादी होगी।"

औरतों की कनपटियाँ लाल हो गईं—

"या...ल्लाह...हिम्मत तो देखो? दीदे का पानी ही मर गया।"

दूल्हे ने अपनी बात रखी—"मैं किसी ऐसे आदमी से निकाह पढ़वाऊँगा, जो सिर्फ़ मुसलमान हो। जो देवबन्द, अहले हदीस या बरेलवी जैसे फ़िरक़ों से तअल्लुक़ न रखता हो। ऐसी नफ़सानियत से दूर हो। अगर इस भीड़ में ऐसा कोई है तो... फ़ारूक़ चचा, आप पढ़ाइएगा निकाह...?"

"हाँ-हाँ क्यूँ नहीं...?"

"तो फिर आइए, देर मत करिए। बाक़ी जिसको जाना हो जाए, जिसे ठहरना हो ठहरे।"

दूल्हे के पिता ने बड़ी ठन-ठन दिखाई, पर अपने दोस्त फ़ारूक़ के कहने पर ठहर गए। ज़नानख़ाने में बराती औरतें अपनी तरफ़ के मर्दों के फ़ैसले का इन्तज़ार कर रही थीं। ठहरें या चलें? अन्ततः बाहर से सन्देश आया कि विदाई करा के जाएँगे। क़ाज़ी जी की पलंग किनारे डाल दी गई। घायल अवस्था में वह पलंग पर पड़े कराह रहे थे। फ़ारूक़ साहब ने इस्लामी तरीक़े से दूल्हा-दुल्हन को निकाह पढ़ा दिया। फिर वलीमा शुरू हुआ। बराती औरतों ने वलीमे में कुछ ज़्यादा ही नख़रे किए। खाना बेमन से खाया गया। घरातियों ने खाना यूँ खिलाया मानो दुश्मनी निकाल रहे हों। घंटा भर बाद दुल्हन की ख़ाला को गाड़ी वापस ले आई। पाँव पर प्लास्टर चढ़ चुका था। उन्हें गोद में उठाकर घर के अन्दर लाना पड़ा। उन्हें देखते ही एक दफ़ा फिर सबके ज़ख़्म हरे हो गए। मामला गरमाने लगा, मगर बुज़ुर्ग महिलाओं ने बड़े सलीक़े से सँभाल लिया।

फ़िरोज़ी रेखाओं के नीड़

प्रेम हमेशा स्थिर नहीं रहता। यह चन्द्रमा की कलाओं की तरह घटता रहता है, बढ़ता रहता है।

"बादल, वो देखो दूर क्षितिज पर झुका जा रहा है पीला आसमां...धरती को आलिंगनबद्ध कर लेने को आतुर।" साँवली शेफ़ाली ने आषाढ़ के बादलों को धीमे-धीमे नीचे उतरते देखा तो मुग्ध हो गई, मगर बादल कहीं नेपथ्य में खोया अपने में ही डूबा हुआ था—

"शेफ़ाली, वो देखो, दूर एक पंछी दम तोड़ रहा है फट-फट-फट-फट करता हुआ। बन्दूकें नाच रही हैं। भूखे नग्न बच्चे कलप रहे हैं। वो देखो, धुएँ से अटा पड़ा नीला आकाश कलछऊँ होता जा रहा है।"

बादल खिड़की के समीप खड़ा निरन्तर शून्य में देखे जा रहा था। चेहरे पर मार्क्सवाद का पूरा तेज़ था। अपने आसपास की अव्यवस्थाओं से त्रस्त व पूरी तरह से लस्त-पस्त। निःशंक बादल। शेफ़ाली नितान्त रोमानियत से भरी उसके चेहरे को टूक-टूक देखती भर रही और सोचती रही—'किस रूप में होगी हमारे प्रेम की परिणति? बादल की आँखों से कब उतरेगा मार्क्सवाद का चश्मा? कब खिलेंगे उसके भीतर लाल गुलाबी फूल? कब देखेगा वह फ़ालसई सपने? कब बुनना शुरू करेगा वह फ़िरोज़ी रेखाओं के नीड़...उफ़ बादल...।'

बादल गाँव का पढ़ा-लिखा, साँवला-सलोना, बेरोज़गारी से उकताया हुआ प्रतिभाशाली नवयुवक। परिवार के नाम पर सिर्फ़ बूढ़ी माँ। गाँव के बच्चों को ट्यूशन पढ़ाकर व कुछ खेतीबाड़ी कर रोज़ी-रोटी चलती है और उतने में ही सन्तुष्ट। शेफ़ाली आम गँवई लड़कियों से थोड़ी ऊपर, छोटी-सी पत्रकार है। बेबाक और हद भर स्पष्टवादी। अपने इलाक़े में उसकी बड़ी इज़्ज़त है। नाम है, लेकिन भीतर-भीतर बादल को लेकर एक फूल भी खिला रहता है और भय खाती है इस फूल के मुरझा जाने की एक अव्यक्त आशंका से। कहीं...नहीं-नहीं, वह बादल के लिए सब त्याग

सकती है। बिना बादल के कहाँ रह पाएगी? यह मोह एकतरफ़ा भी नहीं। अगर एक दिन भी शेफ़ाली बादल के घर नहीं आती तो वह विचलित हो उठता है! दिन का उजाला देख-देखकर समय आँकता रहता है।

"अब तक तो आ जाना चाहिए शेफ़ाली को...।"

कमरे में देर तक चहलक़दमी करता है और जैसे ही उसके आने की आहट पाता है, एक ठंडी नर्म धारा में बहने लगता है। मन-ही-मन बड़बड़ाता है—

"धन्य भगवान, आ गई मेरी हंसिनी।"

अभी वह काग़ज़ पर कुछ नोट्स तैयार कर रहा था कि शेफ़ाली ने प्रवेश किया।

"मेरे चन्द्रमा..." कहते हुए बादल के गले में बाँहें डाल दीं उसने। वह पुलक उठा—

"मेरी हंसिनी..."

"बादल, देखो न कितनी नर्म हवा बह रही है। चलो, चलते हैं नदी किनारे। नाव की सवारी करेंगे। रेतों पर प्रेम-पत्र लिखेंगे।"

बादल ने पीछे हाथ फैला के उसकी बाँहें पकड़ के उसे सामने मेज़ पर बैठा लिया और उसकी गोद में सिर रख दिया—

"शेफ़ाली, चर्दा में ब्राह्मणों ने पूरा चमरौटा फुँकवा दिया। कितनी महिलाएँ व बच्चे स्वाहा हो गए। कितना वेदित और आहत करने वाला है ये सब। रोने को मन करता है। काश! मैं इन सबको सबक सिखा पाता।"

शेफ़ाली बुझ गई।

"खाना खाया था आज? दिन भर क्या करते रहे?"

"कुछ नहीं, तुम्हारे लिए रिपोर्टिंग की है। वहाँ जाकर लोगों का दर्द सुना है। ये लो...।" कहते हुए बादल ने दो पेज उसे थमा दिए। वह चुपचाप देखती रह गई। फिर उसके सिर पे हाथ फेरती बोली—

"बादल, कुछ अपनी भी चिन्ता किया करो। देखो, कितने दुबले हो गए हो? कपड़े कितने मैले हो गए हैं? क्या गढ़ते रहते हो सुध-बुध खोकर? कैसे हो तुम?"

"दुनिया में कितनी विषमता है, कितनी नीरवता है। अकर्मण्यता और बिखराव है। लोग स्वार्थी हो रहे हैं। एक-दूसरे से होड़ लगाए हैं। कैसा है ये हाहाकार? ऐसे में कोई अपनी चिन्ता क्या करे? इसके लिए समय कहाँ?"

"उठो, मैं ही कुछ लाती हूँ। बातों से ही पेट भर लेते हो।" कहते हुए शेफ़ाली ने उसे परे किया और बाहर आ गई।

"अम्मा, ज़रा बादल को खाना खिला दूँ।" गेहूँ छानती अम्मा ने 'हाँ' में 'हाँ' मिलाई—

"हाँ, बेटी खिला दे। मुझे तो बहलाता रहता है...जाने क्या मंसूबे बनाता रहता है?"

वह खाना खाते हुए बोला—

"शेफ़ाली, हमने, सरजू भैया, पटेसर दद्दा और बाक़ी लोगों ने मिलकर एक छोटा-सा संगठन बनाया है। इसका नाम दिया गया है 'पीस ग्रुप'। हम सब मिलकर समाज के लिए काम करेंगे। अन्याय के विरुद्ध लड़ेंगे।"

"हुँह, इसमें ख़र्च भी आएगा।"

"पता है, उसके लिए हम बड़े तबके के लोगों से, जो बड़े व्यवसायी, व्यापारी इत्यादि हैं, सहयोग लेंगे।"

"तो ये है तुम्हारा मार्क्सवाद? उन्हीं पूँजीपतियों के ख़िलाफ़ आवाज़ उठाओगे और उनके आगे ही हाथ फैलाओगे? रहने दो ये सब!" वह भन्ना गई तो वह धीमे-से हँसा—

"तुम तो बस नाक पर ही ग़ुस्सा रखे रहती हो। मेरे सिवा तुम्हें कुछ सूझता ही नहीं।"

"भला इसका तो एहसास हुआ।" कहते हुए शेफ़ाली का गला भर आया।

"शेफ़ाली..." उसने चौंककर शेफ़ाली को देखा।

"मुझे कमज़ोर मत बनाओ। मेरा मनोबल मत तोड़ो।" वह खा चुका था। शेफ़ाली ने बर्तन समेटे और बाहर चली गई। कुछ देर बाद कमरे में आई और आँचल में हाथ पोंछती बोली—

"अब चलती हूँ, बादल। थोड़ा आराम कर लूँ। शाम आठ बजे प्रेस भी जाना है।

"ठीक है, जाओ। अपना ख़याल रखना।"

घर आकर शेफ़ाली पलंग पर निढ़ाल-सी फैल गई। थकान से शरीर चटख रहा था। साँवली शेफ़ाली दिखने में अमलतास जैसी। देह की टहनियाँ मौसमी फूलों से लदी पड़ी हैं। कभी-कभी वह अनायास ही किसी भयावह पतझड़ की आगत की आशंका से काँप जाती है। यही रोज़ का मामूल। फिर करवटें बदलते हुए जाने कब सपनों

में ढल जाती है। घर में बेहद स्नेह करने वाला एकमात्र भाई तथा भाभी। माँ-पिता कब के स्वर्ग सिधार गए।

सरयू के तट पर अनमना-सा बैठा बादल पानी में ईंटें उछाल रहा था कि शेफ़ाली ने पीछे से आकर आँखें भींच लीं। वह मुस्करा दिया—

"मेरी हंसिनी।"

"मेरे चन्द्रमा।" शेफ़ाली की बाँहें उसके गले से लिपट गईं।

"बादल, वो देखो दूसरे छोर पर। बादल नदी की ओर झुक रहा है। कैसा सुरमय दृश्य! बादल बस चूमना ही चाहता है जल-धारा को।"

"नहीं जी, ये बादल तो अपनी इस जीवन-धारा को चूमना चाहता है।" कहते हुए बादल ने उसे समीप बैठा लिया और उसके माथे को चूम लिया—

"मेरी शेफ़ाली, मुझसे दूर मत जाना।" कहते-कहते वह कुछ उदास हो गया।

"ये तुम कहते हो, तुम तो मेरे जहान के कण-कण में व्याप्त हो गए हो। अब ये शंकाएँ ही निरर्थक हैं।

वह कुछ सोचता-सा बोला—"शेफ़ाली, कल मैं लखनऊ चला जाऊँगा। वहाँ हम बैठकें करेंगे और 'पीस ग्रुप' से और लोगों को जोड़ेंगे। तुम यहाँ माँ का और अपना ख़याल रखना।"

"क्या?" वह चौंककर उसे देखती रह गई। सहसा विश्वास न हुआ। आँखें भर आईं, मगर आँसू पी गई। उसे पता है, बादल को आँसुओं से नफ़रत है। आँसू देख के ही वह उग्र और विक्षिप्त जैसा हो जाता है। उसे नफ़रत है आँसुओं से। वह ख़ामोश रह गई। बादल ने पुकारा—

"क्या हुआ, बोलोगी नहीं?"

"नहीं," कहती हुई शेफ़ाली उठी और चली आई। बादल मौन, उधर पीठ किए बैठा रहा। वह घर आकर बहुत रोई। कैसा है ये बादल...निर्मोही। क्षण भर को स्वर्ग में ले जाता है फिर नर्क में धकेलकर चलता बनता है। एकदम भावों से रिक्त, संवेदनाओं से मुक्त। वह पुनः उससे नहीं मिल सकी। वह चला गया। जाने के बाद फ़ोन ज़रूर किया उसने। फौरी बातचीत भी की। शेफ़ाली को इतने से ही राहत। लखनऊ जा के वह कुछ अधिक ही व्यस्त हो गया। आए दिन बैठकें करना, रैलियाँ निकालना और जनसमूह को सम्बोधित करना। इस दरम्यान बादल का 'पीस

ग्रुप' कई शहरों के चक्कर लगा चुका था। हाँ, रात के तीसरे पहर शेफ़ाली से बात करना नहीं भूलता।

पूरे दो महीने बाद बादल अपने क़स्बे में लौटा। देखते ही शेफ़ाली उससे लिपट गई और देर तक रोती रही। बादल दूर-दूर तक अपना परचम फहराकर आया था। चेहरे पर गहरा आत्मविश्वास ठाठें मार रहा था। स्वास्थ्य भी काफ़ी सुधरा हुआ था। वापस आने के बाद वह फिर से अपने खेतीबाड़ी और बच्चों को पढ़ाने के काम में लग गया था, मगर उससे कहीं ज़्यादा वह अपनी बैठकों और रैलियों में व्यस्त रहता। एक रोज़ वह घर से लगी अपनी अमराई में बैठी थी। वह उसके काँधे पर सिर धरे आकाश तक रहा था। शेफ़ाली यूँ ही-सी ज़मीन पर आड़ी-तिरछी रेखाएँ खींचती-सी बोली—

"बादल, कुछ अच्छा नहीं लगता। नौकरी भी नहीं भाती।"

"पागल हो तुम, कैसे अच्छा लगेगा? घिसी-पिटी ख़बरों तक ही सीमित रह गई हो। ख़ाली वक़्त में बैठकर मार्क्स को पढ़ो। मॉर्टिन लूथर को पढ़ो। सूफ़ी की नीतियाँ पढ़ो। पूँजीवाद के ख़िलाफ़ हल्ला बोलो।...सामन्तवाद को उखाड़ फेंकने का संकल्प लो। हमारे साथ आ जाओ, सब ठीक हो जाएगा।"

"तो क्या मैं अभी तक तुम्हारे साथ नहीं थी?"

"थीं, मगर इस तरह नहीं। छोटे-मोटे अख़बार की नौकरी छोड़ो, 'पीस ग्रुप' में आ जाओ। तुममें जोश है, प्रतिभा है, रोष है। एक बार मंच से दहाड़ दोगी तो साला सामन्तवाद चकनाचूर हो जाएगा। ज़मीन में घिसटते मुर्दों में भी जान आ जाएगी। वे उठ-उठ कर बन्दूक थाम लेंगे। आज अगर घुटनों के बल समाजवाद चल रहा है तो कल सीधा खड़ा हो जाएगा। पूरे देश में फैल जाएगा समाजवाद, मार्क्सवाद, लाल सलाम...।" कहते हुए उसने शेफ़ाली के कन्धे से सिर उठाया और उसकी आँखों में देखने लगा। शेफ़ाली यूँ ही बैठी रही, आँखों में एक अनचाहा सूनापन तैर गया। एक शब्द भी नहीं बोला गया। बादल ने ही बुलकारा—

"क्या हुआ, नाराज़ हो गईं? बोलो कुछ?"

"क्या बोलूँ? जिसका स्वप्न गगनचुम्बी पताकाएँ हैं, उससे चाँद माँगने बैठी हूँ।"

"मैं तुममें चाँद से खेलने वाली अल्हड़ युवती नहीं, तूफ़ानों से खेलने वाली मज़बूत चट्टान देखना चाहता हूँ। चन्द्रमा की झूठी गोधूलि में कितनी देर रमी रह पाओगी, प्रिये?"

शेफ़ाली ख़ामोश रही। फिर उसे परे करती हुई बोली—

"चलो, चलती हूँ। हाँ, बताना भूल गई कि अख़बार के सम्पादक संजीव वर्मा ने मेरी पदोन्नति कर दी है मुझे सह-सम्पादक का पद दे दिया है।"

"ओह गुड! इतनी अच्छी ख़बर इतनी देर में। कहता था न, तुममें बहुत सम्भावना है। तुम्हीं ख़ुद को पहचान नहीं पातीं।"

"मगर मैं ये नहीं चाहती। मैंने ये नहीं चाहा था। मैं सिर्फ़ अपना संसार चाहती हूँ जहाँ सिर्फ़ हम हों, हमारा प्रेम हो। तुम समझते क्यूँ नहीं? भैया को मेरे विवाह की बड़ी चिन्ता है।"

बादल अचानक कहीं शून्य में खो गया। फिर निःश्वास-सी छोड़ता बोला—

"शेफ़ाली, भूखे पेट प्रेम नहीं होता, इन्क़लाब होता है।"

"हम भूखे नहीं मरेंगे।"

"हमें इतना स्वार्थी नहीं हो जाना चाहिए, प्रिये। हमारे कितने ही भाई-बन्धु भूख से कलप रहे हैं। चटख़ती पीड़ाओं से दोहरे हुए जा रहे हैं। मेरठ में हिन्दू लोगों ने कितने मुस्लिम भाइयों के घर यूँ ही फूँक दिए। उन्हें इंसाफ़ नहीं मिल रहा। प्रशासन आँखें मूँदे बैठा है। मीडिया सरकार द्वारा ख़रीदा जा चुका है। उसका आईना वैसा ही चेहरा दिखाता है जैसा सरकार देखना चाहती है। अब ऐसे कठिन समय में अगर हम पढ़े-लिखे नौजवान भी आँख मूँदकर बैठे रहेंगे तब तो हम मृतप्रायः ही माने जाएँगे।"

शेफ़ाली ने एक जम्हाई-सी ली—

"ठीक है, चलती हूँ," कहकर वह झम्म-से उठी और जाने के लिए मुड़ गई।

शाम को जब वह प्रेस जाने के लिए तैयार हो रही थी, कमरे में भैया ने प्रवेश किया। कुछ पल उसे देखा फिर बोले—

"शेफ़ाली, मैंने एक लड़का देखा है।"

"प्लीज़ भैया," उसने खीजते हुए उन्हें वहीं चुप करवा दिया। वह कुछ सोचते रहे फिर बोले—

"बादल तुम्हें पसन्द है, उसकी माँ से बात करूँ?"

"नहीं, अभी नहीं।"

"वह तुमसे ब्याह करेगा तो...?"

"शायद नहीं।"

"क्या...तो क्या वह...?"

"प्लीज़ भैया, कुछ मत पूछो। अभी नहीं...कुछ भी नहीं।"

"ठीक है, जैसी तुम्हारी मर्ज़ी। तुम स्वतंत्र हो," कहते हुए वह कमरे से बाहर चले गए।

शेफ़ाली का ओहदा क्या बढ़ा, उसके क़द में ख़ुद-ब-ख़ुद इज़ाफ़ा हो गया। प्रेस की ओर से उसे एक स्कूटर भी मिल गई। वेतन भी बढ़ा। सम्पादक संजय वर्मा की नज़रें उस पर कुछ ज़्यादा ही मेहरबान रहने लगीं। उसके खाने-पीने और प्रेस के कामों का भी काफ़ी ध्यान रखते। जितनी बार कॉफ़ी-चाय ख़ुद के लिए मँगवाते तो उसे भी भिजवाते। ख़ाली समय में उसके केबिन में जाकर गप्पें लड़ाया करते और ऐसे ही वह नज़दीकियों की पराकाष्ठा पार करने का प्रयत्न करने लगे। इस दरम्यान उसका बादल से मिलना जारी रहा, किन्तु बादल, बादल जैसा ही ठंडा और बेगाना बंजारा-सा बना रहा। एक दिन शेफ़ाली सम्पादक की कुटिल हरकतों से उकताकर बड़े आवेश में बादल के पास गई और उसे झिंझोड़ डाला। इस वक़्त बादल कुछ लिख रहा था। अचानक झिंझोड़ने से बादल का हाथ इधर-उधर बहका और काग़ज़ पर टेढ़ी-मेढ़ी लकीरें खिंच गईं। वह तड़पकर बोली—

"बादल, हम ब्याह कब करेंगे?"

बादल चौंककर चेयर से उठा और उसका कन्धा पकड़कर अपनी चेयर पर बैठा दिया। फिर बाहर चला गया। कुछ देर बाद आया। उसके हाथ में पानी से भरा गिलास था। उसने शेफ़ाली की तरफ़ बढ़ा दिया। शेफ़ाली ने गिलास थामा, थोड़ा-सा पानी पिया और उसे टेबिल पर रख दिया। बादल टेबिल पर बैठते हुए बोला—

"हाँ, अब बोलो।"

शेफ़ाली ने बग़ैर कुछ कहे उसकी गोद में सिर रख दिया—

"मैंने जो बोलना था, बोल दिया बादल।"

"शेफ़ाली, तुम भी न बच्चों की-सी बातें करती हो। शेफ़ाली, हम, हमारा प्रेम इस पूरे ब्रह्मांड में व्याप्त है। हमारी प्रेमासक्त संवेदनाएँ सार्वभौम हैं। हमारा प्रेम आत्मा से परमात्मा में विलीन होने जैसा है। वो आदम-हव्वा वाला प्रेम नहीं हमारा कि दैहिक आग्रह हो। अपने इस सार्वभौमिक प्रेम को तुम संकुचित करना क्यूँ चाहती हो? अपने प्रेम को मात्र दो-चार दीवारों, दो-चार मनुष्यों तक ही क्यों संकुचित कर देना चाहती हो? तुम्हारे प्रेम की आवश्यकता इस सारे संसार को है। विवाह संस्था का जन्म इसलिए हुआ कि मानव एक सीमित दायरे में रहकर प्रकृति के

नियमों का निर्वाह करे। बच्चों को जन्म दे। उनका लालन-पालन करे, जिससे आगे चलकर इस ब्रह्मांड का विस्तार हो। किन्तु हमें इसकी आवश्यकता नहीं है। हमारे पास पहले ही हज़ारों अबोध पड़े हुए हैं जिन्हें हमारी आवश्यकता है। तुम्हें पता है, हमने एक अनाथालय खोला है। उसमें अब तक चार सौ अबोध बालक-बालिका आ चुके हैं। अगर हम स्वयं संकुचित हो जाएँगे तो उन्हें कौन देखेगा? मानव-सेवा ही हमारा सच्चा धर्म है, प्रिये। विवाह, परिणय, गृहस्थी—ये सब तो ओछी और सांसारिक बातें हैं। हमारा प्रेम इनसे कहीं ऊपर है।"

लम्बा भाषण सुनते-सुनते शेफ़ाली के आँसू सूख चुके थे। उसे विश्वास हो गया था कि उसका बादल कोई ऐसा-वैसा बादल नहीं है जो अपनी कामनाओं को फलीभूत करने की ख़ातिर बरसे। उसका बादल वो बादल है जो सारी दुनिया के गले तर करता है। वह थकी-सी उठी और बग़ैर कुछ बोले वापस चली गई। बादल उसे जाता हुआ देखता रहा। बाहर आई तो माँ ने उसे बोलकारा—"शेफ़ाली, इतनी जल्दी जा रही है, बेटा?" उसकी आँखें भर आईं और वह बिना जवाब दिए बाहर निकल गई। माँ ने कमरे में जाकर देखा तो बादल गुमसुम-सा खड़ा था।

"क्यूँ रे, क्या कह दिया उसे?"

"कुछ नहीं माँ, वह ख़ुद को पहचानती ही नहीं। समझना ही नहीं चाहती। आम लड़कियों की तरह हठ कर बैठती है।"

"ठीक ही तो है। ये रोज़ की दौड़भाग कहाँ तक करे वह? उसे ब्याह कर घर क्यूँ नहीं ले आता?"

"तू भी माँ, तुम औरतों को ब्याह के सिवा भी कुछ सूझता है क्या?"

"तो क्या उसने भी...?"

"उफ़, नहीं कुछ भी नहीं। तुम जाओ।" माँ उसे घूरती-सी बाहर चली गईं।

दूसरे दिन बादल कोलकाता चला गया। इस बार उसने बहुत बड़ी-बड़ी व सफल रैलियाँ निकालीं। 'बादल ग्रुप एंड कम्पनी' नामक एक संस्था का गठन भी किया। इसके अन्तर्गत बेसहारा महिलाओं और अनाथ बच्चों के लिए बड़े स्तर पर काम किया जाने लगा था। जल्दी ही इस संस्था ने पूरी तरह से अपने पैर जमा लिए थे। यहाँ तक कि कुछ अवॉर्ड भी इसके हिस्से में आ गए थे। बादल की ख्याति तेज़ी से बढ़ रही थी। यद्यपि उसे न अवॉर्ड की कामना थी, न दौलत की हवस और न ही ख्याति की लालसा। वह तो नितान्त सन्तों का-सा जन सेवा में लगा हुआ था।

शेफ़ाली को बादल से मिले कई दिन हो गए। वह घर गई तो पता चला वह

कोलकाता चला गया है। क्षण भर को वह सोचती रह गई। बादल इस क़दर बदल गया? मिलना तो दूर, जाने की सूचना तक न दे सका। ख़ैर वह जाती, माँ से मिलकर चली आती। एक दिन वह ऑफ़िस पहुँची तो पेपर पर नज़र पड़ी। पहले पेज पर बादल का फ़ोटो देख वह पुलक उठी। बादल की संस्था को किसी अवॉर्ड के लिए नामित किया गया था। फ़ौरन बादल का नम्बर डायल किया। पर हर बार नम्बर व्यस्त जाता रहा। झुँझलाकर मोबाइल बन्द कर दिया।

चार दिन बाद बादल का फ़ोन आया। वह वापस आ गया था। चूँकि रात हो गई थी, इसलिए उसने दूसरे दिन आने का वादा किया और सुबह होते ही सम्पादक को छुट्टी के लिए फ़ोन किया, लेकिन सम्पादक ने कुछ ज़रूरी काम कहकर एक घंटे के लिए उसे घर पर ही बुला लिया। उसने हिसाब लगाया—अभी तो बादल सो रहा होगा। दस बजे तक आराम से वापस आ सकती हूँ। तब तक वह जाग जाएगा, वह सम्पादक संजीव वर्मा के फ़्लैट पर पहुँच गई। फ़्लैट का दरवाज़ा बन्द नहीं था। कॉलबेल बजाने पर भीतर से आवाज़ आई—

"खुला है, आ जाओ।"

और भीतर क़दम रखते ही संजीव वर्मा ने उसे बाँहों में भर लिया।

"तुम्हारी कमनीय सुन्दरता अब सहन नहीं होती, शेफ़ाली।"

शेफ़ाली ग़ुस्से और आश्चर्य से भर गई। उसने स्वयं को मुक्त कराने का भरसक प्रयत्न किया, किन्तु नहीं...

ठीक 11 बजे शेफ़ाली बादल के कमरे में थी। देखते ही उसे बादल ने बाँहों में भर लिया—

"मेरी शेफ़ाली, तुम्हारे प्रेम की शक्ति ने मुझे क्या-क्या बना दिया?"

"बस, वही न बना सका जो मेरे दिल ने चाहा।" कहती हुई वह उससे अलग हो गई।

"ओह ग़ुस्सा..." वह यूँ ही हँस दिया।

"बादल..." कहते-कहते उसकी आँख भर आई। बादल विचलित-सा हो उठा।

"अ...अरे आँसू...ये क्या...नहीं, ये मुझे बिलकुल नहीं पसन्द है, रोना मत... रोना मत...।"

"तुम्हें क्या पसन्द है, मैं आज तक न समझ पाई, लेकिन आज मेरी बात सुनो। आज...आज..."

"क्या आज...आगे कहो।"

"आज संजीव वर्मा ने मुझे पूरी तरह से ख़त्म कर दिया।"

"क्या मतलब है, साफ़-साफ़ कहो।"

"उसने मेरा बलात्कार..."

"ओह...हे भगवान, ये क्या बच्चों की-सी बातें करती हो? शेफ़ाली, इस समय तुम्हारी आयु क्या है?"

"तीस वर्ष।"

"गुड...इस उम्र में बलात्कार नहीं होता। संयोग होता है। समागम होता है। तुम बालिग हो। तुमने ही तो कहा था एक बार कि देह के भी अपने आग्रह होते हैं। कभी तुमने ध्यान दिया, अपने इर्द-गिर्द घूमती-घामती आवृत्तियों की तईं? अपने भीतर गमकती ऋतुओं का कभी आभास किया? तुम उसका दम घोंटना क्यूँ चाहती हो? उन आह्लादित क्षणों को बलात्कार का नाम देकर अपने साथ अन्याय कर रही हो। तुम्हें तो उसका भरपूर आनन्द लेना चाहिए था। ऐसा कौन-सा अपराध हो गया जो तुम अपराधबोध से दोहरी हुई जाती हो।"

"बादल...!" वह पूरी ताक़त से चीख़ पड़ी।

"प्रिये, आवेश में नहीं आओ।" कहते हुए उसने अपना सफ़ेद कुर्ता उसकी ओर बढ़ाया—

"ज़रा इसमें बटन टाँक दो, टूट गया है।"

वह चकित-सी देखती रह गई। कैसा है ये आदमी? इसके अन्दर पौरुष नाम की कोई चीज़ भी हैं? ख़ामोशी से उसके हाथ से कुर्ता ले लिया और सूई में धागा पिरोने लगी। वह आगे बोला—

"यहाँ बलात्कार कौन नहीं करता, शेफ़ाली? क्या तुम नहीं करतीं? क्या मैं नहीं करता?"

उसने क्षण भर को रुककर बादल को देखा और फिर अपने काम में लग गई। वह हँसा—

"और नहीं तो क्या? बलात्कार का अर्थ है—बलपूर्वक किया गया कार्य। क्या मैं तुम पर अपनी इच्छाएँ थोपकर तुम्हारा बलात्कार नहीं करता? तुम मुझे ज़बरन अपनी धरा पर नचाना चाहती हो, क्या ये मेरा बलात्कार नहीं? कितने ही दिल ढहते हैं, ढहाए जाते हैं। कितने ही रिश्ते स्वार्थी हो जाते हैं। जाने कितने रंग के बलात्कार आए दिन होते रहते हैं—मानसिक बलात्कार, सामाजिक बलात्कार,

राजनीतिक बलात्कार। इन सबके सामने संजीव वर्मा द्वारा किया गया कुकृत्य तो निहायत मामूली है। क्या पति बलात्कार नहीं करता? तुम्हें अपने मन से अपराधबोध और ग्लानि जैसी भावनाएँ निकालकर उसका आनन्द लेना चाहिए था, शेफ़ाली ...यही सच है।"

"शटअप...दिमाग़ ख़राब हो गया है तुम्हारा।"

कहते हुए उसने बटन से धागा तोड़कर अलग किया और सूई मेज़ पर फेंककर फूट-फूट कर रोने लगी—

"हे भगवान, मुझे मौत ही दे दे। प्रेम के लिए मुझे ऐसा ही आदमी देना था?"

बादल ने उसका हाथ पकड़ना चाहा, पर उसने झिड़क दिया—

"दूर रहो मुझसे...छूना मत...।" बादल ने सहमकर पीछे हाथ कर लिया। वह उठी और पाँव पटकती हुई बाहर निकल गई।

उसके बाद उसने बादल से मिलने की कभी भूल नहीं की। मन इस क़दर विरक्ति से भर गया कि उसने स्वयं को सारी दुनिया से काट लिया और स्वयं को संजीव वर्मा उर्फ़ 'जनमानस' (दैनिक पत्र) को समर्पित कर दिया। ये ख़बरें बादल तक भी जाती थीं, किन्तु उसका कभी साहस न हुआ शेफ़ाली का सामना करने का। यद्यपि उसने ख़ुद को जनसेवा के क्षितिज पर भीगी वाष्प की तरह फैला दिया था और अन्तरिक्ष में विलीन होता गया था, किन्तु रात के तीसरे पहर जब वह दुनिया के सारे झंझावात से टकराकर अपने बिस्तर पर जाता तो देर तक मोबाइल पर शेफ़ाली का नम्बर तकता रहता। डायल करने का कभी साहस न हुआ।

दस वर्ष बाद—

वो आषाढ़ की ही एक साँझ थी। घोर बरसात के बाद नभ कुछ साफ़ हुआ था और एक इन्द्रधनुष खिंच गया था। शेफ़ाली 'जनमानस' के कार्यालय के अपने केबिन में बैठी किसी न्यूज़ का ड्राफ्ट तैयार कर रही थी। तभी पीछे से एक नितान्त मुलायम स्वर लहराया—

"शेफ़ाली,...मेरी हंसिनी।"

शेफ़ाली शॉक्ड रह गई। क्षण भर को वह बुत-सी बनी रही फिर एक झटके-से खड़ी हो गई और पीछे घूमी। सामने बादल बाँहें फैलाए खड़ा था। चेहरे पर फैली बेतरतीब दाढ़ी, आँखों में पीला उजाला। मटमैले कपड़े। बिलकुल उसका वाला

बादल। एक पल को उसका जी भीग गया। मन की बाँहें फैल गईं उसे दिल से लगाने के लिए, मगर जाने कौन-सी शक्ति ने उसे रोक दिया। वह बुत बनी खड़ी रह गई। बादल ने निराश होकर बाँहें समेट लीं और बोला—

"शेफ़ाली, मैं खो गया हूँ, थक गया हूँ, सँभालो मुझे। मैं ऊब चुका हूँ इस भीड़ से। मैं लौट आया हूँ तुम्हारी आँखों में ख़ुद को ढूँढ़ने के लिए।"

"पर कुछ रास्ते ऐसे होते हैं बादल, जहाँ से लौटा नहीं जा सकता। अब इन आँखों में बादलों के मंज़र नहीं रहे। यहाँ रेत की चट्टानों ने जगह बना ली है। ऐसी चट्टानें, जिन्हें वक़्त की आँधियाँ बादलों की तरह उड़ाकर कहीं दूर नहीं ले जा सकतीं। ये चट्टानें स्थायी और स्थिर हैं। इन चट्टानों पर सारे मौसम सिर पटक-पटककर लौट चुके हैं।"

"शेफ़ाली..." बादल के चेहरे पर एक दर्द-सा फैल गया जैसे।

शेफ़ाली कहती हुई आगे बढ़ गई और खिड़की के पास जाकर बाहर देखने लगी—

"वो देखो बादल, भूखी माँओं के शव कव्वे नोच-नोच के खा रहे हैं और शिशु उनके सीने पे सिर पटकते स्तनपान के लिए मचल रहे हैं। साम्यवाद चीख़ रहा है, वो देखो कितने ही मार्क्स हाथों में लाल-पीले-नीले झंडे लिए दौड़े जा रहे हैं जिस पर सामन्तवाद के रक्त से लिखा गया है 'लाल सलाम'। आज रिलायंस क्लब में 'जन चेतना और समाजवाद' पर मेरा भाषण है, तुम ज़रूर सुनने आना।" कहते हुए वह पीछे मुड़ी, किन्तु कहाँ, बादल अपनी आहत वेदनाओं के साथ निराश लौट गया था।

काफ़िर तमन्नाएँ

मैं अमीरनबाई हूँ। उम्र यही कोई 80-85। वक़्त के चढ़ाव-उतार ख़ूब देखती रही हूँ। कभी अशरफ़ियों की मलिका थी। आज फुटपाथ पे अमरूद लगाती हूँ। चन्द सिक्कों की कमाई पर ज़िन्दगी धकेल रही हूँ। मेरी पीढ़ी के बचे-खुचे लोग ही रह गए हैं इस शहर में, जिनका अता-पता नहीं है। झिलमिल आँखों से मैं इस बदलती बदरंग दुनिया का तिलिस्म टटोलती रहती हूँ, पर कुछ साफ़ नज़र नहीं आता। अपनी बिरादरी की दूसरी-तीसरी पीढ़ी भी नज़र नहीं आती कहीं। यदा-कदा कुछ नव-उम्र पेशा करने वाली लड़कियाँ दिख जाती हैं, मगर पहचान में नहीं आतीं। वो तो गली के रशीद पानवाले ने पहचान करवा दी। बताता है, इन्हें किसी अंग्रेज़ी नाम 'कॉलगर्ल' कह के पुकारा जाता है। यही हैं नव-वक़्त के चलते-फिरते कोठे। बड़े-बड़े शहरों में 'बार' भी सुनाई पड़ते हैं। कजरी, ठुमरी, दादरा की संगत सिरे से लापता हो चुकी है। इनकी जगह पॉप गानों ने ले ली है। आजकल की कॉलगर्लनुमा तवायफ़ों के उसूल भी नहीं हैं। टके-टके पर बिकती हैं बग़ैर किसी पैमाइश के, दायरे के। कभी-कभी जी होता है हारमोनियम, सारंगी और तबले वग़ैरह की संगत पे मन-ही-मन ख़ूब झूमूँ, मगर कहाँ? इस दौर में तो टीन-कनस्तरों के शोर के सिवा कुछ सुनाई ही नहीं देता। संगीत की सत्या पीटी जा रही है वरना हमारे कोठों से तो ग़ालिब, मीर और दाग़ की शायरी की त्रिवेणी बहा करती थी।

मैंने ज़िन्दगी की अनगिनत बहारें देखीं। हर बहार के सत्तर-सत्तर रंग देखे। इन रंगों में पचासों ऊदे-पीले मौसम देखे और हर मौसम पे अपनी बेजोड़ छाप। हमारी दहलीज़ से निकली कजरियों-ठुमरियों की थाप महलों की चूल हिला के रख देती थी। हमारी दहलीज़ें महज़ सनमख़ाना ही नहीं थीं, बल्कि नवाबों के साहबज़ादे और साहबज़ादियों को तहज़ीब व तंज़ीम की तरबियत देने के मरकज़ भी हुआ करती थीं। वे हमारे यहाँ छोड़ दिए जाते थे। फिर हम उन्हें नवाबी अदब ओ' तहज़ीब के तौर-तरीक़े अपने ढंग से सिखाते थे। बहरहाल...

हमारे साथ की कई तवायफ़ें थीं जो अब तक ज़िन्दगी के थपेड़ों से पनाह माँग चुकी थीं और गहरी नींद सो गईं। मैं भी अपनी तवायफ़ माँ के पेट से हूँ। मेरी माँ बला की हूर थी। नवाब अमानत अली के ख़ानसामे की नाजायज़ औलाद जिसे उन्हीं का नौकर किसी रोज़ बहला-फुसला कर कोठे पर कुछ अशरफ़ियों में बेच आया। फिर माँ की ज़िन्दगी वहीं परवान चढ़ी। मेरी माँ नवाब शौक़त अली की पहली पसन्द थीं। सुनती हूँ, नवाब शौक़त अली के सिवा किसी और मर्द ने उनका चेहरा तक न देखा था। वह ख़ास और सिर्फ़ उन्हीं की रातों की महक थीं। हत्ता कि नवाब साहब की मौत के बाद उन्होंने ये पेशा ही छोड़ दिया। लिहाज़ा, कोठा भी ख़ाली कर दिया। तब मैं चार साल की थी। कोठा ख़ाली करते वक़्त हमारा सारा अमला-असबाब कोठे की मालकिन ने ज़ब्त कर लिया। वो दिन हमारी ज़िन्दगी के सबसे बुरे और कठिन दिन थे। माँ अक्सर नवाब शौक़त का दम भरा करती। बहुत देर से पता चला कि मैं उनके ही नुत्फ़े से हूँ और नवाब शौक़त ही मेरे वालिद हैं। ये बात तब पता चली जब माँ आख़िरी साँसें ले रही थी और मेरे जिस्म पे हरकते सिन्दूरी मौसमों के लम्स को महसूस कर फ़िक्र से दोहरी हुई जा रही थी। वह चाहती थी, मैं नवाब शौक़त के वहाँ अपना हक़ माँगने जाऊँ, लेकिन नहीं। क्यूँ जाती? किस रिश्ते से जाती? ज़मीं ओ' आसमान पे हक़ तो रोपे गए पौधों का होता है। झाड़ी-झंखाड़ियों का कौन-सा हक़? किसने कहा था 'उग' आओ? हमारा क्या हक़? ख़ैर, बात आई-गई हो गई। मैं नहीं गई शौक़त अली के यहाँ। माँ ने किसी ज़माने में एक मस्जिद की बुनियाद भी रखी थी। एक बड़ी मस्जिद तामीर करवाई थी अपने ख़र्च पर जो 'बेगम मस्जिद' के नाम से जानी जाती है। हज़ारों नमाज़ी उसमें नमाज़ अदा करते हैं, मगर एक ये दिन थे कि घर में ख़ाक उड़ती थी। माँ एक दिन ज़िन्दगी से हार मानकर आँखों से ओझल हो गई। अब बची मैं। उसके जनाज़े पे रोने वाली तनहा मैं ही अकेली शख़्सियत थी, यहाँ तक कि उसकी मिट्टी में भी गिनती के लोग ही शामिल हुए। लोगों को एक तवायफ़ के जनाज़े से भी परहेज़ था। हालाँकि जनाज़ा तो पाक होता है। माँ की जनाज़े की नमाज़ उन्हीं की तामीर की गई मस्जिद में पढ़ाई गई। ख़ैर, मैं हफ़्तों घर में बन्द रही। महल्ले के छिछोरे घर के चक्कर लगाते रहे, फ़िकरे कसते रहे। मैं ख़ुद में ही सिमटी बैठी रही। जानती थी, अब लोग जीने नहीं देंगे। एक रोज़ आधी रात को मैं फिर से अपनी रिहाइशगाह में जा पहुँची।

मेरे हुस्न ओ' शबाब को देख काकी निहाल हो गईं। उनका बन्द होता धन्धा फिर से चल निकला। मुझे ऐसे माहौल से कुढ़न नहीं हुई। अच्छा खाना, अच्छा

पहनना, रास-रंग। ज़िन्दगी को और क्या चााहिए? इसी कोठे पर की बानो पर एक रईस नवाब महशर जान देता था। ख़ूब दे जाता। एक दिन मुझसे मुलाक़ात हुई तो बानो को भूल गया। अब उसे सिर्फ़ मेरी तलब खींच लाती। अभी शुरुआत ही थी कि उसने एक फ़िक़रा कसा—"नवाब शौक़त अली के नुत्फ़े से हूँ जानेमन... ख़ानदानी नवाब हूँ। नवाबी न रही तो क्या हुआ?"

मेरा कलेजा हलक़ को आ गया। उछलकर दूर खड़ी हुई। वह भौचक्का। उसके बाद मेरे दरवाज़े हमेशा के लिए उस पर बन्द हो गए। अलबत्ता, वह दीवानों की तरह मेरे नाम की आवाज़ लगाता गली-कूचों में भटकता रहता। ये दिन और भी तकलीफ़ के थे। वह हमें अपने घर की ज़ीनत बनाने की तिकड़म कर रहा था। मैं दिनोरात उसकी डेवढ़ी के सपने देख रही थी। तमन्नाएँ ज़ेर-ए-परवाज़ थीं कि बिजली गिर गई।

मैंने पलंग पकड़ ली। मगर हाँ, कोठे के नौकर आसिफ़ ने मेरी ख़ूब तीमारदारी की। मैं चंगी होने लगी। इस दरम्यान उसने मुझसे ख़ूब नज़दीकियाँ बना लीं। पल-पल मेरे सिर पर शैतान की तरह सवार रहता। वह मुझे अपने ऊबड़-खाबड़ झोंपड़े में ईंटों की तरह सजाना चाह रहा था। कैसे क़बूल कर पाती? एक जर्जर सन्नाटेदार घर में बँधा-बिंधा जीवन। मैंने उसे एक तरफ़ किया। वह तो मेरे एक गजरे का ख़र्च भी न उठा पाता। एक रोज़ पता चला, नवाब महशर फिर से कोठे में दाख़िले के लिए हाथ-पैर मार रहा है। मेरे कहने पर काकी ने उसका कोठे पर आना बन्द करवा दिया था, मगर सुना कि काकी उसे फिर से कोठे पर मदू करने की मंशा बना रही हैं। मैंने रात के तीसरे पहर तिजोरी खँगाली और फिर चीख़-पुकार करने लगी कि पेट में दर्द हो रहा है और बेड पर लोटने लगी। काकी आसिफ़ से झुँझलाकर बोलीं—"जा, दिखाकर दवा ले आ। इत्ती रात गए कोई डॉक्टर तो यहाँ आएगा नहीं।"

मैं ये गई वो गई। बाहर आसिफ़ को सारा माजरा बताया तो वह मेरे साथ घर छोड़ने को तैयार हो गया। किसी बीहड़ जंगल के किनारे बसे गाँव में उसका झोंपड़ा था। घर में सिर्फ़ अन्धा बाप। हमने शादी की। सुकून से रहने लगे। आसिफ़ ने मेरे लाए पैसों से एक किराने की दुकान खोल ली। ज़िन्दगी एक बार फिर रिद्म में आ गई। आसिफ़ और उसका अन्धा बाप बहुत ख़ुश रहता, मगर कहाँ? मेरे भीतर की तवायफ़ फिर हिलोरें मारने लगी। शहर के तमाम लकड़हारे इधर लकड़ियाँ काटने अक्सर आया करते थे। मेरे घर से कुछ दूरी पर एक कुआँ था। वो लोग दोपहर की रोटी वहीं बैठकर खाते। इत्तेफ़ाक़न मैं भी कभी-कभार ऐसे ही वक़्त

वहाँ पहुँच जाती पानी भरने। कभी-कभी वो लोग मदद भी कर देते। धीरे-धीरे उनसे अच्छी बनने लगी कि उसमें से बैजू नाम के लकड़हारे ने मेरा मन जीत लिया। पता ही नहीं चला मैं कब उसकी हो गई। वह जितना कमाता, सब मुझ पे ही ख़र्च कर देता। मुझे और क्या चाहिए था? एक दिन पानी भरने के बहाने निकली और आ गई बैजू के साथ उसके शहर, मगर कहाँ? मेरे गजरे का ख़र्च ढोते-ढोते एक दिन बैजू भी दिवालिया हो गया। अब उसके झोंपड़े में मेरा दम घुटने लगा। हमारा एक बच्चा भी हुआ, मगर निमोनिया से मर गया। बैजू को टीबी हो गई। मैं भाग खड़ी हुई। एक होटल में बर्तन धोने लगी, पर अपने मन का मैल न धुल पाई। सोचती हूँ, तवायफ़ की तमन्नाएँ भी तवायफ़ ही होती हैं। होटल में क्या-क्या लोग आते थे? मेरे भीतर की तवायफ़ फिर अँगड़ाई लेने लगी, मगर कहाँ? उस वक़्त मैं 55 की थी। दौड़-भाग में सब वक़्त भी चुक गया, मगर काफ़िर तमन्नाओं का क्या कहूँ?

ख़ैर, एक रोज़ जज़्बात की आँधी मुझे उसी ड्योढ़ी पे खींच ले गई जहाँ मेरी पैदाइश हुई थी। क्या देखती हूँ कि वो जगह भीड़ से अटी पड़ी है—क्या नौजवान, क्या बच्चे, क्या औरतें। पूछने पर पता चला कि वहाँ कोई स्कूल क़ायम हो गया है। चौकीदारों के मना करने के बावजूद मैं भीतर घुस गई और सरपट क़दमों से कई हॉल और कमरे झाँक आई, पर नहीं। कहीं कोई निशां नहीं। मेरा जी चाहा, सब एक झोंके से लौट आए। मेरे कमरे में महशर फिर से मेरे क़दमों में आ बैठे। काकी फिर से उसी हॉल में बैठ अपना पानदान सँभाल ले। मुजरे वाले हॉल में फिर से अब्बू मियाँ की थाप पर बानो झूम के नाचे और घुँघरुओं की छनक से सारा समाँ गूँज जाए। अभी नारंगी ख़ाबों से एकमेक हो ही रही थी कि एक दरबान आया और मुझे खींचता हुआ बाहर डाल आया। धक्का-सा लगा। मैं आँखों में आँसू लिये उस खँडहर की तरफ़ बढ़ गई जहाँ कभी हमारी फुलवारी हुआ करती थी और मैं तितलियाँ पकड़ती थी। दीवार की ईंटों से मिट्टी झर-झर के नीचे ढेर थी। दीवार किसी खाज खाए कुत्ते की तरह दिख रही थी। मैंने धीरे-से, बड़े प्यार से उस पर हाथ फेरा तो एक परत और भरभरा आई, जैसे किसी की दुखती रग पे उँगली रखो तो वो बिलख पड़े। मैंने मिट्टी को आँखों से लगाया और वहीं बैठ गई। अपनी ज़मीन की मिट्टी भी कितनी अज़ीम और पाक़ीज़ा लगती है। कोई तरफ़ की दीवार साबुत थी, बिलकुल चिकनी फ़र्श। मैंने ढेला उठाया, थोड़ा आगे खिसक आई। फिर यूँ ही एक फ़ौरी वसीयत लिखने बैठ गई—

मेरी मौत के बाद मुझे यहीं दफ़नाया जाए।
मेरी क़ब्र के सिरहाने गुलाब की वेणियाँ ज़रूर रखी जाएँ।
मेरी क़ब्र पर बेले के फूलों की घनी बाड़ लगा दी जाए।
साल में एक बार मेरी क़ब्र पर मुजरा ज़रूर करवाया जाए।
मेरी जो भी ज़र-जायदाद हो, वो किसी कोठे को इम्दाद कर दी जाए।

बकौल,
अमीरनबाई

सूने समन्दर और किनारे

सवा साँझ से ही उनके भीतर गर्म ख़ुशबुएँ उठने लगती हैं कमोबेश वैसे, जैसे झुटपुटे में रातरानी रह-रह के महकती जाए या जैसे पावस की रात में भीगे-भीगे नर्म स्पर्श। आठ साल की उम्र से ही वह गर्म सुगन्धों के मुहताज हो गए थे। कैसे न होते? जंगली हवाओं के झंझावात से झूला झूलते हुए ही तो वह वयस्क होते हुए प्रौढ़ अमराइयों तक पहुँचे थे। होश सँभाला तो ख़ुद को अम्मा से लिपटा हुआ पाया। अम्मा खालिस पेटीकोट-ब्लाउज़ में ही उन्हें चिपकाकर सोतीं। अम्मा सो जातीं, मगर उनकी नन्ही-नन्ही उँगलियाँ अम्मा के कलछऊँ-मुलायम जिस्म से छुआ-छू खेला करतीं तब तक, जब तक नींद सिरहाने आकर बैठ न जाती। कभी-कभार अरवट-करवट बदलियाँ उनकी आँखों में भर जातीं और वह गहरे ख़्वाब में खोए रहते...।

पिता उनके जन्म के साल भर बाद ही गुज़र गए थे। किसी कॉलेज में पानी पिलाने के ओहदे पर थे। उनके गुज़रने के बाद अम्मा को जगह मिल गई। पति के खोने का दर्द बेटे को कलेजे से लगाकर पी लिया। नाम दिया—केशव। रात को खा-पका कर जब वह केशव को सीने से चिपका के सोतीं, तो दिन भर की थकन छू हो जाती। लगता, काँटों पे चलते-चलते फूलों से पाँव छू गए हों या तपती रेत से गुलमोहर ने खींच लिया हो। हालाँकि एक दिन उन्होंने केशव को डपटा था—

"अब अलग पलंग बिछाया कर। बड़ा हो गया है, पूरे दस साल का।" वह सन्नाटे में—

"क्या कहती हो अम्मा? नहीं, तेरे बिना नींद नहीं आवेगी, क़सम ले।" अम्मा का जी उमड़ पड़ा—

"ठीक है, पगले..." दुलारन टिपिया दिया।

रात अम्मा सो गईं, मगर वह उनकी नाभि पर उँगलियाँ फेरते सोचते रहे, "अलग सोने में कहाँ ये रस, कहाँ ये सुख?" और पुनः ब्लाउज़ में हाथ डाल सो

रहे, किन्तु ये स्पष्ट था कि उस रात माँ की देह से जुड़ाव और गहरा गया। सपने में देखा कि माँ की देह से महुआ टपक रहा है, सन्दल बरस रहा है और वह लोट रहे हैं क़दमों में। कभी उनका जिस्म गर्म लोहा हो जाता, कभी ठंडी झुरझुरी दौड़ जाती। ऐसी ही रानाइयों में गोतम-गोता लगाते सुबहें आती रहीं, रातें जाती रहीं। तेरहवें साल का पाला छूते-छूते देह किसी गर्जन से भर गई, जैसे अजीब मटमैले बादल भीतर घुड़मुड़ाया करते। शरीर भर में छोटी-छोटी कोंपलें फूटने लगीं। मन हरियाली से भर गया, मगर क्या सुहाने दिन हमेशा अपने पीछे चक्रवात लेकर आते हैं? उसी साल शहर में प्लेग फैला। अम्मा ख़र्च हो गईं। वह टूट गए। बिखर गए। चकनाचूर हो गए। यूँ तो दिन बुरे थे, मगर रात का सन्नाटा बेतरह गले पड़ जाता। अम्मा द्वारा सूनी कर दी गई जगह उन्हें कचोट डालती। ख़ाली पलंग पे हाथ रेंगते रहते। शरीर में कभी गर्म धारा दौड़ जाती, कभी ठंडी लहर। कॉलेज में तिबारा उन्हें अम्मा की जगह बैठा दिया गया। अलबत्ता, जो अम्मा के पी.एफ. आदि से धन निकाला था, उसे कॉलेज के अधिकारियों ने ही आपस में बाँट-चोंट लिया। हाँ, इतना था कि अनाथ होने के कारण उन्हें सारे कॉलेज स्टाफ़ का लाड़-प्यार मिल रहा था। पूरा सहयोग मिल रहा था। वयस्क होने तक का उनके खाने-पीने, पढ़ाई-लिखाई का ख़र्च प्रिंसिपल साहब ने अपने ज़िम्मे ले लिया। शायद इस तरह वह अपने पापों का प्रायश्चित्त करना चाह रहे थे जो उन्होंने उनके हिस्से की राशि गटक कर किया था। सब कुछ ठीक-ठाक चल रहा था सिवाय इसके कि उनका अन्तर्मन किसी विमोहक अंक के लिए छटपटाता रहता। आँख लगी नहीं कि जिस्म पर साँप लोटने लगते। कभी-कभी करवटों में ही पलंग के नीचे गिर जाते। अजब कैफ़ियत, अजब नशा, अजब उन्माद। वो जो सिन्दूरी-स्पर्श अम्मा दे गई थीं, उसे हवा में तलाशते रहते। अभी तो तमाम रहस्य जानने शेष थे और अम्मा थीं कि चल ही दीं।

हालाँकि कॉलेज की किशोरियों में वह इन रहस्यों को ढूँढ़ लेने का ख़ूब प्रयत्न करते। अम्मा वाला जादू वह लड़कियों में टकटकी लगाए महसूसते रहते। उँगलियाँ डोलने लगतीं। मन के हाथ कुर्ते के भीतर अनायास रेंग जाते। क्षण भर को वह सब भूल जाते, ख़ुद को भी। देह तपने लगती, कम्पन शुरू हो जाता, चेहरा फड़कने लगता। फिर ज्यों ही कोई चेताता, वह बर्फ़ का टुकड़ा बन जाते। आयु के साथ-साथ वह कक्षाएँ पार करते गए। प्रिंसिपल साहब ने भी वयस्क होते ही उन्हें उनकी जगह बैठा दिया, किन्तु हाँ, चपरासी होते हुए भी उनसे चपरासी का काम नहीं लिया जाता। अलबत्ता स्नातक होते-होते वरिष्ठ बाबुओं ने भी उन्हें अपनी फ़ाइलें

पकड़ा दीं और बेफ़िक्र हो गए। केशव बाबू ने इन्हें सगर्व अपना लिया। उनके लिए इसमें सौभाग्य का पुट ये था कि वह चपरासी होते हुए भी चपरासी नहीं थे। उनकी योग्यता का सही मूल्यांकन करते हुए लोगों ने उनकी तरफ़ कुर्सी सरका दी थी। बाबू लोग ये सोचकर ख़ुश थे कि अब उनके पास उनका दायाँ हाथ था, जिस पे वे आँख मूँदकर भरोसा करते हुए गप्पें मार सकते थे। कुर्सी पर पकड़ बनी रहे, इस प्रयास में वह भी जी-तोड़ मेहनत करते, पूरी ईमानदारी से। और वह उन खसूट क्लर्कों की ज़रूरत और कमज़ोरी बनते चले गए। बाबुओं की तरफ़ से प्राय: उन्हें चाय-नाश्ता भी ऑफ़र होता। पान तो दस-दस बार तक हो जाते। केशव बाबू इतने में ही ख़ुश थे, सन्तुष्ट थे। यही नहीं, यदा-कदा किसी अध्यापक की अनुपस्थिति में उन्हें कक्षाओं में भेज दिया जाता, जिसके एवज़ में उन्हें छात्र-छात्राओं की तरफ़ से 'सर' की उपाधि मिल गई। अपनी व्यवहार-कुशलता और तत्परता के चलते उन्होंने अपने लिए एक पुराना झज्झड़ बन्द पड़ा कमरा खुलवा लिया। साफ़-सफ़ाई करवा के दो कुर्सियाँ और एक मेज़ डालकर अपना ऑफ़िस मुकम्मल कर लिया था। इनसान अपनी सूझ-बूझ और लगन से क्या नहीं पा लेता? ज़िन्दगी एक मस्त खेमे-सी चल पड़ी। उदासियों, विरक्तियों और अवसाद का दूर-दूर तक पता न था। मगर क्या था, एक रहस्यमयी गन्ध बादामी बादल बनके उनके भीतर खुल जाती। तब क्षण काटे नहीं कटते, रात तो क़तई नहीं। स्वप्न में दोष ही दोष, दोष ही दोष, दोष ही दोष।

विवाह का कोई नाम लेता तो तलवे के नीचे की ज़मीन सरकते-सरकते रह जाती। इसी टाल-मटोल में उनके हिस्से के गुलाबी मौसम श्वेत घोड़ों पे सवार दूर शिखर चोटियों में जा बैठने को बेचैन थे। पसोपेश में ज़िन्दगी जाने किधर रेंगती निकल गई। उम्र के इस मोड़ पे वह एक मातबर व्यक्ति में तब्दील हो गए और वह केशव से केशव बाबू हो गए। बालों में हल्की चाँदनी गिरने लगी थी। व्यक्तित्व में निखार आता गया। पूरे वजूद पर एक ग़ौर-गम्भीर आकर्षण पैदा होता गया था। यहाँ तक कि कॉलेज की किशोरियाँ भी नहीं बख़्शतीं। गाहे-बगाहे मीठे तंज़ भी उछाल देतीं, जिसका जवाब वह हल्की मुस्कान से देते। बी.ए. द्वितीय वर्ष (कला वर्ग) की कक्षा के सामने से गुज़रते हुए उन्हें ख़ास रोमांच-सा हो आता। इस क्लास में कुछेक लड़कियाँ ऐसी भी थीं जो उनका नैकट्य लाँघ आने को हमेशा आतुर रहतीं। जाने कितने अनोखे संकेतों से उन्हें खींच लेने का असफल प्रयास करती रहतीं। एक रोज़ कॉलेज छूटा तो वह घर के लिए निकले। रास्ते में बचपन के साथी

विवेक बाबू भेंटा गए। इस समय केन्द्रीय डाकघर में बाबू हैं। सलाम-दुआ के बाद दोनों साथ-साथ निकल लिए। विवेक बाबू ने फ़ौरी पूछा—

"कहाँ जाएगा?"

"घर।"

"व्हाट? घर...तू उसे घर कहता है, जिसका ताला ख़ुद खोलना पड़े, जिसकी चिराग-बत्ती ख़ुद करनी पड़े। तू उसे घर कहता है?"

"उँह, हो गया लेक्चर? अब बोल, क्या चाहता है?"

"यार, तू मेरे साथ चल, मैजिक दिखाऊँ। दुनिया का सबसे ख़ूबसूरत और नैसर्गिक टेस्ट।"

"रहने दे, घटिया बातें हैं।" केशव बाबू ने हिकारत से मुँह एक ओर फिरा लिया। विवेक बाबू को ये अपनी भावनाओं पर ओछा प्रहार-सा लगा। हार मानने से पहले एक रद्दा और रखा—

"यार केशव, तू अपनी इस संतगीरी से क्या साबित करना चाहता है? क्या मैं नीच हूँ, घटिया हूँ, चरित्रहीन हूँ? छैं...ह...ह तुझे कुछ भी नहीं आता। अरे यार, ये हमारी ज़रूरतें हैं, जीवन का हिस्सा हैं।"

"तू समझता नहीं, विवेक। ऐसे ठिकानों पे जाने से कितनी बदनामी होती है, देखने वाले भी क्या..."

"उल्लू हो, यार।" विवेक बाबू ने बीच में झपट लिया।

"क्या?" केशव बाबू चौंके।

"और नहीं तो क्या? अभी भी चालीस साल पीछे चल रहे हो, मुझे तुम मूर्ख समझते हो?"

"मैं समझा नहीं?"

"तो समझो, वे ऐसी-वैसी नहीं, स्कूल गोइंग लड़कियाँ हैं।...शरीफ़ घरानों से सम्बन्ध रखती हैं।"

"क्या कह रहे हो?"

"सही कह रहा हूँ। जिनकी मैं बात कर रहा हूँ, वे कॉलेज-गर्ल्स है। तू तो जानता है, इस बाज़ारवादी परिवेश में शरीर से आत्मा तक सब बाज़ार में उतर आए हैं। न बेचना मुश्किल, न ख़रीदना मुश्किल। ये प्रतिस्पर्धा का दौर है, यार! हममें अगले से ज़्यादा पा लेने की होड़-सी लगी है। पाने का रास्ता कैसा भी हो, जायज़, नाजायज़...। इस भोग-पिपासा से ग्रस्त है, ख़ासकर मध्यवर्ग। कुंठाओं

और आत्महीनता से वो इस क़दर त्रस्त है कि कितना भी गिर जाने पर तुला है। आत्मग्लानि और वितृष्णा का शिकार है, विशेषकर छात्र-वर्ग। कॉलेज कैम्पस में वे अपने सहपाठी से कमतर रहकर नहीं जी सकते। उन्हें अकादमिक परफ़ारमेंस की इतनी चिन्ता नहीं होती जितनी कि इस बात की कि अगर उनके सहपाठी के पास सेल फ़ोन है, लैपटॉप है या बाइक है तो हमारे पास क्यूँ नहीं है और इस 'क्यूँ नहीं है' का 'वे आउट' वे हर तरह तलाश लेने का प्रयास करते हैं, भले ही उन्हें इसके लिए अवांछित रास्ते अपनाने पड़ें। लड़के चोरी, राहज़नी और सुपारी लेने तक पे उतर आते हैं। पकड़े भी जाते हैं। बर्बाद भी होते हैं। हाँ, लड़कियाँ यहाँ भी भाग्यशाली साबित होती हैं। बग़ैर चोरी, राहज़नी और क़त्ल के वे अच्छा कमाती हैं। पैसे कमाने का उनके पास ख़ूबसूरत ज़रिया है। वे मनमानी रकम वसूलती हैं। देह उनकी मिल्कियत है, जिसका वे भरपूर लाभ उठाती हैं और बिना कोई रिस्क उठाए सुविधा-सम्पन्न होती रहती हैं।

केशव बाबू के ज़ेहन में गोले दग़ने लगे। दिमाग़ में अंग्रेज़ी लेक्चरार मलिक साहब की बात कौंध गई। एक रोज़ वह बी.ए. द्वितीय वर्ष की मालती व सुनैना को झाड़ रहे थे—

"बड़ी एडवांस बनती हैं, मोबाइल लेकर चलती हैं, घर में नहीं खाने को, अम्मा चली भुनाने को...।" और वह खा जाने वाली नज़रों से मलिक साहब को देखे जा रही थीं। सहसा विवेक बाबू का लेक्चर थमा तो उन्हें ख़याल आया कि उनके घर की तरफ़ जाने वाली गली काफ़ी पीछे छूट गई है और वे बातों के बहाव में विवेक बाबू के साथ जाने कितनी दूर निकल आए हैं। अब, जब उनका घर पीछे छूट ही गया था तो उन्हें विवेक बाबू के साथ बढ़ना ही बढ़ना था। विवेक बाबू चौराहे पर पहुँचकर दाईं तरफ़ एक ढाबे पर रुके। दो सिगरेट लीं, सुलगाईं। एक केशव बाबू को थमाई और दाईं तरफ़ जाती रोड पर मुड़ गए। दस हाथ और आगे बढ़ने पर फुटपाथ के किनारे दाईं तरफ़ खड़े गुलमोहर के तरु के नीचे जींस-टी शर्ट में एक 18-19 साल के लगभग लड़की बाइक पर बैठी दिखाई दी। बॉब कट बाल और सिर पर बड़ी-सी कैप। कैप का अगला हिस्सा ख़ासा झुका हुआ, जिससे चेहरा बमुश्किल नज़र आ रहा था, आधा-अधूरा। विवेक बाबू को देख अजीब से लहज़े में उसने हाथ हल्के से उठाकर 'हाय' किया। जवाब में विवेक बाबू ने मुट्ठी में दबे सौ-सौ के पाँच नोट उसे थमा दिए, जिन्हें उन्होंने ढाबे पर ही तह कर मुट्ठी में दबा लिया था। लड़की जैसे बड़बड़ाई—

"चन्दन बाड़ा, लेन नम्बर टू, रूम नम्बर फाइव।"

"थैंक्यू, एक मिनट ये मेरे मित्र हैं, ये भी..."

"एक सेकेंड..." खट-खट-खट मोबाइल पर कोई नम्बर डायल किया।

"हाँ यार, कहाँ है?"

"..."

"इस एक घंटे में फ्री है?"

"..."

"यार, इंग्लिश के टेस्ट में अभी तीन दिन बाक़ी हैं, हो जाएगा। एक ही घंटे की तो बात है।"

"..."

"मम्मी को मुझ पे छोड़। मैं कहे देती हूँ कि तू मेरे यहाँ आ रही है। यार, स्टेटस का सवाल है।"

"..."

"माई डियर..."

"सर, ठिकाना नोट कीजिए। अहमद हसन स्ट्रीट, डॉली अपार्टमेंट, रूम नं. पन्द्रह, सात बजकर दस मिनट पर।"

विवेक बाबू ने केशव बाबू से लड़की को पाँच सौ देने को कहा। वह कुछ झिझके, फिर जेब से निकालकर पाँच सौ गिन दिए। लड़की ने बग़ैर गिने ही पिछली जेब में रुपए खोंस लिए और एक झटके में बाइक स्टार्ट कर सड़क की भीड़ में बिला गई। केशव बाबू विस्फारित नेत्रों से उस रास्ते को देखते रह गए जिधर से होकर लड़की गई थी। विवेक बाबू ने चुटकी ली—

"चल यार, आज तो तेरा भी ब्रह्मचर्य टूटेगा, बहुत हो गया 'संन्यास'।"

"हाँ, मगर मैं इस लड़की की सोचता हूँ, कैसी फर्राटा हो रही है?"

"तूने दुनिया देखी ही कहाँ है, यार? ये गुलाबी आँधियाँ ही तो दुनिया ख़ूबसूरत बनाती रही हैं।" विवेक बाबू ने समझाया।

घर से फ्रेश होकर केशव बाबू पौने सात बजे निकले। बीस मिनट का रास्ता था। सोचा, कुछ देर पहले ही पहुँचूँ। भीतर ख़ुशी की लहरें तरंगित हो रही थीं। ऑटो पकड़ा। भीड़-भड़कम वाली सड़क पर भी उन्हें घोर सन्नाटा और सन्नाटे में मात्र चन्द बनती-बिगड़ती आकृतियाँ नज़र आ रही थीं। अहमद हसन स्ट्रीट

होते हुए वह डॉली अपार्टमेंट पहुँचे। डॉली अपार्टमेंट गोलाकार कॉलोनी थी। दूर से देखने में लगता कि विशाल पानी की टंकी खड़ी है। छोटी जगह में बड़ी इमारत। कई मंज़िलों तक गई हुई। आसमान छूती-सी। बीच-बीच में नन्ही-नन्ही गैलरियाँ, जिनमें से ऊपर जाने के लिए ज़ीने दिए गए थे। कमरों की प्लेटों पर वह उँगली रख-रखकर नम्बर पढ़ने लगे। अन्ततः गोल-गोल घूमते हुए वह पहुँच ही गए। इसे तलाशने में उन्हें पाँच मिनट लगे। दरवाज़ा अन्दर से भिड़ा हुआ था। कॉलबेल पर उँगली रखी ही थी कि हटा ली। कुछ सोचने लगे। क्यूँ न वापस लौट चलूँ? फिर किसी ने धकेला। उँगली फिर से कॉलबेल पर। पुश होते ही भीतर से कहा गया—

"कम इन प्लीज़...।" वह डरते-डरते भीतर दाख़िल हुए। घुप्प अँधेरा।

"उफ़, बड़ा अँधेरा है...लाइट का बन्दोबस्त नहीं है?" फिर सहसा विवेक बाबू की बात याद आई—

"बस, हमारे स्पर्श ही हमारा परिचय होते हैं। एक-दूसरे के नाम व पता-ठिकाने से हमें कोई सरोकार नहीं रखना होता। यहाँ तक कि अगर हम दिन के उजाले में आमने-सामने भी हुए हों तो कह नहीं सकते कि हमने किसी काली रात के अँधेरे में समागम किया था। वही घुप्प अँधेरा हुआ करता है यानी कि हर तरफ़ से सेऽऽऽफ..."

"ऊँहूँ, यहाँ लाइट का क्या काम?" वह हठात् चौंक पड़े।

तभी पैर एक शरीर से टकराया। वह गिरते-गिरते बचे। नीचे मोटा-सा गद्दा बिछा था। वह जूते उतारकर उस पर बैठ गए। शरीर उनसे और सट गया। उनके भीतर एक ही मंथन चल रहा था कि ये आवाज़ पहले कहाँ सुनी... कहाँ सुनी...? अजीब घबराहट होने लगी। उन्होंने चौंक के पीठ पर हाथ मारा तो हाथ में हाथ आ गया। पीछे हाथ किए ही उन्होंने उसका हाथ सख़्ती से दबा दिया तो उसकी चीख़ निकल गई।

"ओह गॉऽऽड!"

और वह उछल पड़े।

"मालती?"

वह तुरन्त सँभल गई।

"ओह सर जी, मालती-वालती छोड़ो, यहाँ हम सिर्फ़ स्त्री और पुरुष हैं। कमऑन।"

कहते हुए उसने अपना सिर केशव बाबू की गोद में रख दिया। केशव बाबू के हाथ उसके सिर पे टहलने लगे। बड़ा लाड़ आ रहा था उन्हें मालती पर। जाने कब उनकी शर्ट के बटन खुल गए और शर्ट दो हिस्सों में बँट गई। सीने पर लहरें दौड़ रही थीं। वह एक हाथ उसके बालों में फेरने लगे, दूसरा हाथ चुपके-से कुर्ते के नीचे रेंग गया। लगा, समय-देवता ने तीस वर्ष पीछे उन्हें उठाकर फेंक दिया हो। जिस्म तपती रेत हो गया। बोटी-बोटी सिहरने लगी, मचलने लगी। साँसें कभी तेज़ होतीं, कभी थम जातीं। एक नामालूम-सा भय उन पर छाने लगा। उस भय से कतराते हुए उन्होंने झट हाथ समेट लिए और उसका दुपट्टा टटोलकर ठीक करते हुए लम्बी साँस खींचते बोले—

"जानती हो मालती, मैं तो एक अरसे से तुम्हारे प्यार में पगलाया था, मगर कभी कह नहीं पाया। तुम्हारी महक हमेशा मेरे सीने में भरी रही। तभी तो मैं किसी न किसी बहाने तुम्हारी कक्षा की गश्त करता रहता था। तुम देखती भी थीं, मुस्कराती भी थीं, मगर...चलो, आज भाग्य ने हमें मिला ही दिया, भले ही इस गुमनाम जगह पर। मगर तुम्हें क्या चाहिए? हमसे कहा होता, ख़्वाहमख़्वाह यहाँ...तुमको बहुत प्यार करता हूँ मालती। बोलो, तुम्हें क्या चाहिए?"

संवेदनाओं की भावुक बेलों पर रेंगते हुए वह बड़ी चालाकी से किसी और तरफ़ निकलना चाह रहे थे कि मालती की उकताहट फूट पड़ी—

"ओह सर जी... अब थ्योरी ही पढ़ाओगे या कुछ प्रैक्टिकल भी करोगे?"

केशव बाबू को काटो तो ख़ून नहीं। छक्के छूट गए। ऐसा तुषारापात हुआ कि बस... कूऽऽल हो गए। इस पिद्दी-सी लड़की का साहस तो देखो, मानो खुला चैलेंज कर रही हो। किन्तु यदि चैलेंज था भी, तो उनके लिए पहाड़ था। वह इसमें पछाड़ खाने वाले थे। तत्क्षण रोम छिद्रों से बर्फ़ीली धाराएँ फूट पड़ीं। एकदम निढाल। मानो लकवाग्रस्त हो गया हो। अब वे कुछ नहीं कह पाएँगे। कुछ नहीं कर पाएँगे... जिस्म में जैसे कुछ रह ही नहीं गया। उसे एक तरफ़ धकेल बमुश्किल खड़े हुए। टटोलकर जूते चढ़ाए और शर्ट के बटन बन्द करते हुए दरवाज़े की तरफ़ बढ़े तो मालती की आवाज़ ने चकरा दिया—

"सर जी, पैसे लेते जाइए। मुझे भीख नहीं चाहिए।"

"न...नहीं..., रख लो, मैं ही अयोग्य निकला कि..." कहते-कहते स्वर रुआँसा हो गया। झोंके-से बाहर निकले। सामने दुनिया भर का शोर था। उजाले थे। भीड़ थी, किन्तु उनके भीतर का शोर कहीं ज़्यादा जीवन्त हो उठा था। वह हैरान थे।

क्या दुनिया ख़रीद-फ़रोख़्त पर ही अब चलेगी? भावनाओं के उजालों का क्या कोई महत्त्व नहीं? लगा सूने समन्दर के किनारे तनहा बैठे हों। अँधेरे से अटा पड़ा था उनका मन। तन मोम की तरह पिघलता जा रहा था। अपने आप से ही नज़रें चुराते एक सँकरी गली में निकल गए। बाईं तरफ़ बड़े से नाले के किनारे बैठ फ़ारिग़ होने लगे, जहाँ कई और पहले से ही उसी क़तार में बैठे हुए थे। नाले से लगी पपड़ाई दीवार जाने कितने भित्ति-चित्रों से गुदी पड़ी थी। केशव बाबू अनमने से दीवार पर निगाह फेरने लगे, मगर झेंप गए। मरकरी की मटमैली रौशनी में उन्होंने सामने लाल ईंटों पे लिखा साफ़ पढ़ा था—

"जो साला यहाँ मूते वह कुत्ता...नामर्द...।"

लगा दीवार पे मालती का चेहरा सायास उभर आया हो और वह बके जा रही हो—

"कुत्ता...नामर्द..."

उन्होंने झट जिप बन्द की और खड़े हो गए।

गुलमोहर ग़र तुम्हारा नाम होता!

"सुनो, नाज़नीं...।"

नाज़नीं तैयार होकर बाइक बाहर निकाल रही थी कि अम्मा ने पुकारा। वह ठिठक गई, फिर पलटी।

"जी अम्मा कहिए,...मगर ज़रा जल्दी। मुझे ऑफ़िस के लिए देर हो रही है।" अम्मा ने आँख तरेर के देखा उसे, फिर उधर मुँह घुमा लिया—

तो जाओ, शाम को आओगी तब इत्मीनान से बात करेंगे।"

"ठीक है," कहती हुई नाज़नीं बाइक लेकर बाहर निकल गई। दूसरे पल फिर भागती हुई आई—

"ओ चन्दा, ओ चन्दा..."

"हाँ अप्पी...?"

"अगर बबीता आए तो कहना मैं बैंक होते हुए ऑफ़िस आऊँगी।"

"अच्छा जी।" वह फिर बाहर निकली। बाइक स्टार्ट की और यह जा वह जा।

शाम का वक़्त था। ठंडी फ़ज़ा हवा में अँगड़ाई ले रही थी। झुटपुटों में जुगनुओं की आमदरफ़्त थी, जैसे कोई जलसा चल रहा हो। घर के सारे फ़र्द आ चुके थे। अम्मा ने दस्तरख़्वान पर खाने के डोंगे सजा दिए थे। अब दस्तरख़्वान खाने वालों की बाट जोह रहा था। अब्बू आए। चारों भाई आए। नाज़नीं भी भागती हुई आई। वह चारों भाइयों पर अकेली बहन थी। इसलिए क़द्र भी कुछ ज़्यादा थी। चन्दा घर की ख़ादिमा थी। वह और अम्मा बाद में खाती थीं। सभी दस्तरख़्वान घेरकर बैठ गए। कुछ दूर पर पड़ी कुर्सी पर अम्मा बैठ गईं। वह लगातार नाज़नीं को घूरे जा रही थीं। नाज़नीं निवाले तोड़ते-तोड़ते उधर देखती और अचकचा जाती। उसे ये सब बड़ा ही अटपटा और हैरतअंगेज़ लग रहा था। बार-बार इस तरह की कैफ़ियत से वह झल्ला गई। खाना बीच में ही छोड़ के वह दस्तरख़्वान से उठ गई और अपने

कमरे में जाकर बन्द हो गई। लगभग एक घंटे बाद उसके दरवाज़े पर दस्तक हुई। उसने दरवाज़ा खोला। अम्मा थीं। वह सीधे कमरे में आकर उसके बेड पर बैठ गईं। फिर बोलीं—"ये मुझे तुम्हारा बबीता के साथ रहना पसन्द नहीं है।" दरवाज़ा बन्द कर नाज़नीं वापस आकर बैठती हुई बोली—

"क्यूँ?"

"उसके बारे में इस मोहल्ले में तरह-तरह की बयानबाज़ियाँ हो रही हैं।"

"किस तरह की बयानबाज़ियाँ?"

"अब इतना तफ़सील से नहीं कह सकती। बस, यह जान लो मोहल्ले वालों की निगाह में वह एक फ़ाहिशा लड़की है। उसे कोई पसन्द नहीं करता और ऐसे लोगों की संगत में रहने वाले लोग भी वैसे ही माने जाते हैं।"

"...ये क्या कहे जा रही हैं आप? वह फ़ाहिशा है, कहते हुए शर्म नहीं आती आपको...? छी...।"

"बहस न करो तो बेहतर है। मेरी बात पर ध्यान दो। आगे से न सुनें कि उसके साथ..." कहती हुई अम्मी उठ खड़ी हुईं और जाने को हुईं।

"...नहीं अम्मा, बग़ैर किसी वजह के दूसरों के कहने पर मैं ऐसा कोई फ़ैसला नहीं लेने वाली। जब तक कि मुझे न लगे कि ऐसा होना चाहिए, ऐसा नहीं हो सकता।"

"ओह! तुम इतना बढ़ गईं!"

"वह मेरे बचपन की दोस्त है। अचानक उसमें कौन-सी बुराई आ गई? असल में वह हाई-प्रोफ़ाइल फ़ैमिली से है, इसीलिए लोग उससे हसद रखते हैं और बेसिर-पैर की बातें उड़ाते हैं।"

अम्मा थोड़ी नरमी के साथ बैठती हुई बोलीं—

"देखो, मैं तुम्हारी दुश्मन नहीं हूँ। बचपन से तुम दोनों दोस्त हो, कभी मना किया मैंने? आज मना किया है तो कोई वजह होगी।"

"मगर कोई माकूल वजह तो हो!"

"उफ़, तो सुनो। वह किसी ग़ैर महरम के साथ रहती है।"

"यह उसकी पर्सनल लाइफ़ है, हमें इससे क्या?"

"औरतों का पर्सनल कुछ भी नहीं होता।"

"क्यूँ? क्या औरत जानवर है, बेवकूफ़ है, पागल है? हुँह! आप लोगों ने ही मर्दों को शह दे रखी है।"

"यह फ़लसफ़ाई रहने दो। सुनो, वह एक ग़लत काम कर रही है। ग़ैर मर्द के साथ रह रही है। मुझे तो कहते शर्म आती है कि वे दोनों मियाँ-बीवी की तरह रहते हैं। जाने कौन-सा रिश्ता पैदा किया है?"

"लिव-इन रिलेशनशिप।"

"हाँ, यही।"

"तो क्या हुआ? यह कोई बड़ी या बुरी बात नहीं है। हाई प्रोफ़ाइल फ़ैमिलीज़ में यह आम बात है बल्कि एक ट्रेंड है।"

"अच्छा, तो क्या हम पिछड़े हुए लोग हैं? मैं भी पढ़ी-लिखी हूँ। बयालीस साल तक स्कूल में पढ़ाया है। मैंने भी दुनिया देखी है।"

"जो दुनिया आपने देखी है, वह इस दुनिया से अलग थी।"

"सो तो है, उस ज़माने में ऐसी औरतें रखैलें मानी जाती थीं।"

"जो भी हो..."

"तो तुम अपनी ज़िद छोड़ोगी नहीं?"

"मैं अब बच्ची नहीं रही अम्मा, इसलिए मेरी आँखों पर पट्टी बाँधकर कुछ भी नहीं मनवाया जा सकता। जब तक कि मुझे ख़ुद ऐसा न लगे, मैं ऐसा नहीं कर सकती।"

"तो तुम माँ-बाप की नाफ़रमानी पे उतर आई हो।"

"मैं इस बारे में कुछ नहीं बोलूँगी।"

"अब बोलने को रहा ही क्या? अब तो सब मनमर्ज़ी ही किया जाएगा। नाहक ही हमने पैदा किया।"

"अम्मा, बात बहुत कड़वी लगेगी, सच कहें तो बच्चे इनसान की प्रॉपर्टी नहीं होते कि उन्हें आपने पैदा किया है तो उन्हें काला-सफ़ेद भी आप ही करेंगे। बच्चे भी इनसान होते हैं। उन्हें भी अक़्ल अता की जाती है।"

"या मौला, क्या क़रारा जवाब दिया गया है! अब तुम्हारे अब्बू से ही शिकायत करनी पड़ेगी। ऐसा रवैया? आँख का पानी मर ही तो गया है।"

और अम्मा फनफनाती हुई कमरे से बाहर निकल गईं। उनके जाने के बाद नाज़नीं देर तक ख़ामोश बैठी सोचती रही। क्या दुनिया है, एक पल के लिए आज़ादी से एक पल साँस लेना भी मुहाल। अरे, कोई रखैल बनकर रहे या बीवी, तुम्हें क्या फ़र्क़ पड़ता है? मुई दुनिया का जनाज़ा क्यूँ निकलने लगता है? फिर उसने चेंज किया, तकिया सीने पे दबाया और बिस्तर पर लम्बी हो गई। फिर बबीता को

फ़ोन लगाया। सन्देश आया, "...इस समय उपभोक्ता दूसरी कॉल पर व्यस्त है। कृपया प्रतीक्षा करें।"

वह झुँझलाई—"साली रवि के संग व्यस्त नहीं, मस्त होगी।" फिर चुपचाप लेट रही। कुछ क्षण बाद फ़ोन बजा। उसने फ़ोन रिसीव किया तो उधर से स्वर लहराया—

"बोल मेरी जान, क्यूँ इत्ती देर से जीना दुश्वार किए है?"

"तेरा जीना दुश्वार हो रहा है और मेरा मरना। मैं सुलग रही हूँ, बस्स।"

"अच्छा-अच्छा, तपिश मुझे भी महसूस हो रही है।"

"देख यार बबीता, तू ये रवि का चक्कर छोड़ दे। कितनी जग हँसाई, बदनामी और बेइज़्ज़ती हो रही है? कितनी सारी बातें बन रही हैं तुझे लेकर? बदले में सज़ा मुझे मिल रही है तेरे साथ न रहने की।"

"बट मैंने कौन-सा गुनाह किया, बेबी?"

"कुछ नहीं, बस्स तू रवि के संग रहने और मिलने का रवैया छोड़ दे।"

"क्यूँ?"

"क्यूँकि लोगों को यह पसन्द नहीं।"

"तो न पसन्द करें। क्या अब हमारे सारे फ़ैसले दुनिया करेगी? क्या अब हमें साँसें लेने के लिए भी दुनिया से लाइसेंस लेना पड़ेगा?"

"ये सब मैं नहीं जानती।"

"ठीक है, परसों संडे को तुझे घर आ के समझाती हूँ।"

"न...नहीं-नहीं, मेरे घर मत आना। अम्मा ने..."

"क्या अम्मा ने?"

"कुछ नहीं, बस तुम यहाँ मत आना।"

फिर फ़ोन कट करके वह सो रही।

सुबह कुछ देर से उसकी आँख खुली। कमरे से बाहर आई। धूप चौतरफ़ा दौड़ रही थी। घर की ईंट-ईंट जाग चुकी थी। उसे थोड़ी झेंप लगी। इत्ती देर हो गई! फिर नित्य कर्म से फ़ारिग़ होकर नाश्ते के लिए डायनिंग-टेबिल पर जा बैठी। भाई भी उसी के इर्द-गिर्द बैठ अपनी हाँक रहे थे। अब्बू जा चुके थे। उसने नाश्ता करना शुरू किया। इस दफ़ा भी अम्मा उसे आँखें तरेरे देख रही थीं बल्कि बार-बार देख लेतीं। जब आत्मीयताएँ परखने लगती हैं तब अन्तस में कैसे-कैसे झंझावात उठने लगते हैं। उसने दो-चार निवाले तोड़े और चाय हलक़ में उतारकर ऑफ़िस के लिए

निकल गई। ऑफ़िस में दाख़िल हुई तो देखा, बबीता पहले से ही बैठी उसकी राह देख रही थी। उसे देखकर नाज़नीं ने बुरा-सा मुँह बनाया तो वह हँस दी—

"बोल मेरी जान, कल क्यूँ तूफ़ान हुई जा रही थी?"

"मैं तुम्हें सब बता चुकी हूँ।" वह दूसरी तरफ़ कुर्सी खींचकर बैठती हुई बोली।

"यार नाज़ू, कम-से-कम ज़िन्दगी की हरियाली बाक़ी रहने दो। इन रूखे-फीके संस्कारों के पीछे क्यूँ खो जाना चाहती हो? ऊपर वाले ने हमें ज़िन्दगी दी है जीने के लिए। हम इसे व्यर्थ की रिवायतों में जकड़कर क्यूँ जिएँ?...यार, ज़िन्दगी हमारी है। सारे आँधी-तूफ़ान हमें झेलना है। तो हम अपना जीवन अपने ढंग से क्यूँ न गुज़ारें? रवि कितना अच्छा इनसान है, ये कौन जानता है? उसमें प्रतिभा लाजवाब है। मैं एमसीए इतनी आसानी से नहीं निकाल पाती। उसी की गाइड-लाइन ने मुझे सपोर्ट किया। वह कितना सपोर्टिंग और ज़रूरी है मेरे लिए, लोग क्या जानें?...उन्हें तो बस स्त्री में स्त्री दिखती है, पुरुष में पुरुष।"

"तो उससे शादी क्यूँ नहीं कर लेतीं?" वह झुँझलाई।

बबीता के चेहरे पर सायास एक कठोरतापन-सा फैल गया—

"क्यूँ कर लूँ शादी? सबके डर से मैं शादी कर लूँ? और वो कौन होते हैं मेरी शादी का फ़ैसला लेने वाले? कल तुम लोग कहोगे, घर से निकलना बन्द कर दो, बदनामी हो रही है, तो मैं घर से निकलना भी बन्द कर दूँगी?"

"देखो, तुम्हारी बदनामी की हमें फ़िक्र थी, इसलिए कहा था। आगे तुम जानो तुम्हारा काम...।"

"व्हाट् बदनामी, यार...ये बदनामी क्या है? क्या होती है बदनामी? हम अगर अपनी ज़िन्दगी हँसते-खेलते गुज़ार रहे हैं तो बदनामी। और मर-मर के हम जिएँ तो सभी नेकनामी। एक ग़रीब आदमी अगर ढंग से खाने-पीने लगे तो भी वह बदनाम होता है। उसके पीछे झूठी कहानियाँ बनाई जाती हैं कि साला ख़ुश कैसे है? वैसे, तुम्हारे सवाल का जवाब ये है कि मैं रवि से शादी नहीं कर सकती। हम दोनों में नितान्त वैचारिक असमानता है। रवि को पत्नी के रूप में सीता और सावित्री की सी लड़की चाहिए, उर्वशी या मेनका नहीं। इस मामले में वह निरा गँवारू ही ठहरा।"

"बबीता, लड़के ऐसे ही होते हैं। वे उर्वशी या मेनका को भोगेंगे ज़रूर, मगर घर की ज़ीनत किसी सीता या सावित्री को ही बनाएँगे।" नाज़नीं ने यह बात किन्हीं गहरे अर्थों में डूबते हुए कही।

"दैट्स राइट। उसकी वजह है, उसे सीता या सावित्री इसलिए पसन्द है क्योंकि वह भी राम जैसा अभिमानी है, बदगुमान है। वह सीता की चोटी पकड़ घर से निकाल जंगल का रास्ता दिखा सकता है, मगर सीता तुल्य महिलाएँ उसे कठघरे में नहीं खड़ा कर पाएँगी। भले ही वह कितना भी भ्रष्ट हो, वह सावित्री ही चाहेगा, मगर द्रौपदी और अपाला सरीखी विदुषी महिलाएँ ऐसी मूढ़ता हरगिज़ न करेंगी। इसलिए उसे ऐसी स्त्रियाँ नापसन्द हैं।"

"उफ़! तुम्हारा दर्शन।" नाज़नीं पसीने से गीले चेहरे को पोंछती हुई बोली।

"दर्शन-वर्शन नहीं, ये शादी-वादी सब पुराने रीति-रिवाज हैं। सबका उद्देश्य तो एक ही होता है न कि एक स्त्री को एक पुरुष के संग रहने की वैधता देना। भई, शरीर हमारा है, आत्मा हमारी है तो हम इसे तृप्त व सन्तुष्ट करने के लिए अन्यों से परमीशन क्यूँ लेंगे? हमारी शारीरिक व आत्मिक आवश्यकता क्या है, ये हम जानते हैं, वे नहीं। हम दुनिया व समाज के नाम पर अपनी कामनाओं की आहुति क्यूँ देते फिरें? सुनो, मैं और रवि एक साथ रहते ज़रूर हैं, किन्तु हमारे संग कोई विवशता नहीं है। हमें अनावश्यक रूप से जकड़ा नहीं गया है। जिस रोज़ हमारे बीच की अंडरस्टैंडिंग हाथ समेट लेगी, हम दोनों आपसी समझौते से अलग हो जाएँगे। हम एक-दूसरे के ऋणी नहीं। एक-दूसरे के अधीन नहीं।"

"ठीक है भई, ये तक़रीर बन्द करो अब तुम्हारा मसला है, तुम जानो। मुझे जो लगा था या जो सुना था, अपना फ़र्ज़ समझकर तुम्हें बता दिया।" कहते-कहते अभी जैसे आन्तरिक नद में डुबकी लगा आई है वह। बबीता हँस पड़ी।

"मेहरबानी के लिए शुक्रिया, मैं चलती हूँ।"

नाज़नीं और बबीता के बीच बचपन से ही गहरी दोस्ती रही है। बावजूद इसके कि वे अलग-अलग पृष्ठभूमि से हुई जुड़ी हैं। यहाँ तक कि उनके वैचारिक आग्रहों व जीवनशैली में भी बड़ा अन्तर है। वैसे समानान्तर सम्बन्ध गहरे से निभ भी जाते हैं, जबकि सुमेलित रिश्ते नहीं निभ पाते। इनकी समीपता का शायद यह वाहिद कारण था। बचपन की यह मित्रता उन्होंने बड़े मज़े से युवावस्था तक निभाई थी। फिर भी अजब समरसता। नाज़नीं अल्ट्रा-मॉडर्न, तो बबीता एक्स्ट्रा-मॉडर्न। बबीता मात्र दो बहनें। बड़ी बहन कोलकाता में एम.बी.ए. कर रही थी। बबीता ने लखनऊ में रहकर ही इंजीनियरिंग की पढ़ाई की थी। पिता शहर के जाने-माने सर्जन थे। यह परिवार शहर के मुहाने से लगी एक पॉश कॉलोनी में रहता था। इसी इलाक़े से

सटे अगले मोहल्ले में नाज़नीं का परिवार आबाद था। नाज़नीं मध्यम परिवार से थी। पिता बिजली विभाग में जे.ई. थे। तीन बड़े भाई। एक ज़िला परिषद् के स्कूल में अध्यापक था, दूसरा बी.एड. कर रहा था और सबसे बड़े भाई का कपड़े का कारोबार था। माँ भी परिषदीय विद्यालय में अध्यापक के पद से रिटायर हुई थीं। बड़े भाई की एक बच्ची व पत्नी। काफ़ी भरा-पूरा परिवार था। नाज़नीं को सभी का ख़ूब लाड़ मिलता, चाहे माँ-बाप हों या भाई। उसे अच्छी से अच्छी चीज़ें मुहैया कराई गईं। अच्छे से अच्छे स्कूल व कॉलेज में पढ़ाया गया। कभी यह एहसास नहीं होने दिया गया उसे कि वह बबीता से किसी मायने में कमतर है। एक-दो दफा भाइयों ने देखा कि वह बबीता की बाइक ख़ुद ड्राइव करती है तो उन्होंने बग़ैर उससे पूछे ही नई बाइक लाकर खड़ी कर दी।...किन्तु अम्मा ने एक ख़ास ताक़ीद की—"तुम, तुम हो। वह, वह है।"

एक रोज़ जब वह जींस-टॉप पहनकर सामने आई तो अब्बू चौंके, मगर बोले कुछ नहीं। बड़े भाई को छोड़कर दोनों भाई तालियाँ पीटकर हँसते रहे। अम्मा ने झटके-से कहा—"हुँह" और उधर मुँह घुमा लिया। उसे लगा—'समथिंग इज़ रॉन्ग'

ख़ैर, वह ऑफ़िस चली गई। वहाँ पहुँची तो कलीग से घिर गई। कुछ उसकी जींस की प्रशंसा कर रहे थे तो कुछ उसे अचरज से देख रहे थे। अचानक बबीता ने पूछा—

"तुम्हारे अब्बू ने कुछ कहा नहीं?"

तो उसे धक्का-सा लगा। क्या ऐसा काम कर दिया है मैंने कि अब्बू के 'कुछ' कहने की सम्भावना बन गई है? ऐसी सम्भावनाएँ तभी बनती हैं जब कुछ अनुचित या अनैतिक किया जाए। उसे याद आया कि अब्बू ने तो बग़ैर कहे ही बहुत कुछ कह दिया था क्योंकि आज उन्होंने उसे आते वक़्त 'अल्लाह हाफ़िज़' भी नहीं कहा था बल्कि दोबारा सामने भी नहीं आए। वह भारी क़दमों से अपने केबिन में चली गई। फिर काफ़ी देर तक नेट पर उलझी रही। अचानक प्यास लगी तो श्यामू बाबा का ख़याल आया। बेल बजाई तो वह आए।

"बाबा, पानी चाहिए।"

वह पानी का गिलास लेकर आए और उसके सामने रखकर चले गए। श्यामू बाबा किसी दूर-दराज़ के गाँव से थे। उन्हें यहाँ किसी की सिफ़ारिश पर रखा गया था कि छोटे-मोटे काम ही कर लिया करेंगे। बदले में उन्हें कुछ पगार के तौर पर

दे दिया जाया करेगा। बहरहाल, इस दिन श्यामू बाबा का व्यवहार भी उसे अजीब लगा। शाम को घर आई। चेंज किया। फिर आँगन में आकर बैठ गई। घंटा भर बाद अब्बू आए। फ्रेश होकर शाम की चाय लिये उसके पास आ बैठे। वह बोली कुछ नहीं। अब्बू ही बोले—

"...ऩाजू बेटे, एक्स्ट्रा-मॉडर्न नहीं अल्ट्रा-मॉडर्न बनो। आदमी को अपनी पहचान कपड़ों से नहीं, अपने कामों और अच्छे ख़यालों से बनानी चाहिए।"

"...जी, अब्बू।" अभी जैसे अन्दर कुछ भरभरा गया। अचानक दिमाग़ से कोई बोझ-सा उतर गया। दूसरे दिन वह जींस बबीता को दे आई।

आज तीसरा दिन था, अम्मा ने उससे बात नहीं की थी। अम्मा को ये बात नागवार गुज़र रही थी कि उनके लाख मना करने के बावजूद वह बराबर बबीता के कॉन्टैक्ट में थी। चौथे दिन जब बर्दाश्त से बाहर हो गया तो शाम को उसके घर में दाख़िल होते ही अम्मा ने उसकी ख़बर लेनी शुरू कर दी—

"तो तुम बाज़ नहीं आओगी? मेरे कहने का कोई असर नहीं?"

वह उनकी बात सुनती हुई अपने कमरे में चली आई। पीछे-पीछे अम्मा भी चली आईं।

वह सोफ़े पर पर्स फेंकती बोली—

"बात मानने वाली होती तो ज़रूर मान लेती, बट उसकी पर्सनल लाइफ़ से हमें क्या मतलब?"

"लेकिन मुझे है।"

"आपकी मर्ज़ी।" कहके वह बालों का जूड़ा बनाने लगी।

"नहीं जानती थी, इतना गिर जाओगी तुम।"

"क्या अम्मा, ख़्वाहमख़्वाह की तक़रार करती रहती हो। कौन-सा गुनाह हुआ जा रहा है जो दुनिया वालों से बर्दाश्त नहीं हो रहा?"

"यानी कल तुम भी यही कर सकती हो अगर तुम्हें यह काम ग़लत नहीं लग रहा या तुम्हारी नज़र में यह सही है तो...।"

"हम लोग तो ऐसा करते ही हैं बल्कि हमारे यहाँ तो पूरी कौम ये काम करती है—हर औरत हर मर्द।"

"यह तुम क्या बके जा रही हो?" अम्मा सँभलकर बैठ गईं और उसे घूरने लगीं। वह बेड पर अधलेटी-सी तकिये का सहारा लेती हुई बोली—

"ये जो निकाह होता है न, निकाह...शादी-वादी। ये भी एक तरह का लिव-इन रिलेशन ही है।...एक काग़ज़ पर दो जन साइन मार के एक साथ रहने की रज़ामन्दी देते हैं, जिसे कहा जाता है 'निकाहनामा'। बस, हो गई शादी। और शादी तोड़ना उससे भी आसान। वह तो एक सेकंड में हो जाता है। तुम्हें नहीं पता कि हमारे यहाँ तो शादी सिर्फ़ समझौता भर है। मतलब, ओनली कॉन्ट्रैक्ट। जब तक बनी-बना रहे, साथ रहो। जब न बने तो तलाक़-तलाक़। इसके लिए एक काग़ज़-क़लम की भी ज़रूरत नहीं होती। ये तलाक़ रिश्ता तोड़ने का सिम्पल-सा तरीक़ा है, जैसे हम बचपन में साथियों से कहते थे—कुट्टी...कुट्टी...कुट्टी। इन सारे रिश्तों की तासीर एक सी है। बस, इन्हें जोड़ने और तोड़ने के उसूल अलहदा हैं। सारे रिश्ते झूठे हैं, बेमतलब के हैं।

"तो तुम्हें अब निकाह में भी नुक़्स नज़र आता है?"

"वह बात नहीं है। मैंने तो बस मिसाल दी है कि रिश्ते सब एक-से ही हैं। सिर्फ़ उनके नाम अलग-अलग हैं। जहाँ तक लिव-इन का सवाल है, तो यह भी एक तरह का साफ़-सुथरा आपसी समझौता है। वे जब तक बनता है, साथ रहते हैं। जब नहीं निभ पाती तो अलग हो जाते हैं। यही रिवायत निकाह और तलाक़ की है। हम लोग कहाँ इसे जन्म-जन्मान्तर का साथ मानते हैं? हमारे यहाँ तो कहा ही गया है कि निकाह एक समझौता भर है जो औरत और मर्द के बीच होता है। जब तक साथ निभा रहे, ठीक। जब न निभे तो अलग हो जाओ। अच्छा भी है, कोई किसी से बँधकर रहने के लिए मजबूर नहीं है। हाँ, बच्चों का हश्र बुरा होता है। इधर-उधर फेंके जाते हैं। ज़्यादातर माँ के सिर ही मढ़ दिए जाते हैं। मर्द दूसरी करके फिर मस्त ज़िन्दगी गुज़ारता है। हालाँकि इसमें औरत का भी फ़ायदा है। वह किसी बिगड़ैल मर्द के साथ रहने को मजबूर नहीं होती, मगर ऐसा होता कम है।"

"तुम बबीता की ग़लतियों पर यूँ पर्दा डालने की कोशिश क्यूँ कर रही हो? उसकी शान में क़सीदे क्यूँ गढ़े जा रही हो?"

"मैं ऐसा कुछ नहीं कर रही। मैं सिर्फ़ एक कड़ुवा सच बता रही हूँ।"

तभी बाहरी दरवाज़े पर दस्तक हुई। चन्दा ने जा के दरवाज़ा खोला। दरवाज़ा खुलते ही पड़ोसन कमरून अपने चार साल के बेटे के साथ घर में दाख़िल हुईं और हठात् बोलीं—

"भाभी कहाँ हैं?" तब तक वहीदा बेगम बाहर आ गई थीं। कमरून लहक कर बोलीं—

"आसिफ़ बेटे, बड़ी अम्मी को सलाम करो।" बच्चे ने दायाँ हाथ सिर पे रख दिया।

"अच्छांवालेकुम," वहीदा बेगम ने पुलकते हुए बच्चे के सिर पर हाथ फेरा—

"जीते रहो मेरे शहज़ादे।"

कमरून आगे बोली, "भाभी, आसिफ़ को मदरसा नूर-उल-उलूम भेज रहे हैं, मेरठ। हाफ़िज़ा करने के लिए। इसे दुआ दीजिए कि मन लगा के तालीम हासिल करे और अपने दीन की ख़िदमत करे। इसी के वसीले से हम भी बख़्श दिए जाएँगे।"

वहीदा बेगम ने एक नज़र नन्हे आसिफ़ पर डाली जो धानी कुर्ता, सफ़ेद शेरवानी और काली मखमली टोपी में सजा खड़ा था। बिलकुल कोई हाईटेक मौलाना लग रहा था। फिर कहीं गहरे उतरती हुई बोलीं—

"हटो दुल्हन, तुम भी ग़ज़ब करती हो। ख़ुदा ने पाँच लड़कियों पे एक लड़का दिया है। उसे काला पानी भेज रही हो। अभी उसके गोद में बैठने के दिन हैं। दूसरे उसे हाफ़िज़ा करवाओगी, मौलाना बनाओगी। अक़्ल पे पानी फिर गया है क्या? अरे, इनका कोई मुस्तक़बिल है? दो रोटी भी तो ढंग से नहीं कमा सकते। यहाँ-वहाँ पचास-पचास रुपये पर ट्यूशन पढ़ाते फिरते हैं। यही इनकी कमाई है। बड़े मौलाना हुए तो जाकर बाहरी मुल्कों से चन्दा बुहार लाए। इस बच्चे की जिन्दगी इतनी मुश्किल क्यूँ बनाना चाहती हो? इसे स्कूल भेजो, अच्छी पढ़ाई पढ़ाओ। डॉक्टरी, इंजीनियरिंग पढ़ाओ। दीन पढ़ाओ, घर में पढ़ाओ। हमारे बच्चे क्या दीनियात नहीं पढ़े हैं या वे दीन से रूबरू नहीं? सारी चीज़ें दौर के लिहाज़ से अच्छी लगती हैं। जन्नत हासिल करने के लिए ख़ुद अपने अमाल बनाओ। बच्चे की क़ुर्बानी क्यूँ दे रही हो? उसे क्यूँ ढाल बना रही हो?" कमरून एक चुप, हज़ार चुप। कुछ देर साक़ित खड़ी रही। फिर बोली—

"क्या करूँ भाभी, इसके अब्बा नहीं मान रहे। मर्ज़ी तो मेरी भी नहीं है।" तभी नाज़नीं कमरे से बाहर आई और आसिफ़ को गोद में उठा लिया—

"मेरा आसिफ़ कहाँ जा रहा है?"

"मैं बहुत दूर जा रहा हूँ, ट्रेन पर।"

"ठीक है भाभी, अब चलती हूँ। ट्रेन का वक़्त हो रहा है।" कहते हुए कमरून ने नाज़नीं की गोद से आसिफ़ को ले लिंया और सलाम करके बाहर निकल गईं। तब नाज़नीं अम्मा की तरफ़ मुड़ी—

"एक तरफ़ तो आप दौर की बात करती हैं, दूसरी तरफ़ आप..."

"जो बात ग़लत सो ग़लत। जिस बात की तुम वक़ालत करती हो, वह हर दौर में ग़लत ही रहेगी।" वहीदा बेगम ने नाज़नीं की बात काटकर अपनी बात पूरी की और किचन की तरफ़ बढ़ गईं।

एक रोज़ अब्बू ख़ुश-ख़ुश आए और नाज़नीं से बोले—

"चलो मेरे कमरे में।"

वह उनके साथ कमरे में गई और सोफ़े पर बैठ गई। उसे बैठाकर अब्बू कुछ तलाशने लगे। फिर आकर उसकी बाजू में बैठ गए और एक तस्वीर उसके सामने कर दी—

"यह मुशीर मियाँ हैं, मेरे दोस्त के साहबज़ादे। कोलकाता में कम्प्यूटर इंजीनियर हैं। तुम्हें पसन्द हों तो कहो।"

"आप भी अब्बू...।" वह झेंपती-सी बोली।

"नहीं भई, बात साफ़ होनी चाहिए। अगर तुम्हारी नज़र में कोई और हो तो भी बताओ। हम उस पर भी ग़ौर करेंगे। नहीं तो इसके बारे में सोचो। ज़िन्दगी तुम्हारी है, फ़ैसला भी तुम्हारा ही होना चाहिए। हम सिर्फ़ तुम्हारी मदद करके अपना फ़र्ज़ निभाएँगे। कोई जल्दी नहीं है, सोच-समझ लो। जैसा होगा, चन्दा या अपनी अम्मा के हाथ कहला देना। तुम भी कह सकती हो। कोई ऐसी बात नहीं है।" नाज़नीं सिटपिटाई-सी बैठी रह गई। अब्बू के जाने के बाद नाज़नीं ने तस्वीर उठाई और देखती ही रह गई—

"भई वाह...मेरे अब्बू ने क्या मुर्ग़ा फाँसा है!" और अपनी सोचों पर ही मुस्करा उठी।

कमरून आसिफ़ को लेकर वापस लौटीं तो बेहद उदास थीं। घर में सभी तैयारियाँ हो चुकी थीं। अज्जन मियाँ बैठे बच्चे की राह देख रहे थे। जैसे ही कमरून बच्चे के साथ आईं, अज्जन मियाँ ने लपककर बच्चे का हाथ थाम लिया—

"कहाँ चले गए थे मियाँ? यहाँ देर हो रही थी।"

"हम बड़ी अम्मी के वहाँ गए थे, अब्बू।" वह बोला कि कमरून सिसकीं—

"सुनो, मैं बच्चे को वहाँ नहीं भेजूँगी। इसका नाम अंग्रेज़ी स्कूल में लिखवाऊँगी।"

अज्जन मियाँ की कनपटियाँ लाल—

"हैं कमज़र्फ़, क्या बोल रही है? उसे दुनियावी तालीम दिलाएगी जिसमें कुछ-न-कुछ और वह तालीम जिससे हमारी आगबत बननी है, तुझे काटती है। देखना, दोज़ख भुगतेगी दोज़ख़।"

"भाभी कह रही थीं..."

"चोप्प...कोई हमारे घर का ठेकेदार नहीं है। वैसे भी ये लोग कुछ ज़्यादा ही अंग्रेज़ी पढ़ गए हैं। तू भी इनके यहाँ आना-जाना कम कर दे।"

और गाड़ी पर सामान लादना शुरू कर दिया। क़रीब आधे घंटे बाद दोनों बच्चे को लेकर रवाना हो गए।

गई रात को अज्जन मियाँ और कमरून बच्चे को लेकर मेरठ पहुँचे। किसी मुसाफ़िरख़ाने की तलाश करने लगे। यहाँ-वहाँ पूछा तो किसी ने किसी धर्मशाला का पता बता दिया। वे वहाँ पहुँचे। गेट पर दरबान से मुलाक़ात हो गई। दरबान ने उन्हें नीचे से ऊपर तक देखा फिर धर्मशाला के इंचार्ज को बुलाया। उसने भी उन्हें नीचे से ऊपर तक देखा। कमरून भी बुर्क़े की जाली से उन्हें ताड़ती रहीं। तभी धर्मशाला का इंचार्ज कमरून की तरफ़ संकेत करते हुए घुन्नाया—

"यह धर्मशाला मुसलमानों के लिए नहीं है।" कमरून जलबला गईं। कुछ बोलने को हुईं कि अज्जन ने रोक दिया और बोले—

"क्यूँ भाई साहब, क्या हमारे काँटे लगे हैं?"

"बस, हमारा नियम है।" वह अपने मोटे होंठों को काटते हुए बोला। अब कमरून से बर्दाश्त नहीं हुआ—

"सुनो, हमें भी किसी काफ़िर के यहाँ ठहरने का शौक़ नहीं चर्राया। बाक़ी ये पोंगा-पुराण बाँचने के साथ-साथ दो-चार किताबें इनसानियत की भी पढ़ लिया होता तो अच्छा होता। चलो आसिफ़ के अब्बू, ऐसे छुआछूत करने वालों के यहाँ ठहरने से बेहतर है कि हम सड़क पे रात बिता लें।"

वह बच्चे को लेकर वापस मुड़ गईं। पीछे-पीछे अज्जन मियाँ भी चल दिए। वह मोटा थुलथुल धर्मशाला इंचार्ज अपने मोटे-मोटे होंठों को काटता उन्हें जाता हुआ देखता रहा काफ़ी देर तक।

दूसरे दिन सुबह दस बजे वे मदरसा नूर-उल-उलूम के लिए निकले। पता लगाते-लगाते वहाँ पहुँचे। कुछ फ़ौरी औपचारिकताओं के बाद उन्हें उस विशाल प्रांगण

के बीच साँसें ले रहे मदरसे के भीतर प्रवेश करने की अनुमति मिली। कई बीघे में फैले मदरसे में वे यहाँ-वहाँ ढकढोरते रहे। अब वे प्रिंसिपल का केबिन तलाश रहे थे कि अनायास कमरून एक हॉल के सामने ठिठक गईं। भीतर छोटे बच्चों की कक्षा चल रही थी। सभी बच्चे बारह-तेरह साल के आसपास के थे। दर्जे में सभी बच्चे सहमे-से बैठे थे। बाक़ी एक बच्चा बिलकुल सामने खड़ा था। उसके दोनों हाथ ऊपर की ओर, ऊपर से लटक रही रस्सी से बँधे हुए थे। जिस्म पर छालटीन का कुर्ता, लट्‌ठे का पाजामा गट्टे से ऊपर तक का। सिर पे सफ़ेद टोपी। चेहरा पसीने से तर-ब-तर। बाल बिखरे हुए। वह ज़ारो-क़तार चिल्ला रहा था। समीप बैठे मौलाना के हाथ में पतली हरी छड़ी लहरा रही थी, जिसे वह बच्चे के जिस्म पर जा-बे-जा बरसाए जा रहे थे। हाथ मशीन हो रहे थे। बच्चा बुरी तरह तड़प रहा था। कुछ देर कमरून खड़ी देखती रहीं। इस दरम्यान अज्जन मियाँ बच्चे को लेकर आगे निकल चुके थे। वह उसे मदरसे की लक-दक दिखाने में मसरूफ थे, जिससे बच्चा वहाँ से स्वयं को बाँध सके। वहाँ खड़ी कमरून को ऐसा लगा कि वहाँ कोई और बच्चा नहीं बल्कि आसिफ़ बँधा हुआ खड़ा बिलख रहा है। वह तीर की तरह हॉल में घुसीं और एक झटके-से मौलाना के हाथ से छड़ी छीनकर तोड़ के फेंक दी और उसके दोनों हाथ बन्धन से मुक्त करती चिल्लाईं—

"ऐहे दोज़ख़ के दरोगे। इनसान है या जल्लाद? पीटे जा रहा है। वह थप्पड़ दूँगी कि बत्तीसी बाहर आ जाएगी।"

मौलवी साहब सकपका गए—

"कौन हो तुम?"

"तेरी मौत हूँ, हाँ नहीं तो..." कहती हुई बच्चे के जिस्म पर से कुर्ता ऊपर सरकाकर उसकी चोट सहलाने लगी—

"या अल्लाह! इन मौलवियों को कुत्ते की मौत मारना जो मासूमों पर इतना जुल्म कर रहे हैं।"

"आख़िर तुम हो कौन जो बीच में कूद पड़ीं ख़ैरख़्वाह बनके? फूटो यहाँ से हमें हमारा काम करने दो।" मौलवी साहब झल्ला पड़े। कमरून भी क्या कम थीं? बोलीं—

"...बस्स...आगे मत बोलना।...मुल्ला कहीं के..."

आनन-फ़ानन वहाँ और स्टाफ़ व प्रिंसिपल साहब आ पहुँचे। अज्जन मियाँ हक्का-बक्का। स्टाफ़ के सारे लोग पूछ रहे थे—

"क्या हुआ...क्या हुआ?"

लेकिन सबको एक तरफ़ कर वह अज्जन मियाँ की तरफ़ पलटीं—

"हुँह! कह रहे थे, हमारे मामू का मदरसा है। अच्छी पढ़ाई पढ़ेगा।"

"मेहरबानी करके आप हमारे ऑफ़िस में तशरीफ़ लाएँ। वहाँ इत्मीनान से बातें होंगी।" प्रिंसिपल साहब ने गुहार लगाई तो कमरून ने झिड़क दिया—

"रहने दो इत्मीनान। इन ज़ालिमों के हाथ अपने बच्चे को कभी नहीं सौंप सकती। भाभी ने सही कहा था। झाड़ू फिरे ऐसी पढ़ाई पर। चलो आसिफ़ के अब्बू।"

अज्जन मियाँ की अब हिम्मत न हुई कि बच्चे को वहीं दाख़िला दिलाने की ज़िद या ज़िरह करें। पिटा हुआ बच्चा अभी भी सुबक रहा था। अज्जन ने पूछा—

"बेटे कहाँ से हो तुम?"

"दिल्ली से चचा। चचा, एक मिनट..." रोते-सिसकते बच्चे को थोड़ा बल मिला। वह दौड़ता हुआ अपनी बेंच पर गया और एक पर्चे पर फ़ोन नम्बर लिखकर ले आया।

"चचा, ये हमारे अब्बू का नम्बर है। मेहरबानी करके उन्हें भी फ़ोन कर देना।"

अज्जन मियाँ ने नम्बर ले लिया कि प्रिंसिपल साहब चीख़े—

"आप इसे हमें वापस कीजिए। यह ग़ैर मुनासिब बात है।" उनका कहना था कि कमरून ने अज्जन मियाँ के हाथ से पर्चा खींच लिया—

"अब लेकर दिखाओ। हुँह! चलो आसिफ़ के अब्बू। ग़ैर-मुनासिब है। तुम लोगों की इस करतूत की रिपोर्ट कर दूँ न, तो जा के चक्की पीसोगे।" कहते हुए उन्होंने पर्चा बुर्क़े के भीतर ही कहीं खोंस लिया और आगे बढ़ गईं। पीछे-पीछे अज्जन मियाँ बच्चे को लेकर चल पड़े।

बाहर निकलते ही अज्जन मियाँ ने पहले उस बच्चे के घर फ़ोन लगाया। सारी सूरत-ए-हाल बयां की। फिर रेलवे स्टेशन चले गए।

आज कई दिनों से बबीता अजब-सी ख़ामोशी ओढ़े पड़ी थी, गुमसुम। स्वयं को सबसे बचाने का प्रयास करती। अन्तस में वलवले ही वलवले। जब सम्बन्ध दरकने लगते हैं तब उनकी तासीर का एहसास शिद्दत से होता है। सहसा रवि ने पाला बदल लिया था। अब वह बबीता से कटने लगा था। काफ़ी रोज़ से दिखा ही नहीं

था। जब उकताकर बबीता स्वयं उस तक गई तो पता चला कि कोई विशेष कारण नहीं था उसके 'न दिखने' का। उसे शॉक लगा। जब शॉक लगा तो जाना कि रवि से उसका रिश्ता मात्र 'लिव इन' तक ही न था बल्कि उसके आगे का था, और उसकी एवॉइडनेस जानलेवा है, पर रवि पर इसका कोई फ़र्क़ नहीं पड़ने वाला था। उसने एकटूक कहा—

"आजकल रूही के साथ हूँ। तुम भी पार्टनर चेंज कर लो।"

"क्या, तुम्हारा दिमाग़ ख़राब हो गया है?"

"इसमें दिमाग़ ख़राब होने वाली क्या बात है? हमारा सम्बन्ध ही ऐसा था। हमारे सम्बन्ध का उद्देश्य ही था सिर्फ़ एन्ज्वाय करना। हम एक-दूसरे को सहने के लिए बाध्य थोड़े ही हैं?"

वह ठगी-सी खड़ी रह गई। सम्बन्धों के ताप में कोई मर्म क्यों नहीं होता? ऐसे लोहित क्षणों में मन वैरागी होने को करता है। एक मारक अन्तर्लाप से वह मिमियाई—

"रवि, मैं...मैं तुमसे प्यार करती हूँ।"

"हुँह! प्यार एक झाँसा है।" वह उसकी भावनाओं पे प्रहार करते हुए आगे बोला—

"प्यार-व्यार के चक्कर में मत पड़ो। बस, जीवन एन्ज्वाय करो।"

"तुम्हें पता है रवि तुम क्या कह रहे हो...? रवि, मैं प्रेग्नेंट हूँ।"

"ये लो, नई नौटंकी। भई, तुमसे किसने कहा था प्रेग्नेंट हो जाओ? वैसे कोई बुरा भी नहीं है। तुम्हें एक खिलौना मिल जाएगा।" कहते हुए वह ठठा पड़ा।

"मज़ाक़ छोड़ो रवि, मैं सीरियस हूँ।" बबीता झल्ला गई तो वह भी झल्लाता हुआ बोला—

"मज़ाक़ तो तुम कर रही हो, बबीता...ये कोई बच्चा जनने की उम्र है? वैसे तुम्हें प्रॉब्लम क्या है? फिर अब तो ऐसे बच्चों को भी मान्यता मिल चुकी है।"

"पर वह बच्चा लेकर मैं करूँगी क्या? कल वह पिता का नाम पूछेगा।"

"अब वह युग नहीं रहा। पिता का नाम तब पूछा जाता था जब कपल विवाहित हुआ करते थे। जब तुम्हारा बच्चा बालिग होगा, वह समझ चुका होगा कि..."

"बस करो...तुम बहुत घटिया आदमी हो।"

"देखो मैडम, न मैंने तुमसे विवाह किया है न कोई वादा। तुम्हें मुझे कुछ कहने का कोई अधिकार नहीं। मेरी शराफ़त का इम्तहान मत लो। तुम जानो तुम्हारा बच्चा..."

"मेरा बच्चा...?"

"जी हाँ, यह तो निश्चित है कि तुम ही उसकी माँ हो, मगर मैं उसका बाप हूँ, यह निश्चित नहीं।"

"रवि...," बबीता चीख़ पड़ी। चेहरा सुर्ख़ पड़ गया। एक गहरे दर्द से गला रुँध गया—

"रवि, इतना घटिया आरोप?"

"आरोप...?" कहते हुए वह किन्हीं दुरूह अर्थों में ठठा पड़ा।

वह कटकर रह गई। ऐसे ही क्षणों में मन अपने आप से भागने लगता है। कैसी विवश प्रतिबद्धता है? कहाँ विलुप्त हो गए वे मौलिक-स्पर्श...कहाँ ठहरे रह गए वे निविड़-अलिन्द? उसकी आँखें भर आईं, मगर आँसुओं को पीती हुई काँपते स्वर में बोली—

"बहरहाल रवि, इस बच्चे को मैं जन्म तो अवश्य दूँगी। बाक़ी इसके आगे की कहानी सुनाऊँगी नहीं,...साक्षात् दिखाऊँगी।"

इतना कहकर वह वापस हो ली वहाँ से।

नाज़नीं कुछ फ़ाइलें चेक कर रही थी। रवि का फ़ोन आ गया। वह हठात् बोला—

"यार, इस बबीता का कुछ करो...समझाओ न इसे। क्यूँ पेट में बच्चा पाले घूम रही है? अपना भी कबाड़ा कर रही है, मेरा भी।"

"क्या?"

"हाँ...।"

"ओह गॉड, मुझसे तो उसकी मुलाक़ात ही नहीं होती। कुछ पता ही न चला।"

"तो पता करो।"

"देखो रवि, ये तुम्हारा-उसका निजी मामला है। वह मैच्योर है। अपने फ़ैसले ख़ुद लेने की सहूलत है उसमें। बाक़ी अगर वह मेरी बात मानती ही होती तो वह तुमसे बहुत पहले अलग हो चुकी होती। आज ये नौबत ही क्यूँ आती? अपने लिए प्रॉब्लम उसी ने क्रिएट की है, निबटेगी भी वही।"

इतना कहकर उसने फ़ोन काट दिया। फिर देर तक सोचती रही—'...या अल्लाह...ये लोग भी न...।' कई दफा सोचा कि बबीता को फ़ोन लगाए, लेकिन नम्बर डायल कर-कर के छोड़ दिया। अजीब-सी ऊहापोह में बैठी रही। बैठे-बैठे शाम हो गई। उसके बाद किसी काम में मन नहीं लगा। वह घर वापस आई और थके क़दमों से अपने कमरे में चली गई। पीछे से अम्मा दाख़िल होते हुए बोलीं—

"तुम्हारे अब्बू ने कुछ पूछा था तुमसे। उसका जवाब माँगा है।"

वह सोच में पड़ गई। फिर उसे याद आया—

"ओह हाँ...।"

"अम्मा, कह दीजिए मेरी 'हाँ' है, मगर..."

"मगर?"

"मगर मैं निकाह तो करूँगी, लेकिन साथ ही कोर्ट में भी शादी करूँगी।"

"क्या?, बड़ी बेहया हो गई हो। ग़ैरत नहीं आती? अब यही बाक़ी रह गया है, कोर्ट-कचहरी भी करवाओ? मुला नाक कटवाने पे ही तुली हो।"

"उफ़! तुम लोगों की नाक...इत्ती-इत्ती-सी बात पे नाक कटने लगती है। अब नाक कटे या कुछ भी कटे, मुझे जो कहना था कह दिया।"

"मगर ये शर्त क्यूँ?"

"क्योंकि मुझे किसी पर भरोसा नहीं। कल को बात न बने तो मुझको ही चलता कर दिया जाएगा। मैं फिर टापती रह जाऊँगी। जाने कितनी लड़कियाँ ऐसे कितने ही अनकिए गुनाहों की सज़ाएँ भुगत रही हैं।" कउते-कहते उसके सामने बबीता का चेहरा घूम गया।

"मगर ऐसा तुम सोचती क्यूँ हो? ऐसा कुछ नहीं होगा।"

"ज़रूर ऐसा नहीं होगा, मगर ये सोचकर चलना चाहिए कि ऐसा भी हो सकता है। मुझे मर्दों पर भरोसा नहीं है। अगर लड़के की नीयत सही है तो कोर्ट की शादी से इनकार नहीं करेगा। नहीं सही है तो इनकार कर देगा।"

"ये तमाशा हमसे नहीं होगा।" अम्मा झुँझलाईं।

"तो हमसे भी नहीं होगा।" उसने भी बात पक्की कर दी।

"अजीब बदमिज़ाज लड़की हो..."

"क्यूँ...क्यूँ बदमिज़ाज हूँ...? क्या मुझे अपना अच्छा-बुरा नहीं सोचना चाहिए?"

"ये सोचने के लिए क्या हम लोग काफ़ी नहीं हैं? मुझे देखो, क्या मेरे साथ कभी तुम्हारे अब्बू ने किसी तरह की ज़्यादती की, कोई बुरा सलूक किया?"

"तुम यह क्यूँ भूल जाती हो अम्मा कि तुम अब्बू की दूसरी बीवी हो। अब अगर बड़ी अम्मी ने क़ानूनन शादी की होती तो आज नक़्शा ही दूसरा होता।"

वहीदा बेगम पर जैसे घड़ों पानी पड़ गया। बग़ैर बोले उसे एकटक देखती रह गईं। वह आगे बोली—

"मर्दों का कुछ भरोसा नहीं, ये छुट्टा साँड़ होते हैं। इनके पास जज़्बात नहीं होते, सिर्फ़ नफ़्स होती है।"

मगर अम्मा की हिम्मत अब जवाब दे गई थी। वह कुछ भी नहीं बोल सकीं और चुपचाप वापस लौट गईं। एक घंटे बाद जब अब्बू आए तो अम्मा ने सारा सूरत-ए-हाल उनके सामने रख दिया। अब्बू बड़ी सोच में पड़ गए। तो अम्मा भिन्नाईं—

"ये सब पढ़ाई का नतीजा है। बाक़ी कसर उस बबीता की संगत ने पूरी कर दी है।"

"नहीं वहीदा, ऐसा नहीं है।" फिर पूरे कमरे में देर तक ख़ामोशी तैरती रही। कुछ देर बाद अब्बू ही बोले—

"सही है, मुस्तक़बिल माज़ी से सीख लेता है। हमारे अमल ने ही उन्हें इन तमाम ख़तरों से आगाह किया है तो वो अपने आपको महफ़ूज़ रखने के लिए तरीक़े तो सोच ही सकते हैं। जो सलूक़ हाजरा बेगम के साथ हुआ, कल नाज़नीं के साथ क्यूँ नहीं हो सकता है? उसे भी अपना अच्छा-बुरा सोचने का हक़ है और हर कोई अपना अच्छा-बुरा सोचने के लिए आज़ाद है। हमने उसे तालीम किस लिए दिलाई है...इसीलिए कि वह अपना अच्छा-बुरा ख़ुद सोच सके। मैं अभी लड़के से बात करता हूँ।"

सुबह-सुबह दरवाज़े पर दस्तक हुई। अम्मा ने चन्दा को आवाज़ दी—

"चन्दा, देखना दरवाज़े पर कौन है?" चन्दा ने दरवाज़ा खोला। सामने कमरून नमूदार हुईं। साथ में आसिफ़ था। पूरी स्कूली यूनिफ़ॉर्म में। चन्दा के पीछे नाज़नीं भी लपक आई। अम्मा भी। कमरून पुलकती हुई बोली—

"भाभी, आसिफ़ के स्कूल का आज पहला दिन है। आपको सलाम करने आया है।"

अम्मा ने लपककर उसे गोद में उठा लिया।

"और वो जो कहीं मदरसे में ले गई थीं, क्या नाम बताया था?"

"जाने दो भाभी...वह मदरसा था या कसाइयों का बाड़ा? झाड़ू फिरे नामुरादों पर। ख़ैर, बाद में बताऊँगी पूरी दास्तान।"

नाज़नीं ने पीछे से आसिफ़ के गाल पे चपत लगाई—

"क्यूँ बच्चू कहाँ जा रहा है?"

"स्कूल जा रहा हूँ। डॉक्टर बनूँगा। फिर तुमको सूई लगाऊँगा।"

और सब हँस पड़े। कमरून बच्चे को लेकर वापस हो गई। अम्मा वापस आकर पलंग पर बैठती बोलीं—

"चलो, भला अज्जन मियाँ को अक्ल तो आई वरना भई, ज़माना बदल रहा है तो इनसान को भी तो बदलना चाहिए।" कहते-कहते उनकी नज़र नाज़नीं पर पड़ी तो पाया, नाज़नीं बड़ी गहरी निगाह से उनकी ही जानिब देख रही है मानो उसकी आँखें सवाल कर रही हों—

"मगर मेरे बारे में क्या ख़याल है?"

और अम्मा ज्यों भीतर ही भीतर सकपकाईं या परास्त होती कह गई थीं—

"गुलमोहर ग़र तुम्हारा नाम होता...।"

तालियाँ

कवि कौशल प्रताप मंच पे धाक जमाए हुए थे। उनके एक-एक शब्द पर श्रोता झूम रहे थे। उल्लसित हो रहे थे, बेसाख़्ता तालियाँ पीट रहे थे। कौशल प्रकाश के चेहरे पर अजब-सी आभा थी। चेहरे पे गुलाबी मुस्कान फैली पड़ी थी। वह झुक-झुक कर श्रोताओं का अभिवादन करते। श्रोताओं के आगे नत-नत जाते। उन्हें स्मरण हो आया था अपने बचपन का वो दृश्य, जब उनके क़स्बे में एक कवि सम्मेलन का आयोजन हुआ था। पिता के साथ दस वर्षीय वह भी लग लिये थे। कवि सम्मेलन देर रात तक चला। श्रोता रात भर झूमते रहे। उठे ही नहीं। उनके पिता भी। वह भी मुग्ध से उन कवियों को देखते रहे। कहाँ के आसमान से उतर आए हैं ये सारे? कितनी तालियाँ बटोर रहे हैं? उनके बाल-मन में एक अजीब सी ख़्वाहिश जागी। ऐसा क्यूँ न हो कि कभी वह भी ऐसा ही कुछ कारनामा कर डालें कि उनकी सूरत देखते ही लोग तालियाँ बजा-बजा के निहाल हो जाएँ। उन्होंने पिता के सामने एक दिन बात रखी—

"पापा, क्या ऐसा हो सकता है कि हमारे लिए भी लोग ऐसे ही तालियाँ बजाएँ?"

"हाँ-हाँ क्यूँ नहीं? कोई बड़ा काम करो जिससे लोग प्रभावित हों।"

हालाँकि उनकी बचपन से एक साध थी कि वह अपनी अलग पहचान बनाएँ। उनको इससे बेहतर कोई भी शगल नहीं लगा। चूँकि पिता कविताओं और गीतों-ग़ज़लों के शौक़ीन थे, सो उन्हें इस तरह की चीज़ों में बचपन से ही रुचि थी। ज्यों-ज्यों उनकी उम्र बढ़ी, ये शौक़ भी परवान चढ़ता गया। शब्दों से छेड़-छाड़ शुरू हो गई। मौसम, फूलों, गेसू, नज़ाक़तों की टोह लेने लगे। स्कूल में हल्की-फुल्की शायरी दोस्तों को सुनाते रहते और एक चलन्तू और घुमन्तू शायर की तरह मशहूर हो गए। फिर कॉलेज पहुँचते-पहुँचते और निखार आ गया शायरी में। वह सूरज-चाँद छूने लगे। कुछेक आशिक़ी-वाशिक़ी के दौर भी चले, जिनके बिना शायरी मुक़म्मल नहीं होती। फिर आशिक़ी में धोखा यानी एक शायर पूरी तरह

मुक़म्मल। और उन्होंने तख़ल्लुस चिपका लिया—'घायल।' उनकी शायरी में और निखार आया, और शबाब आया। जिस मंच पे चले जाते, फ़ज़ा में तारे बिखेर देते। तालियों पर ताली...ताली ही ताली।

हत्ता कि वह तालियों के अभ्यस्त हो गए। एक कलाकार को और क्या चाहिए? इससे बेहतर चीज़ उसके लिए हो भी क्या सकती है? सच कहें तो वही उसकी ख़ुराक होती है। एक रात जब मुशायरे की चकाचौंध से सने हुए वह घर वापसी के लिए निकले तो किन्हीं दो हाथों ने उन्हें ठहरने का संकेत किया। वह ठिठके। और ठहर गए। फिर वो चूड़ियों से छनकते हाथ ताली बजाते हुए उनके नज़दीक आए और थम गए—

"बेहद ख़ूबसूरत घायल साहब। वाक़ई में घायल कर दिया।"

"नवाजिश, मेहरबानी...आपकी तारीफ़?"

"तारीफ़ तो उस ख़ुदा की जिसने मुझे बनाया।" और दोनों तरफ़ क़हक़हे तैर गए।

"घायल साहब, मुझे फ़िरोज़ा कहते हैं। आज़मगढ़ से आई हूँ । एक एन.जी.ओ. चलाती हूँ। उसी सिलसिले में आई थी। घर में सिर्फ़ एक छोटा शादीशुदा भाई है। बस्स। अगर आप अकेले हों तो ये हाथ थाम लीजिए। आपसे बेहतर हमसफ़र मेरे लिए कोई दूसरा नहीं हो सकता।"

"जी बेहतर..." कहते हुए वह हल्के-से मुस्कराए और धीरे-से हाथ आगे बढ़ा दिया। इस बेबाक़ी पर वह फिदा हो गए थे।

"शुक्रिया मेहरबां, तुम भी मुसाफ़िर हम भी मुसाफ़िर। साथ चलें तो अच्छा है।"

फिर एक ज़ोरदार क़हक़हा और फिर फ़िरोज़ा के हाथ को थाम आगे बढ़ते हुए बोले—

"मैं नहीं जानता था कि मेरा प्यार भी तालियाँ बजाता हुआ मेरी ज़िन्दगी में दाख़िल होगा।"

पेशे से वह लेक्चरर हो गए। कॉलेज में भी अध्यापक और छात्र महफ़िल जमा लिया करते। उनके अशआर सिर चढ़कर बोलते रहते। उनकी इस अतिरिक्त योग्यता ने उन्हें कॉलेज में एक अलग तरह का मान दिलाया। वह प्राय: घर में बैठकर भी फ़िरोज़ा को अशआर सुनाया करते। ख़रामा-ख़रामा दिन गुज़रते गए। महीनों और सालों का पता ही नहीं चला। इस दरम्यान दो बच्चे भी हो गए। फिर उनकी परवरिश का सिलसिला चल निकला। हालाँकि उनसे उनका जुनून नहीं छिना। शे'रो-शायरी

के पीछे वह आज भी उतने ही जुनूनी, उतने ही पागल थे। दूर-दूर तक उनकी शायरी के जलवे थे। आए दिन घर पर भी कवियों और शायरों का जमावड़ा रहता। किसी दफा वह किसी मुशायरे में शिरकत करने गए और अपेक्षाकृत उनकी पेशकश पर तालियाँ न के बराबर मिलीं। लगा, किसी ने उनकी इज़्ज़त उतार ली। हत्या कर दी गई उनकी। आँखों में गहरी ख़ामोशी थी। निराशा और विचित्र-सी छट-पट। घर आते-आते बुख़ार चढ़ गया। सिर दर्द से चटखने लगा। झुँझलाहट बेतरह। बार-बार वह इसका दोषी अपने परिवार को मान रहे थे।

"स्साला...कलाकार को तो शादी करनी ही नहीं चाहिए। सारा टैलेंट ध्वस्त कर देती है ये। आटा-दाल के भाव के चक्कर में पता ही नहीं चला कब रदीफ़-क़ाफ़िए तिड़ी-बिड़ी हो गए। ग़ज़लें बे-बहर हो गईं। छन्द-वन्द सब बिखर गए। फ़िरोज़ा ने बोलकारा तो उलझ पड़े—

"बात मत करो मुझसे। मैं कितना उरूज़ पर पहुँचने वाला था कि तुमने आकर सारे रास्ते ही बन्द कर दिए। जहाँ एक पल को कोई शे'र ज़ेहन में आया कि तुम्हारे ये छछूँदर आकर सब गड्ड-मड्ड कर देते हैं।"

फ़िरोज़ा मुँह बनाती, बच्चों को हँकालती कमरे से बाहर निकाल लाती।

किसी इतवार को वह सुबह से बैठे अशआर का जोड़-तोड़ कर रहे थे कि छोटा बच्चा दौड़ता हुआ आया—

"पापा, मेरी मैथ्स हल कर दीजिए।"

लगा, ख़ूबसूरती लेती हुई कुछ लड़ियों को एक बन्दर ने आकर नोच-खसोट डाला है। वह चिहुँक पड़े—

"उफ़...आदम की औलाद, अभी ही तुझको आना था?" उनके ज़ेहन में सारे जमे-जमाए शे'र रफ़ूचक्कर हो गए और वह सन्न-से बैठे रह गए। बड़े मायूस से हो गए वह। "यानी तय है कि तालियाँ अब कभी नसीब न होंगी अब मेरी तख़लीक़ को," बड़बड़ाए। उन्होंने बच्चे को दुरदुराया और चद्दर तानकर लेट रहे। फ़िरोज़ा ने दूर रहना ही मुनासिब समझा।

ख़ैर, उनकी तख़लीक़ात और परिवार के बीच रस्साकशी चलती रही। बड़ी मेहनत और मशक़्क़त के बाद आख़िर वह कई महीनों पर जब एक मुशायरे में शामिल हुए तो वाक़ई हरहरा के वापस हुए। तमाम दा'द मिली उनके अशआर को। वह चिहुँकते हुए घर में दाख़िल हुए और दोनों बच्चों को गले लगा लिया। फ़िरोज़ा से लहकते हुए बोले—

"जानती हो, ऐसी ग़ज़ल दे मारी कि हॉल तालियों की गड़गड़ाहट से भर गया। कमाल हो गया। एक कलाकार को और क्या चाहिए?" फ़िरोज़ा ने हल्की-सी मुस्कराहट के साथ कहा—

"चलो, तुम्हें तालियाँ मुबारक।"

"बिलकुल जानेमन, आख़िर तुम्हें भी तो तालियाँ ही लेकर आई थीं मेरी ज़िन्दगी में।"

ख़रामा-ख़रामा घायल साहब सत्तर तक पहुँच गए। बच्चे पंख लगाकर उड़ गए, कोई लंदन तो कोई सिंगापुर। बचीं फ़िरोज़ा और वह। शे'रो-सुखन में उनका रुतबा बरक़रार था। तालियों की गड़गड़ाहट भी वैसी ही बरक़रार थी। प्राय: सपनों में भी उनको तालियों के ताल सुनाई पड़ते और वह मुस्करा देते। तब उनका चेहरा देखती फ़िरोज़ा बड़बड़ाती—

"ज़रूर हुज़ूर किसी मुशायरे में दस्तक दे रहे होंगे और तालियों से आसमान गूँज रहा होगा।"

यही सच भी होता। जब वह जागते तो बताते—

"जानती हो, आज ख़ाब में हैदराबाद पहुँच गया। मेरी ग़ज़लों ने वो समाँ बाँधा कि बस्स तालियों का पारावार न रहा।"

वह कहतीं—

"जानती हूँ, लिफ़ाफ़ा देखकर ही ख़त का मज़मून जान लिया था।"

"अच्छा, कैसे?"

"तुम सोते हुए मुस्करा रहे थे। जितनी मुहब्बत तुम्हें तालियों से है, उतनी तो अपने बच्चों से भी नहीं।"

"तुम नहीं समझोगी। इसे एक कलाकार ही समझ सकता है।"

किन्तु ज़िन्दगी में काले अँधेरे भी कम नहीं होते। अचानक एक रोज़ उन्हें लकवा मार गया। महीनों बीमार पड़े रहे। बोल सकने में भी असमर्थ। अन्दर अशआर के समन्दर हिलोरें मारते रहे, पर न ज़ुबां चलती न हाथ चलते। सायास आँखों से जल बहने लगता। कैसी मारक स्थिति। फ़िरोज़ा कितना कहती थी कि जो ज़ेहन में आए, लिख लिया करो, मगर उनके अतिरिक्त आत्मविश्वास ने उन्हें ग्रस लिया। वह बोलते—

"नहीं यार, सब ज़ेहन में नोट है जस का तस। कभी भी सुना सकता हूँ।" मगर नहीं, अब उनके साथ ही उनके सारे क़लाम चले जाएँगे। उनके नाम का कुछ भी शेष

नहीं रहेगा ज़मीन पर।" साल भर तक बिस्तर पर पड़े-पड़े और लाग़र हो गए। आगे तबीयत कुछ ज़्यादा बिगड़ गई। बच्चे बुला लिए गए। सब छुट्टी लेकर आए थे। दोनों बेटे अजब पसोपेश में रहते। पापा जी का कुछ पता नहीं, कब तक साँस लेते रहेंगे? कुछ हो-हुआ जाता तो हम भी मुक्त होते। छुट्टियाँ ख़त्म हो रही हैं। बार-बार कौन आएगा? फ़िरोज़ा दोनों की मन:स्थिति समझ रही थी। मन-ही-मन उन्हें गरियाती—

"नासपीटे हैं सब, बाप से बढ़कर नौकरी है। आज के बच्चों में जज़्बात तो रह ही नहीं गए हैं।"

छोटा बेटा कह ही जाता—"भगवान इन्हें उठा ले, इनकी तकलीफ़ देखी नहीं जाती।"

फ़िरोज़ा कटकर रह जातीं। उन्हें पता है, बेटा उनकी तकलीफ़ से परेशान है या अपनी तकलीफ़ से? हालाँकि घायल साहब की बस साँसें ही चल रही थीं। बाक़ी कुछ नहीं था। सारा जिस्म ठंडा गया था। पूरा शरीर मृतप्राय:।

उस दिन डॉक्टर आया तो नब्ज़ देखते हुए बोला—

"इनमें है कुछ नहीं। समझो, ख़त्म हो चुके हैं। बस साँसें जाने कहाँ अटकी पड़ी हैं। इन्हें तो अब तक ख़त्म हो जाना चाहिए था।" फ़िरोज़ा ने गहरी साँस खींची। आँखों से एक क़तरा बह निकला। धीमे-से बोलीं—

"मुझे पता है, इनकी साँसें कहाँ रुकी पड़ी हैं?" और उनकी पलंग के समीप सरक आईं। आसपास जो बैठे थे, उनको भी इशारे से समीप बुला लिया। फिर धीरे-धीरे ताली बजानी शुरू की। उनके हाथों में पड़ी काँच की चूड़ियों और तालियों की सुर-ताल अचानक बहुत मोहक लगने लगी थी। आसपास के लोग उन्हें हैरत से देखने लगे थे। बच्चों को लगा, ये माँ को क्या हो गया कि फ़िरोज़ा ने उन सबकी ओर भी इशारा किया तालियाँ बजाने के लिए और फिर डॉक्टर समेत सभी तालियाँ बजाने लगे। तालियों की आवाज़ धीरे-धीरे तेज़ होती गई। डॉक्टर लगातार कौशल प्रकाश के चेहरे पर नज़र रखे था। सायास तभी कौशल प्रकाश 'घायल' के चेहरे पर हल्की-सी मुस्कान तैर गई और अगले ही क्षण प्राण पंछी कहीं दूर ख़लअ में उड़ गया। डॉक्टर ने सहसा उनके चेहरे का रंग बदलते देखा तो उनकी नब्ज़ टटोलने लगा और फिर फ़िरोज़ा के हाथों को पकड़कर रोकते हुए बोला—

"स्टॉप...स्टॉप...ही इज़ नो मोर...।"

और फिर फ़िरोज़ा फूट-फूटकर रो पड़ी।

अगले मौसम के इन्तज़ार में

सारे मौसम धरे के धरे रह गए। कहाँ कि मेहमानों की लम्बी फ़ेहरिस्त पे मुबाहिसा चल रहा था, किसको बुलाएँ और किसको काटा जाए। कहाँ कि सारा मुआमला ही ठंडे बस्ते में चला गया। हाल दिल्ली के जामा मस्जिद के क़रीब बसी एक मुस्लिम बस्ती का है। आदिल अहमद इस बस्ती में रईसों में गिने जाते थे। उनका बड़ा ही दबदबा था। व्यापार मंडल के अन्तर्गत आने वाली विभिन्न शाखाओं में से एक पर उनका क़ब्ज़ा था। बस्ती के भीतर जमी पूरी मार्केट का ज़िम्मा उनका था। यानी उनका ही टेंडर था। चार बच्चे उनके, जिसमें से तीन विवाहित। सबसे छोटी औलाद बेटी लैला, जिसका निकाह आज ही कल में होना था। प्रेम विवाह था। रिश्ता फेसबुक के ज़रिये शुरू हुआ था। आमिर बर। पाकिस्तानी इंजीनियर। पाकिस्तान के लाहौर से था। सॉफ्टवेयर इंजीनियर। लैला शेख़ आदिल अहमद की सबसे छोटी सन्तान और जामिया मिल्लिया की अर्थशास्त्र विभाग की रिसर्च स्कॉलर। वर्चुअल दुनिया से गुज़रते हुए जाने कब वे एक-दूसरे की हक़ीक़ी दुनिया में दाख़िल हो गए थे। लैला की झेलम-आँखों के साहिल पर आदिल की कीम ख़ाब से जड़ी अफ़शां तमन्नाएँ किसी भी वक़्त ठहर के पंख फटकारने लगतीं और लैला के ख़ाब आदिल की समन्दरी बाँहों में गोतम-गोता। रात के तीसरे पहर आदिल की आँखों में शहतूत की टहनी-सी झूल जाती वह। अन्ततः जब बात शादी तक पहुँच गई तो घरवालों को भी शामिल करना ज़रूरी हो गया। इस लिहाज़ से घर की ज़िम्मेदार औरतों के माध्यम से यह बात घर के मर्दों तक पहुँचाई गई। लैला की माँ ने बड़ी सहम के साथ आदिल अहमद के सामने यह बात रखी तो वह भड़क उठे—

"तुम दोनों माँ-बेटियों का दिमाग़ तो नहीं ख़राब हो गया है? जाओ, इलाज कराओ अपना। लड़का भी ढूँढ़ा तो पाकिस्तान में। हिन्दोस्तान में लड़के मर गए थे क्या? जितनी छूट दो उतनी ही कम है। अब मुझे इतना मौक़ा है कि मैं पाकिस्तान के दौरे शुरू करूँ? वाहियात कहीं की!"

अम्मा आकर लैला को जली-कटी सुना गईं, पर दिल की लगी का क्या इलाज? लैला के हाथों के तो तोते उड़ गए। आमिर से बताया तो वह भी मायूस हो गया। कोई तरक़ीब निकालने को बोला और ख़ामोश रह गया। चंचल बयार-सी लैला बिलकुल शान्त हो गई, लेकिन जब घर में दादी माँ तक यह बात पहुँची तो वह फ़ौरन हरकत में आ गईं। लैला के कमरे में पहुँचीं और उसके बाजू में बैठकर उसके सिर में हाथ फेरती बोलीं—

"निगोड़ी, इतनी अच्छी ख़बर तूने पहले क्यूँ न सुनाई मुझे? अब समझ, तेरा काम हुआ सो हुआ।" लैला चीख़कर उनसे लिपट गई।

"दादी माँ, क्या कह रही हैं?"

"सही कह रही हूँ। बहुत दिनों बाद फिर से सारे टूटे रिश्ते बहाल होने वाले हैं।" कहते हुए उन्होंने गहरी साँस खींची।

"क्या मतलब दादी माँ?" लैला सँभलकर बैठ गई।

"दरअसल गुड़िया, शायद तुझे नहीं पता कि हमारा आधा ख़ानदान कराची में ही क़याम करता है। बँटवारे के बाद हम सब तियां-तियां हो गए। कोई कहाँ बिखर गया कोई कहाँ बिखर गया। फिर जब तूफ़ान थमा तो हम सारे एक-दूसरे से सदियों-सदियों के लिए छूट चुके थे। आँखों में बस एक अनाम-सी तलाश बाक़ी रह गई थी जो कभी ख़त्म नहीं हुई। तेरे अब्बा के चचा, मामू और तमाम लोग उधर ही तो हैं। अब तेरे बहाने अल्लाह ने एक पुल क़ायम किया है। अब ज़रूर टूटे हुए रिश्ते बहाल होंगे। आना-जाना शुरू, आमदरफ़्त शुरू होगी, अमन और उल्फ़त के लियाक़त गुलाब फिर महकेंगे, इंशाअल्लाह।" कहते-कहते उनकी आँखें भीग गईं।

"लेकिन दादी अम्मा, अब्बूजान तो हत्थे से ही उखड़ गए। उनका क्या करेंगे?"

"उसकी ऐसी की तैसी। कैसे न होने देगा? उसी की मर्ज़ी से सब कुछ थोड़े ही होगा?"

फिर दादी माँ ने आदिल अहमद की अच्छी क्लास ली। अन्ततः उन्हें राज़ी हांना पड़ा। आमिर बर से जब उन्होंने बात की तो निहाल हो गए—

"अम्मी, लड़का तो काफ़ी तालीमयाफ़्ता और बेहतरीन इनसान है।"

"मैं कहती थी न, बग़ैर जाने-समझे किसी के बारे में राय क़ायम नहीं करनी चाहिए। आख़िर पाकिस्तान-हिन्दोस्तान में फ़र्क़ ही क्या है? हैं तो भाई-भाई ही। एक भाई दूसरे भाई के घर अपनी बेटी ब्याह रहा है, इसमें इतना डरने की क्या बात है? वो भी अपना ही मुल्क है, अपना ही घर है। फिर हमारे आधे लोग तो वहीं रहते

हैं। हाँ, याद आया। पेशावर में मुनव्वर रहता है। तेरे मामूजान का भी इस्लामाबाद में बिज़नेस है। उन सबके नम्बर तलाश करो और सबसे राब्ता क़ायम करो।"

"हाँ, यह ठीक रहेगा।"

आमिर बर अपने कमरे में बैठा ख़लअ में खोया हुआ सिगरेट के कश खींचे जा रहा था। कई दिनों से उसे नींद नहीं आई थी। मन-ही-मन मनाता रहता कि किसी तरीक़े से बात बन जाए, लेकिन जब उस रात लैला का अचानक फ़ोन आया तो वह चौंक पड़ा। इत्ती रात में लैला का फ़ोन? लेकिन जब लैला ने उसे चहकते हुए ख़ुशख़बरी दी तो उसने लम्बी साँस खींचते हुए अल्लाह का शुक्रिया अदा किया वरना इतने दिनों से उसकी हिम्मत न हो रही थी लैला को फ़ोन करने की। कई बार फ़ोन उसे मिलाता, फिर काट देता। ख़ैर, ख़ुशख़बरी सुन उसका जी हरा हो गया था। थोड़ी-बहुत बात दादी अम्मा ने भी की थी उससे।

आदिल अहमद ने क़वायद शुरू कर दी थी। पुरानी डायरी निकालकर सबके फ़ोन नम्बर तलाशे और तड़ातड़ सबको फ़ोन करना शुरू कर दिया। कुछ मिले, कुछ नहीं मिले। मुनव्वर का फ़ोन लग गया। फ़ोन रिसीव करते ही मुनव्वर ने नाक-भौं चढ़ाए "क्यूँ भाईजान, याद करने में ज़माने लगा दिये। आख़िर हम मिट्टी तो वहीं की हैं।"

"बिलकुल बरख़ुरदार, इससे कब इनकार है? बस, कुछ मसरूफ़ियात ज़्यादा थी, लेकिन अब जल्द ही नज़दीकियाँ बढ़ेंगी।" और फिर उन्होंने सारी सूरत-ए-हाल मुनव्वर को बता डालीं। मुनव्वर निहाल हो उठा—

"वाह, फिर तो बड़ी समझदारी दिखाई हमारी लाड़ो ने। देख, मुहब्बतें सरहदें नहीं मानतीं।" और रिश्ते बहाल हो गए। इधर हिन्दोस्तान का जी बल्लियों उछल रहा था उधर पाकिस्तान की बाँछें खिली पड़ी थीं।

फिर चचाजान को फ़ोन लगाया।

"चचाजान, बहुत जल्दी आपकी ख़िदमत के लिए आपकी पोती लैला को भेज रहा हूँ।"

"क्या मतलब?" और सारा कुछ आदिल अहमद ने कह सुनाया। चचाजान उछल पड़े, "वाह मेरे जानेमन, मार्के की ख़बर सुनाई। पास होते तो ज़ुबां चूम लेते। जल्दी ही हम रूबरू होंगे इसका मतलब।"

"हाँ, इंशाल्लाह...।"

"ठीक है, अभी जाकर सारे शहर में पेड़े बँटवाता हूँ। तेरी चची तो नाच उठेंगी।" सरहद की दोनों तरफ़ घी के दीये जलाए गए। शादी की ख़ुशी से ज़्यादा अपने बिछड़े हुओं से मिलने का उत्साह था। धूम थी। फ़ोन पर रोज़ लम्बी बातें होने लगीं। पाकिस्तानी दूल्हा मुनव्वर चचा समेत पूरे परिवार में खिलौने की तरह खेला जा रहा था। आए दिन दावतें, ज़ियाफ़तें। चचा को लगता कि यह लड़का उनका सारा हिन्दोस्तानी परिवार उनके क़दमों में लाकर डाल देगा। जिस बार दूल्हा हिन्दोस्तान गया शादी की तारीख़ तय करने तो मुनव्वर व चचा समेत सारे ख़ानदान ने शानदार विदाई दी। चचा ने उसकी पेशानी चूमकर उसे विदा किया। यहाँ आदिल अहमद के परिवार ने भी उसका वो शानदार ख़ैरमक़दम किया कि लोग देखते रह गए। लगा, उनका पूरा पाकिस्तानी ख़ानदान सामने आ खड़ा हुआ हो। दादी माँ ने उसका हाथ थामकर पूछा—

"बेटे, आते वक़्त शमशुल ने तुझे बोसा कहाँ दिया था?"

दूल्हे ने पेशानी की तरफ़ इशारा करते हुए कहा—

"जी दादी माँ, यहाँ।"

और दादी माँ ने उसे थोड़ा झुकने को कहा फिर उसकी पेशानी पे हाथ फेरने लगीं—"हाँ, यहीं से आती है हमारी मिट्टी की महक!" और उन्होंने उसकी पेशानी चूम ली।

पूरे दो दिन तक आमिर बर दिल्ली में रहा। ख़ूब इज़्ज़त अफ़ज़ाई हुई। लैला से भी मुलाक़ात हुई। मन में सोचता रहा, "मैं तो सोच रहा था कि पाकिस्तानी लड़कियाँ ही ख़ूबसूरत होती हैं, मगर ये हिन्दोस्तानी हुस्न तो पाकिस्तानी हुस्न को भी मात दे रहा है।" वहीं, लैला की ख़ुशी का ठिकाना न था। एक नामुमकिन-सी बात मुमकिन हो गई थी। वह मन-ही-मन दादी माँ पे वारी जाती। दादी माँ ने सारा कुछ कितना आसान कर दिया था? तीसरे दिन आमिर की वापसी की फ़्लाइट थी। आदिल अहमद के घरवालों की आँखों में आँसू थे, जैसे घर का ही लड़का कहीं दूर देश को जा रहा हो। दादी माँ ने बढ़कर उसकी पेशानी चूम ली। "जा बेटा, शमशुल से मेरा सलाम कहना और अपने घर भी।" शाम को आमिर पाकिस्तान पहुँच गया। वहाँ अलग ही रौनक़ थी। लैला का सारा ख़ानदान आमिर के घर पे इकट्ठा था। सभी बेहद बेसब्री से उसका इन्तज़ार कर रहे थे। हर तरफ़ से सवालात के सोते फूट रहे थे—"वहाँ कैसा लग रहा था? लोग कैसे थे? वहाँ का मौसम कैसा था? सभी कैसे मिलते थे? कोई दिक़्क़त तो नहीं हुई?"

मुमानी ने पूछा—

"क्यूँ आमिर, वहाँ तो ग़ैरमुस्लिम भी हैं। उनका सुलूक कैसा था तुम्हारे साथ?"

"अरे मुमानी, पूछो मत। लैला के अब्बू के दोस्त शंकर अंकल तो लाजवाब थे। ऐसी ख़ातिर-तवाज़ो की कि उनका बस चलता तो दिल में रख लेते हमें। लैला की हिन्दू सहेलियाँ भी क्या कम थीं? किरन ने तो पूरे एक दिन में ही पूरी दिल्ली की सैर करवा दी। उसकी बहनें, वालिदैन सभी बेहद मेहमाननवाज़, जैसे मैं उनका अपना ही दामाद हूँ। हमारे लाहौर से दिल्ली कहीं भी कम नहीं, मुमानी। बिलकुल अपनी-सी ही लगी।" सभी ग़ौर से सुन-सुन के बिछे जा रहे थे। मुमानी की आँखों से आँसू रुक ही नहीं रहे थे—

"क्यूँ न हो बेटा, सियासत ने हमें इधर-उधर फेंक दिया वरना हम एक चने की दो दाल ही तो हैं।" तभी चचाजान घर में दाख़िल हुए। आवाज़ सुनकर आमिर उछल पड़ा और जा के उनके गले से लग गया—

"जीते रहो बेटा, कैसा रहा सफ़र? कैसे हैं सब लोग?" आमिर ने अलग होते हुए कहा, "अलहमदोलिल्लाह...।" फिर अपनी पेशानी की तरफ़ इशारा करते हुए बोला, "दादी माँ ने आपको सलाम कहा है।" चचाजान ने लपककर उसका माथा चूम लिया। आमिर ने शोख़ी की—"चचाजान, दो बार सलाम कहा था।" सबकी हँसी छूट गई। चचाजान ने दोबारा बढ़कर उसकी पेशानी चूम ली।

दोनों मुल्कों में शादी की तैयारियाँ ज़ोरों पर थीं। लग रहा था, सिर्फ़ दो जन की नहीं, दो ख़ानदान की नहीं बल्कि दोनों मुल्कों की शादियाँ आपस में हो रही थीं। जैसे दो सागर एकमेक होने वाले थे। दो आकाश एक-दूसरे में विलय होने वाले थे।

नवम्बर महीने की कोई तारीख़ थी। बादलों से आसमान हमेशा भरा ही रहता था। दिल्ली का आसमान वैसे भी कुहरे और बादलों से कहीं ज़्यादा दूषित हवाओं से अटा रहता है। इन दिनों यानी दिल्ली का आसमान पूरी तरह अभिशप्त है घोर प्रदूषण से। सही कहा जाए तो बड़ा वाहियात होता जा रहा है दिल्ली का मौसम। फिर भी, गुलाबी मौसम की आमद-आमद। ख़ैर, उस एक किसी तारीख़ में हिन्दोस्तान दहक उठा अचानक। नेफा पर हलचल हो गई। कुछ जवान शहीद हो गए। फिर क्या था? हिन्दोस्तान-पाकिस्तान खेला जाने लगा। दिल्ली की गली-गली में 'पाकिस्तान मुर्दाबाद' के नारे लगाए गए। पाकिस्तान के ख़िलाफ़ जलसे किए गए और उधर से इधर, इधर से उधर की आमदरफ़्त पर बन्दी। हिन्दोस्तान में वीज़ा लेकर रह रहे पाकिस्तानी बाशिन्दों को रातोंरात खदेड़ दिया गया, भले ही वो

बेक़सूर हों। दिल्ली की धुआँई गलियाँ और काली-सी होने लगीं। जामा मस्जिद के पास का पूरा इलाक़ा घरों में दुबका रहा। आदिल अहमद के घर में भी एक भयंकर तरह की तीरगी वीरानी ओढ़े पड़ी थी। लैला का जी रख-उठा रहा था—"अब क्या होगा?" हिन्दुस्तान की हर गली में 'पाकिस्तान मुर्दाबाद' की रैलियाँ उग रही थीं। अचानक तुषारापात नहीं, अग्निपात हुआ था, किन्तु कम्यूनिस्ट एवं वामपंथी इन रैलियों को पानी पी-पी के गरिया रहे थे। मुल्क की दुर्गति की ख़ैर मना रहे थे क्योंकि उन्हें पता था कि मुल्क की जड़ों में मट्ठा डालने वाले हाथ कोई और हैं। उन्हें पता था कि सरहद-हत्या ईमानदारी की नहीं, साज़िश की पैदाइश है। उन्हें पता था कि ये रैलियाँ प्रायोजित रैलियाँ थीं, केवल साम्प्रदायिकता को प्रोत्साहित करने वाली। हर गली-कूचे का मुसलमान घर में मरा पड़ा था। दुकानों पर ताले लटक रहे थे। गली-कूचे साँय-साँय कर रहे थे। राजतंत्र अपने उरूज़ पर था—हर प्रकार से कुशासन थोपने को प्रतिबद्ध।

ख़ैर, हिन्दोस्तान के सूर्य ने जी भर तांडव किया। दो से तीन दिनों में ही सारा मामला बिगड़ गया था। दिल्ली तअस्सुब के ताप से सुलग रही थी। मुस्लिम बस्तियाँ कुछ न कर पाने और कुछ न समझ पाने की स्थितियाँ लिये घरों में सो गई थीं। मेहनतकशों के चूल्हे फ़ाक़े को मजबूर थे। घोषित हिन्दोस्तानी बच्चे स्कूल जा रहे थे और अघोषित हिन्दोस्तानी बच्चे अपने बस्तों के साथ दड़बों में बन्द पड़े थे। सारे परिदृश्य पे आवारा पशुओं का साम्राज्य था।

एक दिन आदिल अहमद हारे हुए से आए और बरामदे में सोफ़े पर धम्म-से धँस गए। पूरा जिस्म थकान और अवसाद से काँप रहा था। दिखने से लग रहा था कि तन से ज़्यादा मन की थकान हावी है। हाथ में एक बड़ा-सा थैला था, जिसमें से उन्होंने सफ़ेद काग़ज़ के बंडल निकाले और लैला की तरफ़ बढ़ा दिए—

"लो, इसे ठीक से रख दो।" लैला ने बढ़कर ले लिया। फिर एक गिलास पानी उनके सामने रख के चली गई। पानी पीकर उन्होंने बेटों को आवाज़ दी और उन्हें समझाने लगे—

"देखो, काग़ज़ ला के लैला को दे दिए हैं। उससे ले लो और सभी लोग आराम से बैठकर बड़े-बड़े लफ़्ज़ों में लिख डालो।"

"ठीक है अब्बूजान, मगर लिखना क्या है, यह तो बताइए?"

आदिल अहमद थोड़ा झिझके, फिर नज़रें चुराते हुए बोले—

"बेटा, लिखना है—पाकिस्तान मुर्दाबाद।"

"क्या?" कई आवाज़ें एक साथ चौंकी।

"अब्बू, आ...आप डर गए। कोई हमारा क्या करेगा? आख़िर हिन्दोस्तान हमारा मुल्क है।"

"डर का नहीं, अना का सवाल है, बेटे। आज हमसे हमारी वफ़ा का सुबूत माँगा जा रहा है और हमारी वफ़ादारी के सुबूत में हमसे सिर्फ़ यह जुमला माँगा जा रहा है। जो मुसलमान ये नहीं कहेगा वो गद्दार कहलाएगा। उन्हें इससे नहीं मतलब कि अपने बेटों के कटे सिर देखकर भी बहादुरशाह ज़फ़र ने अंग्रेज़ों को जवाब में यही कहा था कि सब कुछ मिट जाएगा, लेकिन हिन्दोस्तान नहीं मिटेगा। इनके लिए ये सुबूत काफ़ी नहीं।"

घर के लोगों ने आदिल अहमद को ज़िन्दगी में पहली बार इस क़दर हारा और थका-सा पाया था। पूरे घर में ख़ामोशी छा गई अचानक। आख़िर दादी माँ उठकर आदिल अहमद के पास आई और बोलीं—

"बेटा आदिल, तेरा दिमाग़ फिर गया है क्या? कल तेरे भाई जुनैद से कुछ खुटपुट हो जाए तो क्या तू उसके लिए मुर्दाबाद का रट्टा मारेगा? ऐसे ही पाकिस्तान भी तो हमारा भाई ही है।"

"नहीं अम्मा, यहाँ जज़्बात से काम न लें। यहाँ सियासत है। यह ज़रूरी है वरना हम सबकी रोज़ी-रोटी ख़तरे में पड़ जाएगी। जाओ, तुम लोग लिखो बैठकर।"

घर में सारे लड़के ज़मीन पे काग़ज़ फ़ैला के बैठ गए और लिखा जाने लगा...'पाकिस्तान मुर्दाबाद...पाकिस्तान मुर्दाबाद'। लैला की स्थिति और भी गई-गुज़री हो गई थी। वह किसी कमरे के एक कोने में दुबकी रहती और अपनी लोहित ज़िन्दगी की बिखरी हुई किरचियों की चुभन महसूस करती रहती। शाम को जब आदिल अकेले में मिले तो दादी माँ ने उन्हें धीरे-से टटोला—

"और आदिल अहमद, लैला के रिश्ते के लिए क्या कहते हो?"

वह सिगरेट के छल्ले हवा में उछालते हुए बोले—

"लैला से कह दो अम्मा, जी कड़ा कर ले और उसे भूल जाए।"

लैला ने सुना तो बेहोश हो गई। घर में कुहराम मच गया। घर की औरतें मातमज़दा हो गईं। बेटी का रिश्ता ख़त्म हो जाना कोई मामूली बात नहीं। लैला की हालत देखकर दादी माँ ने अन्तिम बार गुहार लगाई थी—

"आदिल बेटा, लड़की का मुँह तो देखा होता। तुमने उससे वादा किया था।"

"तो क्या करें अम्मा, जान दे दें?" वह झल्ला पड़े।

“बेटा, क्या फ़र्क़ पड़ता है यहाँ और वहाँ में? आख़िर हिन्दोस्तान और पाकिस्तान भाई-भाई ही ठहरे।”

“अम्मा, आप समझती क्यूँ नहीं?...अरे भई, अब हिन्दोस्तान-पाकिस्तान भाई-भाई नहीं रहे। क्यूँ नहीं समझ रहीं? वरना ये नौबत ही क्यूँ आती?” वह चीख़ते हुए बोले। दादी अम्मा रोती हुई कमरे में चली गईं और लैला को सीने से लगा लिया और फिर दोनों धाड़ें मार-मार के रो पड़ीं। आदिल अहमद का दिल बैठा जा रहा था।

बाहरी दालान में कुछ मोतबर लोगों के बीच गरमागरम बहस जारी थी। चाय के कप टेबिल पर सजे हुए थे। शाकिर नवाब लगे पड़े थे—

“भई, ये क्या बात हुई? दंगे ख़ुद करवाते हो तोबड़ा पाकिस्तान के सिर फोड़ते हो।”

“भई, वो क्या कहते हैं इस मौक़े पर, सरहद पर तनाव है, लगता है चुनाव है।” किसी ने चुटकी ली।

“और नहीं तो क्या? फिर कहते हैं हिन्दोस्तान छोड़ो, पाकिस्तान जाओ। क्यूँ छोड़ें भला? पैदाइश यहीं ली, दादा-परदादा सब यहाँ दफ़नाए अब हम पाकिस्तान जाएँ अपनी मिट्टी छोड़कर।”

“बिलकुल, कोई नहीं जाएगा। अगर अलग भी करना है तो हम बाशिन्दे यहाँ के हैं। यहीं का एक टुकड़ा दे दो हमें। हम उसे ही अपना अलग वतन बना लेंगे, मगर रहेंगे तो यहीं।”

“और नहीं तो क्या, जहाँ हिन्दोस्तान के तीन-चार टुकड़े पहले ही हो चुके हैं, एक टुकड़ा और सही।”

“अरे छोड़ो मियाँ। सरकार क्यूँ टुकड़े होने देगी? क्यूँ वो एक और टुकड़ा करने लगी मुल्क का? ये सब बस शगूफ़े हैं अवाम को आपस में लड़वाने के। कोई कहीं नहीं जाएगा। हाँ, नहीं तो।”

दूसरे दिन घर का नौकर वो सारे छोटे-छोटे पोस्टर लेकर बाहर निकला दुकानों की दीवारों पर चिपकाने के लिए तो लगा वह पोस्टर नहीं, किसी आत्मीय का जनाज़ा लिए जा रहा हो। घर की औरतों की आँखें भर आईं, पता नहीं क्यूँ? लैला को लगा, वो काग़ज़ के पोस्टर नहीं, आमिर की मृत देह है, उसी का जनाज़ा है। ख़ूब रोई वह। मार्केट की सारी दीवारों पर पोस्टर चस्पाँ किए जा रहे थे। हाजी मुन्नन का हाथ कई बार काँपा। बड़बड़ाए—“क्या मुसीबत है!” फिर खड़े होकर सिगरेट

फूँकते रहे और पोस्टर पर लिखा बार-बार दोहराते रहे—"पाकिस्तान मुर्दाबाद... पाकिस्तान मुर्दाबाद...।"

बी.बी.सी. की रिपोर्टर ज़ाहिदा शहीन उधर ही टहलती हुई आ गईं। कई दुकानों के फ़ोटो लिए, कवरेज किया। फिर एक टोपी-पाजामे वाले सज्जन के पास जाकर धीरे-से बोलीं—

"मियाँ, ये इस मुर्दाबाद के पीछे क्या आपकी रज़ामन्दी है?"

वह ठंडी-सी साँस धीरे-से खींच के फुसफुसाया—"जाने दो बीबी। बस, माहौल न ख़राब होने पाए, इसलिए एहतियातन। नहीं करेंगे तो हमारी रोटी ख़तरे में पड़ जाएगी। बाक़ी इस सियासत से हमें क्या मतलब? गौरमिंट तो ज़बरदस्ती हमें अपनी सियासत में खींच रही है।"

उधर लैला फ़ोन पर आमिर से सुबक रही थी, और आमिर ढाढ़स दिए जा रहा था—"सब ठीक होगा इंशाल्लाह। अल्लाह पर भरोसा रखो। दिन बदलेंगे। मौसम बदलेगा। हालात बदलेंगे। हम अगले मौसमों का इन्तज़ार करेंगे।"

विकासवाद की लहर

गाँव अपने स्वाभाविक सुरमईपन में घुल रहा था। खलिहानों से खेत की मेंड़ों तक धीमे-धीमे उस अँधेरे में लोटमलोट हो रहे थे। खिलंदड़े बच्चे चिहुँक-चिहुँक यहाँ-वहाँ दौड़ लगाए थे। कोई तरफ़ बिसातिन अपने आठ साल के लड़के को पुकार रही थी—

"रे बिरजुआ, चल तनि खाना खाइ ले, कत्ता उलरिहय रिये...।"

तीसरी बार हाँक लगाने पर बिरजू प्रकट हो गया। बिसातिन उसका हाथ पकड़ के घर ले गई और चौके पर बैठा दिया। फिर खाना परोस के ले आई। बिरजू खाना खाने लगा। वह बिरजू के सिर पे बड़े नेह से हाथ फेरे जा रही थी। बिरजू ने एक-दो बार माँ को गहरी निगाहों से देखा, फिर निगाहें झुका लीं। बिरजू की माँ को कुछ अटपटा लगा। पुचकारा—

"का रे बचवा, कउनौ बात हय का?"

"हाँ रे माई, मनै कोईस कईहय तो नाय?"

"नाहीं-नाहीं, बोल का बात?"

"तुका मोरी सौं..." बिरजू ने माँ का हाथ पकड़कर अपने सिर पर रख लिया। माँ सिहर गई। मामला क्या है? उसका बच्चा इतनी गहरी बात क्यूँ कर रहा है?

"कउनौ पिआर-वियार तौ नाय, ऊ जउन रहीम की लौंड़िया रहत हय उके संघे। न...न...ऊ मुसलमान हम वैस...।"

"हे...अब्बै थरिया फेंक दयिब...।" वह सँभल गई। "ठीक हय, बतावौ त..., का मामला?"

थोड़ा संयत हुआ वह।

"हे माई, ऊ जउन अपन स्कूलवम गुरुजी हय न..."

"हाँ-हाँ।"

"ऊ आज लौड़ियन का कमरम बुलाए-बुलाए कच्छी बाँटिस है। हम लो चुप्पै सनी खिड़किया मईंसै झाँका त द्याखा।"

"हे भगवान, उ मास्टरवा त मनै द्याखम त बड़ा सरीफ लागत हय, ई पर त आवाज उठावैक परी।"

"नाहीं अम्मा, तू हमार सउगंध लिए ह।"

"हे हट, ई सौगंध-औगंध धई ले अपन। हियाँ बिटेवन कय जिनगी कय सवाल हय, कउनव अनिस्ट रोकै खत्ती सउगंध छोड़िव जाय सकत हय कृस्ण भगवान कहिन आए।"

तब बिसातिन को चैन कहाँ? बिरजू को निबटा के सीधी राम प्यारे के घर पहुँची। उनकी बेटी उसी स्कूल में पढ़ती है। घुसते ही बोली—

"का हो रेवतियाक अम्मा, मनै सब नीके हय? रेवतिया कहाँ हय?"

"भीतर पढ़ाई करत ही। कउनव बात?"

"सुनेम आवा हय स्कूलवम मास्टरवा लौंड़ियन कच्छी बाँटिस हय।"

"हैं...रेवतिया कछु बताइस नाहीं। अरे ओ रेवतिया, तनि बाहिर निकिर।"

कुछ क्षण में एक तेरह साल की लड़की नमूदार हुई।

"का रे रेवतिया...उ तुरा मास्टरवा का दिहिस हय तु लोगन का?"

"हाँ, दिहिस त हय।"

"औ बताए नाए हमका?" कहते हुए रेवती की माँ ने उसे दोहत्था जड़ा। वह रोती हुई गई और अन्दर से एक पैकेट लेकर आई और माँ को थमा दिया। दोनों औरतें उसे उलट-पलट देखने लगीं।

"मनै ई कउनव तमासा आए, का रे...?"

"को जानै?" रेवती ने अज्ञानता में सिर हिलाया। दोनों महिलाएँ सोचती रहीं, फिर बिरजू की अम्मा बोलीं—

"जा तनि मालतियाक बुलाए ला। वा सहरम आवत-जात हय।"

मालती एक प्राइवेट स्कूल में आया की नौकरी करती थी। इसलिए गाँव में उसकी ख़ास पूछ थी। 17 या 18 साल की युवती। मालती आई। दोनों महिलाओं ने उसके सामने वो नीला पैकेट कर दिया। मालती देखते ही चिहुँकी—

"हे...कहाँ रहय?"

दोनों महिलाओं ने सारी बात सामने रखी उसके फिर पूछा—

"मनै ई बताव ई होय का?"

मालती थोड़ा झिझकते हुए बोली—

"ऊ चाची ई...का होय...उ का जउनै महीना आवै परिहा लौंड़िएन कपड़क जिघा इस्तेमाल करत हीं सीनेटरी पईड कहत हंय साइत।"

दोनों महिलाएँ चीख़ पड़ीं—

"हे भगवान, ई मास्टरवा हुँवा तक पहुँच गवा? उकी ई मजाल? मनै समुल्ली लौंड़िएन कय बुला-बुलाए बाँटिस...निर्लज्ज...छिनरा...हरामी...।"

"हाँ, हो उकी नियत द्याखव। मुला याक दुई नाहीं। समुच्ची लौंड़िएन का बाँटिस। इकी ख़बर लेक परी।"

दूसरे दिन पूरे गाँव में इसी की चर्चा रही। रात तक एक सनसनी फैल गई।

रात को गौतम की बीबी, जब सारे बच्चे खा-पी के सो गए तो पति से धीरे-से बोली—

"सुनत हौ कांति केर बापू?"

"हाँ, बोलौ।"

"ई स्कुलुवा केर हेडमास्टरवा सही अदमी नाय मालूम होत।"

"काहे...?" वह ऊँघते हुए बोला।

"कल त ऊ लईकियन का कमरम बुलाय-बुलाय कछु बाँटिस है।"

"बाँटिस हय, मनै खुलि कै बताव माजरा का है?" वह थोड़ा चौकस होता बोला।

"अरे अब क बताई, ई समझ लेव बिटियन कै ग़लत सामान बाँटिस हय।"

"का-का-का कहेव? ऊ ससुर कै अत्ती मजाल? तनि भोर होय देव निकारित हय उनकी जवानी।"

सुबह के आठ बजे थे। स्कूल में लड़के तो आ गए थे, लेकिन लड़कियाँ एक भी नहीं दिख रही थीं। हेडमास्टर बैठे रजिस्टर मेनटेन कर रहे थे और सहायक अध्यापक बच्चों को हिसाब पढ़ा रहा था। तभी एक महिला का प्रवेश हुआ। वह सीधे हेडमास्टर के पास पहुँची—

"के हेडमास्टर, ई तमासा अपन मईया-बहिनियाक नाई बाँट पावत हौ? हियाँ नान-नान बिटियेन सनी लुच्चई करत हौ?" और यह कहते हुए उसने सेनेटरी पैड के ढेर सारे पीस हेडमास्टर के मुँह पर उछाल दिए। वे सारे पीस हवा में यहाँ-वहाँ बिखर गए। बच्चे उन्हें उठाने के लिए दौड़ पड़े। सहायक अध्यापक

अचम्भित-सा देखता रह गया। वह महिला उन्हें गरियाती हुई चली गई। साथ ही यह भी कहती गई—

"हमार बिटिवक नाव काट दिहेव, न भेजब स्कूल" दोनों ही अध्यापक बुरी तरह आतंकित हो गए। बच्चे भी डरे-सहमे से अपने गुरुओं को देख रहे थे। बिरजू और अन्य बच्चों को ग्लानि हो रही थी कि उनकी ही वजह से उनके अध्यापकों पे आफ़त आई है। बेवजह ही उन्होंने घर में यह बात बता दी थी। दो छोटे-मोटे तीन या चार-पाँच साल के बच्चे सेनेटरी पैड लिए एक कोने में खड़े बतिया रहे थे—

"मनै ई होय का?" पहला बच्चा उसे हाथ से इधर-उधर करते बोला तो दूसरा बच्चा उसके हाथ से लेते हुए बोला—

"ई कच्छी आए हो। कलिहा मास्टर जी बिटियन का बाँटिन रहा, द्याखै नाय रहा का?" उनकी बात सुन ऐसे समय में भी सहायक अध्यापक के चेहरे पे मुस्कान तैर गई, लेकिन दूसरे क्षण हेडमास्टर और सहायक अध्यापक, दोनों के ही चेहरों पर एक दयनीयता का भाव तिर आया और दोनों ने एक-दूसरे को बड़ी ही असहजता से देखा। फिर वे अपने-अपने काम में लग गए। क़रीब दस मिनट बाद ही दूसरी आफ़त। गौतम फट पड़ा और छूटते ही बोला—

"का रे हेडमस्टरवा? ई बुढ़ापम तोरे जवानी चढ़ी है? हमार लईकिएन का ग़लत सामान बाँटत हय।"

हेडमास्टर साहब सूखे पत्ते की तरह काँपने लगे—

"न...नहीं तो। ये तो सरकार का प्रोग्राम..." अभी वह अपनी पूरी बात बता भी न पाए थे कि एक जोरदार लात उनकी कुर्सी पर पड़ी और वह कुर्सी समेत दूर जा गिरे। बच्चे सब छोड़-छाड़ भाग लिए। सहायक अध्यापक दौड़कर क़रीब आया और कुछ कहने की कोशिश की कि गौतम चिल्लाया—

"चोप्प...इकी मैयाक..." उसके पसीने छूट गए। इधर-उधर देखता स्कूल के बाहर निपक लिया।

हेडमास्टर साहब की अच्छी पिटाई हो गई। माथे से, हाथ-पाँव से ख़ून रिसने लगा। वह बेहद हताश और रक्तरंजित हो चुके थे। तब तक कुछ गाँव के लोग भागते हुए आए और मास्टर साहब को उठाकर कुर्सी पर बिठाया। उन्हें पानी पिलाया, मरहम-पट्टी की गई। फिर घर के लोग आए और उन्हें घर लिवा ले गए। फिर उसी गौतम के नाम से एफ.आई.आर. दर्ज करवाई गई।

पुलिस वाला पूछ रहा था—

"क्यूँ मास्टर साहब? क्या बात हुई थी?"

"कुछ नाहीं सरकार, ऊ विद्यालय मा सरकार कुछ महिलाएन का सामान भिजवाए रही बाँटै खत्ती। वहय बाँटब बुरा होइ गवा। हम का जानित रहय ई सब जाहिल इकै ग़लतै मतलब निकारि लेइहें।"

एक सिपाही ने हँसते हुए कहा—

"यही है विकासवाद का मॉडल। कैसी सरकार लाए हैं आप लोग? शिक्षा तो कहीं दे नहीं रही और 'डिजिटल इंडिया' का गान करती है। जब लोग शिक्षित ही नहीं हैं तो क्या समझेंगे चीज़ों को?"

और सबने उसकी 'हाँ' में 'हाँ' मिलाई।

सुपारी

ठीक रात के दो बजे सेठ नरोत्तम दास काली मंडी पहुँचे। काली मंडी यानी कालू दादा का ठिया। खपरैल डालकर बनाए गए तमाम छोटे-छोटे मिट्टी पुते घर। सभी आपस में मिले हुए। और सारे मकानों को दोनों तरफ़ से घेरे हुए एक चौहद्दी, जैसे पूरी जगह को दोनों बाँहों में भरे हुए हो। अन्त में बाँस के बने हुए बड़े-बड़े गेट। गेट पर खड़े दो-चार प्रहरी। कह लो, सुरक्षा गार्ड। जब सेठ नरोत्तम दास उधर बढ़े तो उन लोगों ने थाम लिया।

"कहाँ घुसे जा रहे हो? पहले सन्देसा भेजो अन्दर, कहाँ से आए हो, क्या काम है?"

"मैं सेठ नरोत्तम दास हूँ, मुझे कालू दादा को सुपारी देनी है।"

"ठीक है," कहते हुए उसने भीतर पुकारा—

"अबे, मन्नू उस्ताद से कहो सुपारी आई है।"

कुछ देर बाद एक लड़का बाहर आया—

"लड्डन भाई, सुपारी को भीतर उस्ताद ने बुलाया है।"

"जाओ, सेठ।"

सेठ जी भीतर चले गए लड़के के साथ। कई दालान व बरामदे पार करने के बाद कालू दादा का कमरा दिखाई पड़ा। एक बड़ा-सा हॉल, जिस पर नीचे ही दीवान बिछा था और उस पर कालू दादा गावतकिये के सहारे बैठा हुआ था। हुक्के की नाल उसके मुँह में थी और वह हुक्का गुड़गुड़ाए जा रहा था। लड़का उन्हें वहीं छोड़कर बाहर से ही चला गया। कालू दादा ने उनका बड़ी गर्मजोशी से स्वागत किया—

"आओ सेठ जी, इतनी रात गए कैसे आना हुआ? कुछ चाय-पानी..."

"नहीं, कुछ नहीं," कहते हुए सेठ जी वहीं दीवान पर ही बैठ गए।

"अच्छा बताओ, किसके दिन पूरे कर रहे हो? किस हरामी ने आपका जीना दुश्वार कर रखा है? कल ही काम लगवाता हूँ।"

"ठीक है, ये लो," कहते हुए सेठ ने उसकी ओर एक बैग बढ़ा दिया—"पूरे दस लाख हैं।"

"दस लाख? किसकी जान इतनी महँगी है, सेठ? तुम्हारा काम तो पाँच लाख में ही हो जाएगा।"

"नहीं, रख लो।"

सेठ के चेहरे पे अजब शून्यता और नारंगीपन था। चेहरे से नितान्त हताशा टपक रही थी। ज़ुबान बोलती कम थी, लड़खड़ाती ज़्यादा थी। अन्तस बेजान हुआ जाता था। उनकी कैफ़ियत समझकर कालू दादा ने सांत्वना दी—

"तुम नर्वस न हो, सेठ। कोई नहीं जानेगा कि आप यहाँ आए हो। आप उस आदमी का नाम व पता बता दीजिए और निश्चिन्त हो जाइए।"

"उसका नाम..." सेठ जी की ज़ुबान फिर लड़खड़ाई।

"हाँ-हाँ...बोलिए।" कालू ने जेब से कलम निकाली और बाजू में पड़ी हुई एक पुरानी-सी नोटबुक उठा ली।

"दरअसल... दर...असल...मुझे ही मारना है।"

"हैं...ह...!"

कालू दादा के हाथ से कलम छूट गई और वह उछल पड़ा।

"सेठ जी आज कुछ ज़्यादा चढ़ा ली है क्या? कमाल करते हो..."

"नहीं, मैं पीता नहीं।"

"तो?"

"मैं सही कहता हूँ। बिलकुल होश में हूँ।"

"पर तुम्हें ऐसी कौन-सी आफ़त आन पड़ी कि तुम अपनी ही जान के दुश्मन बन बैठे हो। तुम उसका नाम बता दो जिसने तुम्हें इस हाल तक पहुँचाया है। मैं उसी को न ख़त्म कर डालूँ?"

"नहीं-नहीं, ऐसा कभी मत करना कभी।" कालू दादा उसको देखता रह गया।

"असल में कालू दादा, मैं बहुत कायर व्यक्ति हूँ। कई बार आत्महत्या की कोशिश की, पर नाकाम रहा। अन्त में ये सोचा कि ये काम तुम्हें दे दूँ।"

"मगर ऐसा क्यूँ?" वह लगभग तड़पकर बोला।

"ये मत पूछो, अपने काम से मतलब रखो। बस, मुझे इस हाड़-मांस से मुक्ति दिला दो।"

"ठीक है, सेठ जी हो जाएगा काम। अब आप जाएँ।"

सेठ नरोत्तम दास उठे, कालू दादा भी उनके साथ खड़ा हो गया। बड़ी विनम्रता के साथ उनको नमन किया और एक लड़के को पुकारकर उन्हें गेट तक छोड़ने को कहा।

रात के बारह-साढ़े बारह बजे होंगे। कुत्तों ने सुर-ताल मिलाना शुरू कर दिया था। यहाँ-वहाँ झींगुर भी बोल पड़ते थे। काली रात। भयावह सन्नाटा कि तभी सेठ नरोत्तम दास की कोठी के पीछे हंगामा बरपा हो गया। सेठ नरोत्तम दास के चौकीदार एक काले भुजंग बदमाशतुल्य व्यक्ति को बुरी तरह पीट रहे थे। सेठ तक ख़बर लगने से पहले ही वह व्यक्ति तुड़ा-फुड़ा कर भाग खड़ा हुआ।

तीसरे दिन देर रात सेठ जी फिर काली मंडी पहुँचे। कालू दादा वैसे ही दीवान पर पड़ा हुक्का गुड़गुड़ा रहा था। सेठ को देखकर उठ बैठा। सेठ जी ने आते ही रद्दा रखा—

"यार, किस बात के दादा हो? मेरा काम नहीं हुआ। आज तीसरा दिन है।"

"अरे सेठ जी, क्या बात करते हो? काम तो हो ही जाता, पर आपने इतने गुर्गे पाल रखे हैं कि कोई मारना तो दूर, आपका बाल भी बाँका नहीं कर सकता। उलटे हमारे ही आदमी की अच्छी ठुकाई कर दी सालों ने। उसकी मरहम-पट्टी करवानी पड़ी, सो अलग।"

कालू दादा ने एक ही साँस में सफ़ाई दे डाली। सेठ जी बग़ैर किसी औपचारिकता के उसके सामने उसी दीवान पर बैठ गए और शून्य निहारने लगे। दादा ने उन्हें कुरेदा—

"सेठ जी, मगर ये बात हजम नहीं हो रही कि ऐसा भी क्या आन पड़ा कि..."

सेठ जी ने दायाँ हाथ ऊपर उठा दिया—

"नहीं, कुछ भी नहीं।"

कालू दादा चुप मार गए। कुछ देर इधर-उधर ख़ामोशी लहराती रही। फिर कालू दादा ने ही ख़ामोशी तोड़ी—

"सेठ जी, आप निश्चिन्त होकर जाएँ। भगवान चाहेगा तो एक-दो रोज़ में आपका काम ज़रूर हो जाएगा।"

"देखो दादा, कोई ज़रूरी नहीं कि ये काम तुम्हारे कारिन्दे सन्नाटेदार रातों में ही करें। बाहर चलते-फिरते दिन-दहाड़े कहीं भी कर सकते हैं।"

"ठीक है सेठ जी, इस बार ऐसा ही होगा।" सेठ नरोत्तम दास उठकर चले आए। इस बार भी बाहर खड़ा लड़का उन्हें गेट तक छोड़ने आया।

सेठ नरोत्तम दास वास्तव में शहर की नामी-गिरामी हस्तियों में से थे। इनके पिता सेठ पुरुषोत्तम दास कभी आसपास के गाँवों के ज़मींदार हुआ करते थे। तीन बेटियों के बाद चौथे नम्बर पर नरोत्तम दास का जन्म हुआ था। उस दिन रियासतों में घी के दीये जले थे। ग़रीबों के लिए लंगर किया गया। और जाने क्या-क्या? इसके बाद इनके हर जन्मदिन पर एक बहुत बड़ा लंगर होता और सारा ज़माना छककर खाता।

नरोत्तम दास की शिक्षा-दीक्षा भी बहुत अच्छी हुई। विदेश तक जाकर पढ़ाई की। चाहते तो बड़ी-से-बड़ी नौकरी में लग सकते थे, किन्तु न उनकी रुचि थी नौकरी में न पिता ने ही चाहा। उनका यही कहना था, "एक ही बेटा है। नौकरी पे चला जाएगा तो ज़मींदारी कौन सँभालेगा? करोड़ों की ज़मीन। पेट्रोल पम्प। ईंट के भट्ठे वग़ैरह सब बिलट जाएगा। ख़ैरियत इसी में है कि अपने ही कामों में वक़्त व मेहनत की जाए।" एक ग़रीब घर की लड़की से बग़ैर किसी ढोल-ताशे के नरोत्तम दास का ब्याह भी हो गया। आगे चलकर पिता के कारोबार को बेटे ने चौगुना बढ़ाया। इसी बीच उनके यहाँ एक बेटे ने जन्म लिया। नाम दिया गया—सर्वोत्तम दास। पिता की तरह सर्वोत्तम भी मुँह में चाँदी का चम्मच ले के पैदा हुआ था। इकलौती औलाद। माँ-बाप का सिर चढ़ा, किन्तु इन सर्वोत्तम के लच्छन ही अलहदा थे। होश सँभालते ही उन्हें शराब की लत लग गई। ग़लत संगत का असर। जो दौलत उनके आँगन में बरसा करती थी, वही दौलत अब उन्हीं के आँगन से नालियों के रास्ते बाहर गटर व नालों में बहने लगी। शुरू में तो बाहर रहने के कारण सेठ नरोत्तम दास जान ही न सके, मगर जब जाना तो बहुत देर हो चुकी थी। हालाँकि उन्होंने काफ़ी सख़्ती की, पर कब तक? जब बेटे के पाँव में पिता का जूता आने लगे तो स्थिति वही नहीं रह जाती। फिर बीच में पत्नी का लाड़ भी आ जाता। पत्नी ने सदैव बेटे के कारनामों पर पर्दा डाले रखा जिससे उसकी आदतों को और हवा मिली।

जब बेटे ने बीसवें साल में क़दम रखा, पत्नी स्वर्ग सिधार गई। दोनों का जीवन बेरंग हो उठा। पिता शोक में डूब गए, पुत्र शराब में। दोस्तों ने सलाह दी—"दूसरी शादी कर लो।"

मगर उन्होंने मना कर दिया, "नहीं, अब कुछ नहीं।"

हालाँकि प्रायः उन्हें महसूस होता कि उनका अन्तस उन्हें पुकार रहा है, किन्तु अपनी अन्तर्ध्वनियों को उन्होंने यूँ ही जाने दिया। कौन कहता है ब्रह्मचर्य साधा नहीं जा सकता?

वह ऐसा प्रायः सोचते और अपने भीतर की आवाज़ को दबा ले जाते। सारा ध्यान अपना साधनाओं और अपने धन्धे में लगाना शुरू कर दिया। उधर, बेटे को गुलछर्रे उड़ाने के और बेहतरीन अवसर मुहैया होने लगे। वह पिता की दौलत दोनों हाथों से लुटाने लगा। अब पिता का हस्तक्षेप भी कोई मायने नहीं रखता था। वह सुनता ही कब था? एक रोज़ अजीब ही घटना घटी। उस रात उनको अजीब-सी बेचैनी हो रही थी। गई रात तक उनको आख़िर नींद न आई तो वह अपनी बालकनी में आकर टहलने लगे। कुछ क्षण बाद ही उन्होंने एक अजीब ही दृश्य देखा। एक युवती सर्वोत्तम के रूम से निकलकर जाती हुई दिखाई दे गई। वह चौंके, फिर बाहर खड़े चौकीदारों को फ़ोन करके उस लड़की को बाहर ही रोक लेने को कहा। कुछ देर बाद स्वयं उस स्थान पर पहुँचे। उस लड़की को बड़े ध्यान से देखा फिर पूछा—

"बेटा, क्यूँ अपना जीवन बर्बाद करने पे आमादा हो? इतनी रात गए घर वापस जाकर क्या बताओगी कि कहाँ गई थी?"

"नहीं अंकल, ऐसी बात नहीं है। मम्मी को पता है कि सर्वोत्तम मुझसे विवाह करने वाला है।"

"अगर उसे विवाह करना है तो फिर देर किस बात की? चलो मेरे साथ।" और वह उसकी बाँह पकड़कर सर्वोत्तम के रूम की तरफ़ मुड़ गए। दरवाज़ा नॉक किया। कुछ देर बाद सर्वोत्तम बाहर आया। पर सामने पिता व उस लड़की को देखते ही ठिठक गया।

"क्या बात है डैडी, और तुम...?"

"सर्व, ये अच्छी लड़की है। तुमसे शादी करना चाहती है। तुम्हारी पसन्द अच्छी है। मैं सुबह तुम दोनों की शादी करवा देता हूँ।"

"क...क्या कह रहे हैं डैडी आप भी? इन दस-दस हज़ार, बीस-बीस हज़ार में बिकने वाली लड़कियों से भी कोई शादी करता है? ये सब ज़िन्दा लाशें हैं, डैडी।"

लड़की के होश ही उड़ गए। उसने आव देखा न ताव, धड़ाधड़ कितने ही चाँटे उसके चेहरे पे रसीद कर दिए। वह बौखला गया। कभी लड़की को देखता कभी पास खड़े पिता को।

लड़की फूट-फूट कर रोने लगी। उन्होंने उसका हाथ थामा और बोले—

"आओ मेरे साथ।" और अपने कमरे में ले गए। फिर पूछा—"बोलो, बात क्या है?"

" अंकल, कल तक तो ये आदमी मुझसे प्रेम का नाटक कर रहा था। अंकल मेरी माँ एक स्कूल में अध्यापिका हैं। पिता नहीं हैं। मेरी मम्मी के स्कूल के मैनेजर से इस आदमी की अच्छी दोस्ती है। मैं कभी-कभी मम्मी के स्कूल जाया करती हूँ। वहीं स्कूल में मेरी इससे भेंट हुई। फिर इसने कहा, मैं तुम्हें अच्छी नौकरी दिलवाऊँगा और उसके बाद...

" जब मैंने इससे सम्बन्ध बनाने से इनकार कर दिया तो इसने विवाह कर लेने का वादा किया और अब जब मैं इस हालत में हूँ तो ये मुझसे मिलने से कतराने लगा है। मैं यहाँ तीन बार आ चुकी हूँ, अंकल इसी आग्रह से, पर ये झूठा वादा करके मुझे चलता करता है। मेरी माँ चिन्ता में घुली जा रही है। ये दाग़ ले के कहाँ जाऊँ मैं? आज भी यही कहा कि बिज़नेस ट्रिप पर विदेश जा रहा है, आते ही विवाह कर लेगा। अगर आप न होते तो आज भी मैं मूर्ख बनकर चली गई होती। "

इतना कहकर वह चुप हो गई।

वह कुछ देर तक उसे रोते हुए देखते रहे और सोचते रहे—

क्या कमी है इस भोली-भाली लड़की में? कमी तो उस गटर के कीड़े में है जिसे अच्छे-बुरे की तमीज़ नहीं है। जाने कौन-सी कमज़ोर घड़ी में हमने इस सन्तान को आकार दिया था, उन्होंने उसे गेस्ट रूम में भेज दिया और कहा—

"शरीफ़ घर की बहू-बेटियाँ रात के अँधेरे में बाहर नहीं निकलतीं।"

लड़की ने कृतज्ञ होने वाले भाव से उनके पाँव छू लिए।

सेठ नरोत्तम दास उसके जाने के बाद एक अव्यक्त पीड़ा से भर उठे। कभी-कभी सम्मुख ऐसी परिस्थितियाँ आ खड़ी होती हैं कि व्यक्ति न तो उनसे मुँह मोड़ पाता है और न ही उनका सामना ही कर पाता है। ऐसी ही ऊहापोह की स्थिति से गुज़र रहे थे वह। एक बेटा भी दिया ऊपर वाले ने, वो भी जलाने के लिए। मालती होती तो कुछ सहारा मिल जाता। मगर क्या सहारा मिलता, उसी ने तो इस आदमी के बच्चे को शैतान बना डाला, इसकी ग़लतियों पर पर्दा डालते-डालते। मैं सोचता रहा, सब ठीक है, पर मैं क्या जानता था कि धीरे-धीरे एक ज्वालामुखी आकार ले रहा है। जिस दिन फटेगा, सब ध्वस्त हो जाएगा। ऐसी ही कितनी ही वेदनाओं

से अटे पड़े वह गई रात तक जागते रहे और सिगरेट के कश खींचते रहे। लड़की सुबह होते ही चली गई। वह ज़रा देर से जागे। उसके रूम में पहुँचे तो उसे न पाकर धक-से रह गए। कुछ देर वहीं निढाल से बैठे रहे, फिर यंत्रवत् उठे और बाहर चले गए।

सायं वह लड़की के बताए गए इलाक़े में पहुँचे और आसपास के लोगों से उसके परिवार व किरदार की शिनाख़्त की। लोगों ने माँ-बेटी को निहायत शरीफ़ व शालीन महिला बताया। हाँ, एक शिक्षक ने ज़रा दबी ज़ुबान में इतना बताया कि सेठ नरोत्तम दास का बेटा ज़रूर यहाँ आता देखा गया है।

वह चले आए। दो रोज़ बाद फिर उस बस्ती में आए और सीधे उस लड़की के घर गए। लड़की ने देखते ही उनके पाँव छुए और भीतर लिवा लाई। फिर वह देर तक उन माँ-बेटी से अपने बेटे द्वारा किए गए दुर्व्यवहार के लिए माफ़ी-तलाफ़ी करते रहे और ये आश्वासन दिया कि वह अपने बेटे के पापों का प्रायश्चित्त करेंगे। वह उस परिवार का सारा ख़र्च उठाएँगे व आने वाले बच्चे की पूरी ज़िम्मेदारी लेंगे और उस बच्चे को अपने ख़ानदान का ही नाम देंगे। माँ-बेटी पर से मानो पहाड़ उतर गया। इसके बाद उनका प्रायः वहाँ का आना-जाना हो गया और उन्होंने सार्वजनिक रूप से शिवांगी को अपनी बहू घोषित कर दिया। सर्वोत्तम ने सुना तो अपना सिर पीट लिया।

शिवांगी ने एक सुन्दर बेटी को जन्म दिया। उस दिन नरोत्तम दास फूले नहीं समाए। हस्पताल में देर तक उसे सीने से लगाए रहे। कुछ दिन बाद शिवांगी अपने घर चली आई। कई बार सेठ जी के मन में आया कि उसे अपने साथ अपनी हवेली लिवा ले जाएँ, मगर सर्वोत्तम की करतूतों को देख उनका साहस न होता। वह तो दिन-ब-दिन बिगड़ रहा था। अब तो रात को भी ग़ायब रहता था घर से। बाहर के लोग आए दिन बेटे की बुरी आदतों की शिकायत करते रहते। वह कराह उठते। अब वह बस में कहाँ है जो सँभाला जा सके? घर की शून्यता मारे डाल रही थी। खाना-पीना छुआ नहीं जाता। अब मन उचट चुका था दुनिया से। शिवांगी के यहाँ जाते तो भले ही थोड़ा हँस-बोल लेते। शिवांगी और माँ ने उन्हें जो अपनापन व सम्बल दिया, उससे उन्हें बहुत सहारा मिला।

एक रात वह जब सोने की तैयारी कर रहे थे उनके मैनेजर का फ़ोन आ गया। वह उसी व़क्त मिलना चाह रहा था। वह चौंके—"इतने रात गए, शलभ?"

"सर, बात ही ऐसी है।"

"ठीक है, आ जाओ।"

कुछ मिनट बाद शलभ उनके कमरे में था।

"सर, वो सर्व बाबू माले गाँव वाला प्लांट सेठ दामोदर के हाथ 5 करोड़ का बेच रहे हैं।"

"क्या, उसका दिमाग़ ख़राब हो गया है...? दामोदर को फ़ौरन मना कर दो।"

"वो तो मैं मना कर ही दूँगा, लेकिन कब तक? दामोदर जी आज जब उस प्लांट के काग़ज़ देखने आए तब मुझे मालूम पड़ा। किन्तु सेठ जी...किन्तु सेठ जी बुरा न मानें तो...सर्व बाबू के लच्छन ठीक नहीं दिखते। आपने इतना कुछ बनाया है, वह बहुत जल्द ही सब..."

नरोत्तम दास जी ने घूर के देखा उसे—

"मिटाएगा कैसे? उसके बाप का है?"

"नो-नो सर, येस सर...।" शलभ हड़बड़ा गया।

"ठीक है, तुम जाओ।" वह चला गया। नरोत्तम दास जी के हाथों के तोते उड़ गए। किस जन्म की सज़ा मिली है ये? वह बेडरूम में सारी रात करवटें बदलते रहे। तमाम उधेड़बुन में उलझे रहे। कभी ज़ेहन शिवांगी की तरफ़ चला जाता तो कभी सर्वो की तरफ़ दौड़ जाता। अन्ततः हार के मन सोचता—

"मौत क्यूँ नहीं आ जाती?" किन्तु बुलाने से मौत तो आने से रही। बिज़नेस के क्षेत्र में अपना विशेष मुक़ाम बनाने वाले और जीवन संघर्ष में सदैव विजयी होने वाले नरोत्तम दास आज स्वतः परास्त होने लगे थे। व्यक्ति हर कहीं जीत जाता है, पर अपनों से ही हार जाता है। वह भी हारने लगे थे। ढहने लगे थे। सर्वो से हफ़्तों मुलाक़ात नहीं होती। जाने कब घर आता और कब चला जाता। आता भी या नहीं? हाँ, शिवांगी के यहाँ जाते तो दिल थोड़ा बहल जाता। फिर भी अब ढहने लगे थे। कुछ दिनों से काफ़ी फ्रस्टेट रहने लगे थे। इतने कि ख़ुद को समाप्त करने की कोशिशें तक करने लगे थे। एक रोज़ आधी रात को कनपटी से पिस्टल सटाए खड़े थे। एक-आध मंत्र बुदबुदाए कि तभी अचानक कुत्ते भौंक पड़े और उनकी पिस्टल हाथ से छूटकर नीचे जा गिरी। झुँझलाकर बेड पर लेट रहे। दूसरी बार फाँसी लगाने की कोशिश की, मगर वो भी काम दुश्वार लगा। कोई-न-कोई आ टपकता और देर रात तक जद्दोजहद के बाद भी न हो सका। तीसरी दफ़ा रेल की पटरियों पे शरण ली, किन्तु दुर्भाग्य कि उस दिन सारी ट्रेनें

लेट। रेल की प्रतीक्षा करते-करते थक गए उन्हें भूख-प्यास सताने लगी। वहाँ से भाग आए। जीवन इतना दुष्कर हो जाएगा, कभी सोचा न था। मौत भी नहीं नसीब। फिर भी मौत जितना उन्हें नकारती, वह उतने ही तीव्रता से उसकी ओर भागना चाहते, किन्तु नहीं।

जब सर्वो ने सुना कि उन्होंने दामोदर को प्लांट को बेचने से मना कर दिया है, तो उसका पारा सातवें आसमान पर आ पहुँचा। आव देखा न ताव और जाकर नरोत्तम दास की अच्छी ख़बर ली। उन्हें काटो तो ख़ून नहीं। जीवन का ये पहला अत्यन्त विभेदक आघात था। उनकी ज़ुबां चिपक के रह गई। वह सकते में बैठे रह गए। वह जाने क्या-क्या कहकर उलटे पाँव चला गया। तब उन्हें याद आई काली मंडी की। उन्होंने एक ठोस निर्णय लिया। अपनी एक वसीयत तैयार की और अपनी सारी चल-अचल सम्पत्ति शिवांगी की बेटी के नाम कर दी और शिवांगी को उस सम्पत्ति व बच्चे की संरक्षक। फिर दुनिया से उजड़ने का मन बना लिया। सोचा, संन्यास ले लेता हूँ, किन्तु नहीं। मोह से पीछा कहाँ छूटेगा? और सर्वो चैन नहीं लेने देगा। जब तक शरीर में प्राण है, आदमी को चैन कहाँ? चिन्ता कहाँ ख़त्म हो सकती है? बेहतर है, शरीर ही त्याग दिया जाए।

आज सेठ नरोत्तम दास शिवांगी, उसकी माँ व बच्ची को लेकर शॉपिंग करने गए। कालू दादा ने अपना आदमी उनके पीछे उसी दिन से लगा दिया था। वह तीनों को लेकर पारस मार्केट पहुँचे। अभी वे चारों एक शॉप पर खड़े कपड़े देख ही रहे थे कि सहसा शिवांगी की माँ ने पीछे मुड़कर देखा और चीख़ पड़ी।

"बचाओ...।" ये चीख़ इतनी हृदय विदारक थी कि पूरे मॉल में भगदड़ मच गई। सेठ जी पर निशाना लगा रहा गुंडा जान छुड़ाकर भागा।

ख़लील ने कालू दादा के सामने बैठते हुए कहा—

"दादा, उस सेठ की जिन्दगी बड़ी बेशरम है। हफ़्ते भर से पस्त हो गया हूँ पीछा करते-करते। आज तो बात बन जाती, पर वो साली बुढ़िया ऐसा चिंघाड़ी कि भागते नहीं बना। स्...साली मिर्ची जैसी है और आवाज़ कितनी बुलन्द? पूरा मॉल इकट्ठा कर लिया। बड़ी मुश्किल से जान बचाकर भागा वरना..."

"तुम साले सब हरामखोर हो। एक छोटा-सा ख़ून नहीं कर सकते? चले हो गुंडागीरी करने। ठीक है, ज़मील को बुलाओ।"

ख़लील ने बाहर जाकर ज़मील को भेज दिया। वह आया तो दादा ने उसे पूरी लोकेशन समझाते हुए कहा—

"सीधा आदमी है। पूरी कोठी में अकेला ही रहता है, कोठी के ऊपरी हिस्से में। इसके कमरे का दरवाज़ा नीले रंग का है। बाक़ी सारों का सफ़ेद। आराम से पहचान लोगे। क़द काफ़ी लम्बा, छह फुटा हो सकता है। सिर पे बाल बिलकुल नहीं। और हाँ, कमरे का दरवाज़ा हमेशा खुला ही रखता है...।"

ज़मील ने सारा कुछ समझते हुए सिर हिला दिया—

"समझ गया दादा, काम हो जाएगा।"

रात के तीसरे पहर छोटी कोठी में एक हलचल-सी हुई। एक साया कोठी की पिछली बाउंड्री पार करके भीतर पहुँचा और ऊपर की ओर सीढ़ियों पर चढ़ने लगा। रात काली थी मानो अमावस्या उतर आई हो। चौकीदारों ने झपकियाँ ले ली थीं। वह दबे क़दमों से सेठ के बेडरूम तक पहुँचा। बाहर से कमरे का जायज़ा लिया। दरवाज़ा व खिड़कियाँ खुली हुई थीं। देर रात तक बेचैनी व अवसाद से भरे सेठजी को करवटें बदलते-बदलते अब झपकी आई ही थी। वह बेड पर चित पड़े थे। उसने खिड़की की ओट से भीतर झाँका, फिर कुछ देर तक उन्हें यूँ ही निहारता रहा। सायास उसके माथे पर गहरे बल पड़ गए। तनिक ठहरकर सोचा उसने, फिर मन-ही-मन बड़बड़ाया—

"नहीं...नहीं हो सकता। कभी नहीं।" और वह लौट पड़ा।

रात 1.30 पर काली मंडी में एक बार पुनः सेठ नरोत्तम दास की गाड़ी खड़ी थी। इस बार सेठ के चेहरे पर अजीब खिंचाव और तनाव था। अजीब-सी मुद्रा लिये वह कालू दादा के निवास की तरफ़ बढ़े। दरबानों ने उन्हें रोका नहीं। वह सीधे कालू दादा के कमरे की तरफ़ बढ़ गए। उन्हें देख कालू दादा चौंक पड़ा—

"हैं...सेठ जी...आप!"

"क्या मज़ाक़ करते हो? किस बात के दादा हो? एक मामूली-सा काम तुमसे नहीं हो पा रहा? नाकारा आदमी रख छोड़े हैं तुमने...कैसा बदनसीब हूँ! ज़िन्दगी तो ज़िन्दगी, यहाँ तो मौत के भी लाले पड़े हैं।" कहते-कहते सेठ जी का गला भर आया।

उनकी इस मनःस्थिति पर कालू दादा का मन भीग गया जैसे। पहली दफ़ा उसने अपने भीतर एक इनसानी क़िस्म की संवेदना महसूस की थी वरना आज तक तो वह एक भावों से रिक्त हाड़-मांस हुआ करता था। बादलों से ख़ाली

आसमान हुआ करता था, किन्तु आज सहसा उसका मन घटाओं से भर गया था। वह सेठ जी से नज़रें न मिला सका और उनको अनदेखा करते हुए बाहर को हाँक लगाई—

"अबे नदीम, ज़रा ज़मील को बुलाना।"

"वह घर गया है दादा। दिन की ड्यूटी है उसकी, सुबह आएगा।"

"ठीक है सेठ, आप जाओ। इस बार आपका काम ज़रूर होगा, मैं वादा करता हूँ।"

कहते हुए उसने सेठ की तरफ़ पान बढ़ाया। सेठ ने मुँह में पान डाला और चले आए। उनके जाने के बाद कालू दादा ने ज़मील को फ़ोन लगाया—

"अबे कहाँ मर रहा है? उस काम का क्या हुआ?"

"हाँ दादा, मैं आपके पास आने वाला था। दरअसल दादा, मैं उस सेठ का ख़ून नहीं कर सकता। वह बड़ा नेक और शरीफ़ इनसान है। छह साल पहले उसने मेरी बहन की शादी करवाई थी। ये सेठ हर साल कुछ ग़रीब लड़कियों की शादी करवाता है। उस बार मेरी बहन का घर इसने बसाया था। अब जिस आदमी ने मेरी बहन का घर बसाया है, उसका ख़ून मैं कैसे कर सकता हूँ? मैं तो उसकी जान बचाने में ख़ुद अपनी जान लगा दूँ। मैं तो अब उस हरामी को तलाश रहा हूँ जिसने इस फ़रिश्ते जैसे आदमी को मारने के लिए सुपारी दी है।"

"ओत् तेरे की ...बन्द कर लेक्चर।" कहते हुए दादा ने फ़ोन काट दिया और बड़बड़ाया—"अब ये काम ख़ुद करना पड़ेगा।"

सुबह के दस बजे थे। सर्वोत्तम पिता के सामने खड़ा भड़क रहा था—

"डैडी, आपको पता है आपने क्या किया है? मुझे सड़क पर ला खड़ा किया है। मुझे उस रंडी शिवांगी का मुहताज बना दिया।"

"ज़बान सँभालो, तमीज़ से बात करो। वह तुम्हारी पत्नी है। बाक़ी मैंने सारा कुछ अपनी मेहनत और मशक़्क़त से हासिल किया है नींद-चैन खोकर, सो तुम्हारे उड़ाने के लिए नहीं बल्कि इसमें इज़ाफ़ा करने के लिए। शिवांगी कम-से-कम इसे बनाए तो रखेगी। तुम जैसे आज सड़क पर आए हो, दस साल बाद आते। तुम्हें तो सड़क पर आना ही था। तुम्हारे करम ही ऐसे हैं। जाओ, मेहनत करो, कमाओ तब खाओ। तुम जैसी बिगड़ी औलाद मेरी नहीं हो सकती।"

"आप अच्छा नहीं कर रहे हैं...अंजाम बुरा होगा।"

"हुँह! ले-दे के एक ही बेटा, वो भी पूरी तरह से निकम्मा। एक बाप के लिए इससे बुरा अंजाम और क्या हो सकता है?"

"हुँह"—कहते हुए सर्वोत्तम ने एक ज़ोर की ठोकर पास में पड़ी कुर्सी पर मारी और दनदनाता हुआ लौट गया।

नवम्बर का महीना। रात का दूसरा पहर। नम हवाओं का विमोहक स्पर्श। ठंडी-ठंडी फ़ज़ा। मानो हवाएँ समन्दर के कलेजे से लगकर आई हों। सेठ नरोत्तम दास को अरसे बाद आज गहरी नींद आई थी। हल्की चाँदनी खिड़की के दरीचों से छन-छन कर उनके शरीर पर पड़ रही थी। एक साया उनके कमरे में धीरे-धीरे दाख़िल हुआ। दूसरा साया खिड़की पर ही ठिठका खड़ा रह गया। दोनों साए एक-दूसरे से बेख़बर। खिड़की वाला साया खिड़की की ओट से निशाना साधने लगा। अभी वह पोज़ीशन में आया ही था कि 'धाँय' के स्वर से कमरा गूँज गया और खिड़की वाले साए की रिवॉल्वर एकदम से लड़खड़ाई और उसकी गोली कमरे वाले साए की कलाई छेद गई। उसके हाथ से रिवॉल्वर छूट गया। वह लड़खड़ाकर गिर पड़ा। खिड़की वाला साया उछलकर कमरे में आया और भीतर वाले साए को दबोच लिया—

"कौन हो तुम?"

"इ...इनका बेटा...," उसने काँपते हुए कहा। कालू दादा ने अपने चेहरे पर से कपड़ा हटाते हुए कहा—

"स्...साला, अब समझा। अरे साले, जो पहले ही मर चुका है उसे मारने आया है? मैं तो उसे बस इस शरीर से मुक्ति दिलाने आया था, उसके जीवन का दर्द मिटाने आया था।"

कहते हुए वह सेठ की तरफ़ बढ़ा। गोली सेठ के कंधे को छीलती निकल गई थी। ख़ून बह रहा था। सेठ नीम बेहोशी में थे। तब तक नौकर-चाकर भी इकट्ठा हो चुके थे। आनन-फ़ानन में सेठ को हस्पताल पहुँचाया गया। कालू दादा वहीं से वापस चला आया। दूसरी सुबह जब सेठ जी होश में आए तो स्वयं को ही धिक्कारा—

"जा नरोत्तम दास, जिन्दगी तो क्या, तू मौत के भी क़ाबिल नहीं।" वह हस्पताल में लेटे-लेटे शून्य में निहार रहे थे। तभी दरवाज़े पर हलचल-सी हुई। अगले क्षण दरवाज़ा खुला। कालू दादा दाख़िल हुआ और उनको सलाम करके पैताने बैठ गया।

"कैसी तबीयत है सेठ...कैसा महसूस हो रहा है?"

"नहीं, कुछ नहीं...।"

वह कुछ देर बैठा मुग्ध भाव से सेठ की तरफ़ देखता रहा। फिर उनके समीप खिसकते हुए बोला—

"सेठ, तुम ये काम अपने बेटे को सौंपते तो ज़्यादा अच्छा होता। वह आपका काम हमसे अच्छा करता।"

कहते हुए कालू दादा ने रुपयों का बैग उन्हें थमा दिया—

"इसकी ज़रूरत मुझसे ज़्यादा तुम्हारे बेटे को है।"

"क्या मतलब?"

"कुछ नहीं, भगवान तुम्हें जीवन दे रहा है तो उसका सम्मान करो। तुमने किसी की डोली उठवाई है, किसी के सिर पे हाथ रखा है, भूखों का पेट भरा है। उन सबकी दुआएँ तुम्हारा कवच बन गई हैं। तुम्हें यूँ ही मरने नहीं देंगी। मौत की तरफ़ भागने से अच्छा है, तुम अपना जीवन इसी सब में लगाओ। तुम्हारे बेटे को न सही, संसार को तुम्हारी बहुत ज़रूरत है। हाँ, अपने बेटे से ज़रा सावधान रहना।"

कहते हुए कालू दादा उठा और कमरे से बाहर निकल गया। सेठ नरोत्तम दास कभी जाते हुए उस कालू दादा को महसूस कर रहे थे, कभी उस बैग पर निगाह फेर रहे थे।

दायरों के दरम्याँ

अचानक सुबह फ़ोन बजा तो अब्बा चौंक पड़े। रिसीव किया तो पता चला, अगले महीने अफ़ज़ल यू.पी. आ रहा है। बता रहा था—"अब्बू, अगर अल्लाह ने चाहा तो मैं अगले महीने की 12 तारीख़ तक्र आ जाऊँगा।" अब्बू फ़ोन लिये-लिये ही मुँह ताकती पत्नी आमना बेगम से फुसफुसाए—"अफ़ज़ल आ रहा है।" और आमना बेगम ने लपककर फ़ोन की बलाएँ ले लीं। बहनें चिहुँक उठीं। फिर क्या था? महीने भर पहले से ही घर की सफ़ाई-सुथराई शुरू हो गई। पर्दे-चादरें सब ख़रीदी जाने लगीं।

अफ़ज़ल उमर साहब की पहली औलाद था। उसके बाद दो बेटियाँ और थीं। अफ़ज़ल एक ख़ूबसूरत, बिन्दास और ज़िम्मेदार नवयुवक था। पूरा ख़ानदान व मोहल्ले का चहेता, पढ़ाई में भी अव्वल। शहर के ही डिग्री कॉलेज से फ़र्स्ट क्लास में बी.ए. की डिग्री हासिल की। आगे भी पढ़ाई जारी रखने की ख़्वाहिश थी, मगर ख़ानदान के लोगों ने यह कहकर उसे हतोत्साहित कर दिया कि "मुसलमान को नौकरी कहाँ?" फ़रहाना के घरवालों ने भी दबाव बनाया कि अब उसे पढ़ाई जारी न रखकर कुछ काम-धाम सँभालना चाहिए और अन्ततः उसने कहीं बाहर जाने का मन बना लिया। कुछ दिनों बाद ही उसे हैदराबाद की किसी कपड़े की कम्पनी से बुलावा आ गया और वह चल दिया अपनी क़िस्मत आज़माने। कुछ दिन उसे वहाँ सामंजस्य बैठाने में परेशानी हुई, पर बाद में ख़ुद को वहीं के हिसाब से ढाल लिया। कुछ दिनों बाद वह घर भी पैसे भेजने लगा। माँ-बाप का दिल बाग़-बाग़। बेटा काम से लग गया। अम्मी सारे ख़ानदान में बड़े फ़ख्र से अफ़ज़ल का नाम लेतीं। बहनें उसके नाम पर इतरातीं। पिता के लिए वह एक बड़ी तसल्ली बन गया था। इसी तरह वक़्त कटता गया था और चार साल पूरे हो गए थे। अब जाकर उसके आने की ख़बर आई थी तो सब निहाल हो गए थे। अम्मी को कुछ न सूझा तो जाकर तीन-चार पैंट-शर्ट के कपड़े ख़रीद लाईं उसके लिए। पिता ने सुना तो उलाहा—

"कमअक्ल कहीं की! क्या ज़रूरत थी कपड़ों की? आख़िर वह ख़ुद भी कपड़े की कम्पनी में ही काम करता है।"

"तो क्या हुआ? चार साल से तो अपना ख़रीदा हुआ ही पहन रहा है। अब भला कोई और हाथ उठाकर दे उसकी तो ख़ुशी ही अलग होती है।" वह चुप मार गए।

फ़रहाना का जी अलग ही ख़ुशी से हिलोरें मार रहा था। कैसे उड़कर लखनऊ आ जाए उसका अफ़ज़ल और कभी न उससे अलग हो। उसने मन-ही-मन तय किया था कि इस दफा अफ़ज़ल को निकाह करके ही जाना होगा। वैसे तो जाने ही न दूँगी।

यह बात वह फ़ोन पर ही कितनी दफा कह चुकी थी। फ़रहाना का घर लखनऊ में ही नक़्खास में था। अफ़ज़ल का घर अमीनाबाद। अफ़ज़ल फ़रहाना की ख़ाला का बेटा था और उनकी शादी बचपन से तय थी। अल्लाह-अल्लाह करके महीना ख़त्म होने पर आया। पूरे घर की धड़कन तेज़ हो गई। 12 तारीख़ आई। सुबह से ही माहौल मह-मह कर रहा था। अम्मा सोच-सोच पकवान बनाए जा रही थीं, जो भी अफ़ज़ल को जरा भी पसन्द था। तसव्वुर में अफ़ज़ल मुस्करा रहा था। गोरा गुलाबी रंग। गहरे काले कंधे तक झूलते बेतरतीब बाल। पहनावे में बेहद सजग। ऊँचा क़द, हर वक़्त होंठों से फुलझड़ियाँ छोड़ता हुआ। वह मन-ही-मन सैकड़ों बलाएँ ले डालतीं। उनके घर की रौनक़। वहीं फ़रहाना के तसव्वुर में भी अफ़ज़ल कुछ अलग नहीं था। बार-बार अफ़ज़ल की मुस्कराती आँखें उसे छेड़ती रहतीं। वह रूठती तो वह ठहाका मार के हँसता और उसका हाथ थाम लेता—

"तुम रूठती हो तो लगता है, क़ायनात रूठ गई।"

"हुँह! मसखरे कहीं के।"

"मुझे ख़ुद में खो जाने दो, माई डियर।"

"देखो, कहीं मैं ही न खो जाऊँ?"

"नो, ऐसा कुफ़्र मत बोलो। मार डालोगी क्या?"

"हुँह...नौटंकी...।"

ये छेड़-छाड़ सोचती हुई वह मन-ही-मन मुस्करा पड़ती और अफ़ज़ल से मिलने की बेचैनी और तेज़ हो जाती है।

ठीक शाम को छह बजे दरवाज़े की कुंडी खड़की, दोनों बहनें दरवाज़ा खोलने दौड़ीं। दरवाज़ा खुलते ही 'अस्सलामु अलैकुम व रहमतुल्लाह' की आवाज़

आई और बहनें धक-सी रह गईं। सम्मुख जो आकृति थी, उसे पहचानने और फिर स्वीकारने में थोड़ा वक़्त लगा। सामने लम्बे कुर्ते और टखने तक के सफ़ेद पाजामे में अफ़ज़ल खड़ा था। सिर से लम्बे बाल ग़ायब थे। पूरा चेहरा लम्बी दाढ़ी से ढँप गया था। चेहरे पे हल्का कलछऊँपन भी फैल गया था। सिर पे टोपी। हाथ में घड़ी, पाँव में चप्पलें। दोनों कंधों पर टँगे बड़े-बड़े बैग। एक डोलती-सी आवाज़ आई—

"कैसी हो रज़िया और शकीला?"

दोनों ने सर्द आवाज़ में जवाब दिया—

"ठीक हूँ, भाईजान।"

दोनों ख़ामोशी से उसके साथ आगे बढ़ गईं। अम्मी का दिल आवाज़ सुनते ही बल्लियों उछल पड़ा। तब तक अफ़ज़ल सामने आ खड़ा हुआ था और अम्मी तख़्त से उठते-उठते रह गईं। सीने पे जैसे किसी ने हथौड़े बरसा दिए। एक गहरी नज़र से अफ़ज़ल को देखा और तड़-से गिरकर बेहोश हो गईं। अफ़ज़ल ने दौड़कर उन्हें थाम लिया। दोनों लड़कियाँ 'अम्मी-अम्मी' कहकर माँ से लिपट गईं। अब्बू दौड़कर पानी ले आए और बीवी के चेहरे पर छिड़कने लगे। कुछ मिनट बाद अम्मी की आँख खुली, होश लौटे और चीख़ पड़ीं—

"...या अल्लाह...यह क्या हुलिया बनाकर आया है कमबख़्त...आईना देख जरा? या ख़ुदा...यह दिन भी देखना लिखा था?" कहते हुए वह फिर बिलख-बिलखकर रो पड़ीं। अब्बू और अफ़ज़ल ने चोर नज़रों से एक-दूसरे को देखा और अचकचा गए। अब्बू ने समझाया—

"आमना, पागल मत बनो। बेटा कितनी दूर से आया है, उसका इस्तेकबाल करो।" किसी तरह से आमना बेगम ने सिसकियों को क़ाबू किया। बुझे मन से उठीं। मुँह धोया। बेटियों ने चाय-नाश्ता बनाया। अफ़ज़ल ने कपड़े निकाले। नहा-धोकर कपड़े बदले, फिर नाश्ता किया। दोनों बहनें बावर्चीख़ाने में बैठी गुफ़्तगू कर रही थीं—

"ये भाईजान को क्या हो गया? सारी सूरत ही बिगाड़ के रख दी है। सहेलियों ने मिलने आने को कहा था। कल किस मुँह से सामना करूँगी उनका? सब खिल्ली ही तो उड़ाएँगी।"

बहनों के पास फ़रहाना ने भी कई बार फ़ोन किया मगर बहनों ने कोई जवाब ही न दिया। फ़रहाना यह सोचकर रह जाती कि चार साल बाद उनका भाई आया

है। सब उसी में मगन होंगी। मैं भी कैसी बावली हूँ जो फ़ोन पर फ़ोन किए जा रही हूँ। थोड़ा सब्र से काम लेना चाहिए। बहनों ने भाई को रात का खाना खिलाया और अपने कमरे में जाकर सो गईं। अम्मी बेहद बुझी-बुझी-सी। लगा, लहरों से भरा समन्दर अचानक थमकर शान्त हो गया हो। चेहरे पर फैला गुलाबी रंग पीला पड़ चुका था। अब्बू इधर-उधर डोलते रहे। अफ़ज़ल को सब कुछ बड़ा अजीब लग रहा था, जैसे किसी अजनबी के घर घुस आया हो। बेटियों को छोड़कर सभी रात भर करवटें बदलते रहे। अम्मा अब्बू से फुसफुसा रही थीं—

"मुए ने क्या हुलिया बना लिया है? मैं जानती तो कभी न बाहर भेजती इसको। कैसा रूखा-फीका-सा लग रहा है? लगता है, कोई अजनबी घुस आया है हमारे घर में।"

"क्या कहा जाए, मेरी तो कुछ समझ में ही नहीं आ रहा। कह तो रहा था कि कपड़े की फैक्ट्री में काम करता हूँ।" अब्बू ठंडी साँस खींचते हुए बोले।

"मेरे तो सारे अरमानों पर घड़ों पानी फिर गया।"

"अब बेकार की बातें मत करो। जब तक है वह, ख़ुश-ख़ुश रहो। बोलो-बतियाओ। महीने भर बाद चला ही जाएगा।"

"यह कौन-सी बात है? इकलौता बेटा है हमारा। कोई ग़ैर थोड़े ही है जो उसके जाने की बाट जोहूँ। क्या-क्या ख़्वाब सजाए थे?" कहते-कहते उनका गला रुँध गया। अब्बू ने सँभाला—

"वह जैसा भी है, उसे क़बूल करो। इसी में हम सबकी भलाई है।"

सुबह जब सब लोग जागे तो देखा, अफ़ज़ल नहा-धोकर फ़ारिग हो चुका था। अब वह क़ुरआन की तिलावत कर रहा था। बहनें घर के काम में जुट गईं। अम्मी बावर्चीख़ाने में चली गईं। कुछ देर बाद तिलावत ख़त्म कर अफ़ज़ल बरामदे में आया और बहनों को प्यार से बुलाया फिर बोला—

"रज़िया और शकीला, ये रहन-सहन तुम्हारा ठीक नहीं। फ़ज्र क्या हमेशा छोड़ देती हो?" दोनों कुछ नहीं बोलीं।

वह आगे बोला—

"कल से फ़ज्र न क़ज़ा हो। दुनिया से क्या लेकर जाओगी? ये अंग्रेज़ी और हिन्दी की पढ़ाई आख़िरत में काम नहीं आएगी। तिलावतें किया करो।" फिर अम्मी की तरफ़ मुख़ातिब हुआ—

"और अम्मी, आप भी? जब आप ही अमल न करेंगी तो बच्चे क्या करेंगे? अपनी आख़िरत बनाइए। ये क्या बेतुकी ज़िन्दगी जी रहे हैं आप लोग?" अम्मी झेंप गईं। बोलीं कुछ नहीं। फिर वह उठकर कमरे में गया और अपना हैंडबैग उठा लाया। बहनों ने ललचाई नज़रों से एक बार उधर देखा, शायद भाई कोई क़ीमती तोहफ़े लेकर आया हो। अफ़ज़ल ने कुछ पैकेट निकाले और बहनों की तरफ़ बढ़ाते हुए बोला—

"ये लो...तुम दोनों के लिए पोत के कपड़ों का हिजाब। सालों पहनोगी, ख़राब न होगा।" रज़िया और शकीला के जैसे होश फ़ाख़्ता हो गए। बड़े ही बुझे मन से उसे ले लिया। अन्दर कसैलापन घुल गया। उन्ने तो सोचा था भाई लच्छे-बूटे वाले सलोने पैरहन लेकर आएगा। सहेलियों को दिखाऊँगी तो वो अलग हँसेंगी। तभी अफ़ज़ल ने बैग से तस्बीह की कई लरें निकालीं और उनमें से एक अम्मी की तरफ़ बढ़ा दिया।

"अम्मी, यह आपके लिए है।" अम्मी ने हाथ बढ़ाकर ले लिया, आँखों से लगाकर चूमा और शकीला को देती हुई बोलीं—

"शकीला, मेरे कमरे में खूँटी पर टाँग आ।"

अफ़ज़ल ने एक पैकेट और निकाला—

"शकीला, यह एक और हिजाब है। फ़रहाना आएगी तो उसको दे देना या घर पे ही दे आना ।

"ठीक है, भाईजान।" और तीनों वापस बावर्चीख़ाने में चली गईं, पर अफ़ज़ल के अन्दर जैसे कुछ टूटा ज़रूर था। अपने तोहफ़ों के लिए उसने अम्मी और बहनों की तरफ़ से बेदिली महसूस की थी, पर कुछ कह न सका। कुछ देर बाद बहनें आकर दस्तरख़्वान पर नाश्ता लगा गईं। दोपहर बाद रज़िया और शकीला की सहेलियों का आना-जाना शुरू हुआ। रज़िया और शकीला ने जो अपने भाई की तारीफ़ों के पुल बाँधे हुए थे, वो टूट गए। कुल पाँच सहेलियाँ आगे-पीछे आईं। अफ़ज़ल को देखतीं, एकबारगी चौंकती और सीधे सलाम कर आगे बढ़ जातीं, मगर कमरे में जाकर वे रज़िया और शकीला से यह पूछना नहीं भूलतीं—

"हे...तेरे भाईजान को प्रॉब्लम क्या है?"

"हे शकीला, तेरा भाई तो अव्वल दर्जे का मुल्ला लगता है। फ़रहाना ने क्या देखा था इसमें?"

"पहले ऐसे नहीं थे।" रज़िया ने मुँह बनाते हुए कहा और दीवार पर टँगी अफ़ज़ल की तस्वीर की ओर इशारा कर दिया।

"यार, शादी उससे करनी है, तस्वीर से थोड़े ही करनी है? अब इस नमूने से कोई बेवकूफ़ ही शादी कर सकता है।"

"ख़ामोश... चली जाओ यहाँ से।" वे लड़कियाँ मुँह बिचकाती वापस हो गईं। मगर शकीला और रज़िया का चेहरा जैसे रोने-रोने का करने लगा। तभी फ़रहाना की कॉल आ गई। शकीला ने फ़ोन रिसीव किया तो फ़रहाना की बेताबी से सनी आवाज़ सुनाई पड़ी—

"शकीला, क्या हाल है? सब ठीक है न?"

"हाँ...।"

"क्या बात है शकीला, बड़ी बुझी-बुझी लग रही हो? तुम्हें तो चहकना चाहिए।"

"हुँह...तुम्हारा भी यही हाल होने वाला है।"

"क्या मतलब, साफ़-साफ़ बताओ।"

"कुछ नहीं, मज़ाक़ कर रही थी।"

"ओह शिट...अच्छा, मेरे लिए क्या लाया है?"

"हिजाब!"

"क्या?"

"उफ़ हिजाब या बुर्क़ा अब भी नहीं समझीं?"

"क्या बकती हो? दिमाग़ ख़राब हो गया है क्या मेरे अफ़ज़ल का? उसे पता है कि मैं कितनी रौशन ख़याल हूँ। वह ख़ुद भी कितना तरक़्क़ीपसन्द इनसान है। क्या तुम्हें नहीं पता?"

"नहीं..." लगभग चीख़ते हुए शकीला ने फ़ोन काट दिया।

शकीला से बात करके फ़रहाना का जी अजीब-सा हो गया। एक अनजाना-सा डर आसपास घेरा बनाने लगा था। वह बारहा अपने मन को समझाती, पर न जाने कौन-सी शै उसे डरा-डरा जाती। किसी तरह से रात कटी और वह सुबह होते ही अफ़ज़ल के घर की तरफ़ निकल ली। अभी सभी नाश्ता-पानी से ही फ़ारिग़ हुए थे कि दरवाज़ा खड़का। शकीला ने जाकर दरवाज़ा खोला और फ़रहाना को देखकर डर-सी गई।

"त...तुम...?" उसको नज़रअन्दाज़ करते हुए फ़रहाना आगे बढ़ गई। अम्मी घर पर नहीं थीं। दोनों बहनें ही थीं। अफ़ज़ल बरामदे की तरफ़ पीठ किए कमरे में बैठा डोल-डोल कर कुछ पढ़ रहा था। रज़िया बरामदे में ही पलंग पर बैठते हुए उधर उचटती-सी निगाह डालते हुए बोली—

"ये मोहतरमा कौन हैं...?" दोनों फिस्स-से हँस दीं। बोलीं कुछ नहीं। तब तक अफ़ज़ल आवाज़ सुनकर बाहर आ गया। फ़रहाना को सलाम किया। फ़रहाना एकाएक जैसे आसमान से गिरी हो। कुछ समझ न पाई। और जब समझ पाई तो उसके हाथों के तोते उड़ गए।

"ऐ...ह...तु...तुम...ये क्या गत बना ली है?"

"क्या बकती हो? अल्लाह की ख़िदमत करने वाला बन्दा हूँ। ऊपर वाले ने सही राहे-रसा पे डाल दिया है मुझे। मैं कितना गुनहगार हुए जा रहा था?" फ़रहाना के सिर पे जैसे हथौड़े बरस रहे थे। आँखों में बादल घिर आए। वह रुआँसी सी तड़प उठी...

"नहीं-नहीं, कभी नहीं...या अल्लाह! ये सब क्या है?"

"शकीला, फ़रहाना को इसका तोहफ़ा ला के दो ज़रा।" शकीला ने पैकेट लाकर थमा दिया फ़रहाना को। फ़रहाना ने बुझे मन से निकालकर देखा और वैसे ही वापस लिफ़ाफ़े में डाल दिया। अफ़ज़ल उसका चेहरा पढ़ रहा था। उसकी आँखों की तरफ़ इशारा करते हुए बोला—

"इन आँखों में बादल अच्छे नहीं लगते। इतने दिनों बाद देखा मुझे तो जज़्बाती हो गईं? अब तो मैं तुम्हारे सामने हूँ।"

"नहीं, मैंने जिससे मोहब्बत की थी, वो कोई और था। मर गया वह।" इस दरम्यान बहनें अन्दर खिसक ली थीं। फ़रहाना ने एक ठंडी साँस खींची और खड़ी हो गई। अफ़ज़ल ने उसका दुपट्टा पकड़ लिया—

"नहीं फ़रहाना तुम्हारी सोच ग़लत है। देखो, इस बार मैं तैयारी से आया हूँ। निकाह करके ही जाऊँगा।"

"हुँह" कहते हुए फ़रहाना ने उसके हाथ से दुपट्टा खींच लिया और चिल्लाई—

"आईना देखा है?" और पाँव पटकती हुई तेज़ क़दमों से घर से बाहर हो गई। अफ़ज़ल ठगा-सा खड़ा रह गया।

बड़ी मायूस-सी फ़रहाना घर लौटी और अपने कमरे में जाकर फूट-फूटकर रोने लगी। पीछे-पीछे अम्मी भी अफ़ज़ल का हाल जानने के लिए दौड़ आई थीं, मगर फ़रहाना का हाल देखकर सहम-सी गईं—

"क्या बात है बेटी? उसने कुछ कहा क्या?"

"नहीं।"

"तो क्या बात है? बाहर जा के कहीं और तो नहीं बझ गया है? मैं उसकी मैयत निकलवा दूँगी। बता तो, उसकी ऐसी की तैसी।"

"नहीं अम्मी, अब मैं उससे शादी नहीं करने वाली।" वह सिसकती हुई बोल गई। अम्मी के पैरों तले की ज़मीन निकल गई—

"या अल्लाह...ऐसा क्या हो गया? ख़ुदा के लिए बता तो सही। मेरा जी बैठा जा रहा है। क्या कमी है मेरे उस चाँद से भान्जे में?"

"तो ख़ुद जाकर देख आओ अपने उस चाँद को।" रुख़साना बेगम सोच में पड़ गईं। उनको पंख लग गए, मगर अभी बेटों और शौहर से कुछ कहना मुनासिब नहीं समझा। सोचा, पहले ख़ुद जाकर सूरत-ए-हाल जानूँ, आख़िर माज़रा क्या है?

जैसे-तैसे शाम हुई और वह बहन आमना के यहाँ जा पहुँची। दरवाज़ा इस बार अफ़ज़ल ने ही खोला। उन्होंने एक उचटती-सी निगाह डाली उस पर। उसने सलाम किया। वह सलाम का जवाब देती हुई आगे बढ़ गईं और दालान में जाकर बैठ गईं। बहन और भान्जियाँ भी सलाम करके उन्हीं की पलंग पर आकर बैठ गईं कि रुख़साना बेगम ने पूछा—

"कहाँ है अफ़ज़ल? सोचा कि फ़ुरसत निकालकर मैं भी मिल ही आऊँ।" तभी बहन ने इशारा किया—

"अरे आपा, वो कौन है जिसने आपको सलाम किया है?" कि तभी अफ़ज़ल पीछे से आ गया। रुख़साना बेगम ने पलटकर देखा और देखती ही रह गईं। चश्मा ऊपर-नीचे किया, फिर बोलीं—

"या मेरे ख़ुदा, यह कौन-सी शक्ल अख़्तियार कर ली है? तुम तो गए थे काम करने, वहाँ मुल्लों की मजार्टी ज्वाइन कर ली क्या?" अफ़ज़ल तिलमिला गया—

"यह क्या बात है ख़ालाजान, इतनी बेअदबी से नाम लेती हैं आलिमों का, जो हम सबको सही राह दिखाते हैं।"

"हुँह" वह जैसे काँप रही थीं।

वह बोला—

"हम सबको अपनी आख़िरत बनानी चाहिए। दुनियावी चमक-दमक हमारे काम थोड़े ही आएगी?"

रुख़साना ख़ाला भी भड़क उठीं—

"मुल्ला, रहने दो यह तक़रीर। जाओ, अपना काम करो। मुल्ले कहीं के।

ख़ुदा को याद करने के लिए ये मदारियों की-सी शकल बना लेना ज़रूरी था क्या? झाड़ू फिरे तेरी सूरत पर।"

"ख़ालाजान आप अपनी हद पार कर रही हैं।" वह तड़प उठा।

"ऐ, आवाज़ नीची...वरना वो थप्पड़ धरूँगी कि सात पुश्तें याद आ जाएँगी। आया है दीन पढ़ाने। लगता है, हम सब बेदीनी हैं। ये शक्ल बना लेने से फ़रिश्ता हो जाएँगे।" फिर वह बहन आमना बेग़म की तरफ़ मुड़ीं—

"वही मैं कहूँ कि छोरी क्यूँ बिदक गई?"

"ख़ालाजान, उसे समझाइए।"

"रहने दे, अब मुझे ख़ुद नहीं ब्याहना अपनी बेटी तुझ नौटंकी के मिर्ज़ा को। नाम मत लेना अब मेरी बेटी का।"

"क्या कमी है मुझमें? आपकी बेटी को ख़ुश न रख पाऊँ तो कहना।"

"हुँह! आईना देखा है?" कहती हुई वह झप्प-से उठीं और एक ही झटके में घर से बाहर हो गईं। दोनों बहनें, आमना बेगम और अफ़ज़ल एक बार फिर ठगे-से देखते रह गए। रात को जब अम्मा अब्बू को सारी सूरते-हाल बता रही थीं तो वह यही कहे जा रहे थे—

"इस वक़्त उसे हमारी ज़रूरत है। उससे मोहब्बत और ख़ुलूस से बोलो। उसे कुछ एहसास न होने दो। चार दिनों बाद वह ख़ुद ही जाने वाला है।"

"मैं क्या करूँ? वो जो एक बेलौस वाला पन था, वह अब कहीं खो-सा गया है। उसके सामने जाती हूँ तो लगता है, किसी ग़ैर के सामने खड़ी हूँ। वो जो बेसाख़्ता मेरे गले से लिपट जाता था और मैं प्यार और दुलार से फटकारती रहती थी, वो सारा बेबाकपन उन दाढ़ी-मूँछों के पीछे कहीं खो सा गया है यानी मेरा बेटा ही खो गया है। ये जो आलिम मेरे घर में है, वो कोई फ़रिश्ता है, कोई फ़क़ीर है... जिसके सामने सिर्फ़ अदब से सर झुकता है, जी में प्यार नहीं उमड़ता। मैं क्या करूँ?" कहते-कहते आमना बेगम रो पड़ीं।

दूसरे दिन दुकान जाते वक़्त पिता उमर साहब उसे दुकान आने को कह गए कि उसका थोड़ा मन लग जाएगा। जब वह दुकान पर पहुँचा तो अब्बू ने उसे कुरेदा—

"अफ़ज़ल, तुम अपने घर में ख़ुश तो हो?"

"सच पूछो तो अब्बू, नहीं।" कुछ देर ख़ामोशी रही। फिर उसी ने ख़ामोशी तोड़ी—

"सब मुझसे ग़ैरों का-सा बर्ताव करते हैं, जैसे मैंने कोई ग़लत काम कर दिया हो। मैं कितने अरमान लेकर आया था? फ़रहाना भी ख़फ़ा हो गई।"

"दरअसल, ग़लती तुम्हारी नहीं, उनकी भी नहीं। बेटा, यह तो आदमी की फ़ितरत होती है कि उसे नई चीज़ों और नए हालात को क़बूल करने में थोड़ा वक़्त लगता है। हम जब पहले से उन चीज़ों के लिए तैयार नहीं होते तो उन्हें अपनाने में भी वक़्त लगता है। क्योंकि हम उसी चीज़ के आदी नहीं होते, और फिर धीरे-धीरे ही हम उन चीज़ों से निकलकर दूसरे ख़ाके में ख़ुद को बैठा पाते हैं। इसलिए चीज़ें सँभलने में थोड़ा वक़्त लगेगा, पर सब ठीक हो जाएगा। घबराना नहीं है।"

"क्या करें अब्बू? गया तो था कपड़े की कम्पनी में काम करने, मगर बदक़िस्मती से पहले ही महीने में वो घाटे में चली गई और बन्द हो गई। मैं वापस आ नहीं सकता था क्योंकि सबने मुझसे इतनी उम्मीदें बाँध रखी थीं। वहीं के एक लड़के ने बताया कि उर्दू अच्छी आती हो तो यहीं पर एक मदरसा है, वहीं लग जाओ। मैं गया और रख लिया गया। फिर मुझे वहीं के लिहाज़ से ही हुलिया चेंज करना पड़ा। मैं बाबू बनकर तो मदरसे में नहीं पढ़ा सकता था न? धीरे-धीरे मैं उसी में रम गया और फिर मुझे उसी ख़ुदा की दुनिया में मज़ा आने लगा। क्या पता, वहाँ मुझे बुलाने में ख़ुदा की ही कोई मसलहत रही हो कि वह मुझसे अपनी ख़िदमत करवाना चाह रहा हो। अब तो मैं ख़ुदा की ख़िदमत करते-करते ही दुनिया से जाना चाहता हूँ। वही रब्बुलआलमीन हम सबका बेड़ा पार करेगा। बाक़ी दुनिया तो फ़ानी है। हम सब तो एक मामूली इनसान हैं। उसने अपनी ख़िदमत में मुझे लिया, मैं उसका शुक्रगुज़ार हूँ।"

"ठीक है, तुम्हारा फ़ैसला अपनी जगह सही है। मगर तुम दूसरों को अपनी तरह जीने के लिए मजबूर नहीं कर सकते। सबके जीने के अपने-अपने तरीक़े होते हैं। अगर तुम अपनी जगह सही हो तो वो लोग अपनी जगह सही हैं। अपनी माँ-बहनों को उनके हिसाब से जीने दो।"

"मगर यह ग़लत है। मैं उन्हें तमाम बुराइयों से दूर अल्लाह की राह पर लाना चाह रहा हूँ। मेरे होते हुए अगर वो ग़लत रास्ते पर चलती हैं तो मैं गुनहगार होऊँगाा। ख़ुदा के घर मेरी पकड़ होगी।"

"तुम यह भूल रहे हो कि अभी उनका बाप ज़िन्दा बैठा है, उनके लिए बेहतर सोचने के लिए। अभी ये ज़िम्मेदारी सिर्फ़ मेरी है और यह काम तुम मुझ पर ही छोड़ दो। मेरी बीवी और बेटियाँ बहुत नेक और समझदार हैं। ख़ुदा उनके लिए भी अच्छा ही करेगा। फिर बाँधे बाज़ार नहीं लगता और हाँ, दायरों में अगर पानी को भी बाँधकर रखो तो वो बदबू पैदा करने लगता है। वो पीने के लायक तभी तक

रहता है जब तक उसमें रफ़्तारी हो तो हम सब तो एक इनसान हैं।

"ये आप कह रहे हैं?"

"देखो बेटा, मैं तुम्हें ग़लत नहीं कह रहा। तुम्हारा फ़ैसला बहुत अच्छा है। बाक़ी मैं सोचता हूँ इनसान को दौर के लिहाज़ से चलना चाहिए। मुझ पर दो बेटियों की ज़िम्मेदारी है और यह भी नहीं कि उन्हें यूँ ही कहीं फेंक देना है। एक बाप होने के नाते उनकी हाज़िर से मुस्तक़बिल तक की सारी ज़िम्मेदारी मेरी है। मैं उन्हें कामयाब और सुकून की ज़िन्दगी देने का ख़्वाब देखता हूँ। इसके लिए उनको हर तरह से तैयार करना चाहता हूँ। आजकल लोग जाहिल नहीं, पढ़ी-लिखी लड़की से ही शादी करना चाहते हैं। यही नहीं, अब तो नौकरीपेशा को तरजीह दी जाती है। हम उन्हें पर्दे में बैठा के ख़ुदा की राह में धकेल देंगे तो कोई उन्हें पूछने नहीं आएगा, मगर मैं एक बाप होने के नाते चाहता हूँ कि हमारी बेटियाँ किसी भी तरह किसी से पीछे न रहें। वे दौर के लिहाज़ से चलें, पढ़ें-लिखें, आगे बढ़ें और ख़ुश रहें। मैं उनका बाप हूँ। उनकी ज़िम्मेदारी तुम मुझे ही निभाने दो।"

अफ़ज़ल यकबयक सन्नाटे में आ गया। सहसा समझ नहीं पाया कि वह क्या कहे? क्या समझे? अब्बू ने आगे जोड़ा—

"हाँ, बाप होने के नाते तुम्हें भी एक मशवरा ज़रूर दूँगा कि यह तुम्हारा हुलिया तुम्हारे लिए भी घातक साबित हो सकता है।"

"अब्बू... बस, बहुत हो गया। क्या आपको होश है कि आप क्या कह रहे हैं?"

"बिलकुल होश है, तभी कह रहा हूँ बेटे। देखो, माहौल ख़राब चल रहा है। सरकार तो अपनी है नहीं। बख़ूबी जानते हो। हर दाढ़ी-टोपी वाले को वो लोग शक की निगाह से देखते हैं। जाने ऐसे कितने ही बेक़सूर नौजवानों को सिर्फ़ शक के बिना पर या दुश्मनी निकालने के लिए इन लोगों ने जेलों में भर दिया है। कुछ नहीं हुआ तो दहशतगर्द कहकर शूट कर देते हैं। सब जानते हो। दाढ़ी-टोपी का मतलब ही आतंकवाद हो गया है। इसलिए सँभलकर रहना। ग़ैर मुस्लिम इलाक़ों की तरफ़ भूलकर भी मत जाना।" कि तभी बग़ल में बैठे दुकान के लड़के ने चुटकी ली—

"भाईजान, अब भगवा पहना करो। एक अदद चुटिया भी रखवा लो।"

"चोप्प..." अब्बू ने डाँटा। अफ़ज़ल उसे घूरकर रह गया। बातें आई-गई हो गईं, मगर अफ़ज़ल के दिमाग़ पर अब्बू की बातें बैठ गईं जैसे। वह घर वापस आकर कमरे में गुमसुम-सा पड़ा रहा। ज़ेहन में आँधी-तूफ़ान चल रहे थे। शकीला, रज़िया एक-दो बार आकर चाय को पूछ गई थीं। कुछ जवाब न मिलने पर अम्मा,

बहनें छनकीं। क्या बात हो गई? आख़िर अम्मा ही गईं—

"क्या बात हो गई, बेटा?"

"कुछ नहीं अम्मी, सिर में थोड़ा दर्द है।" अम्मी बाहर गईं और एक डिस्प्रिन और गिलास में पानी लाकर उसे दे गईं। जी तो चाहा बहुत कुछ पूछने का, मगर लगा, जैसे किसी ने मुँह पर हथेली जमा दी हो। ये कैसा बेगानापन है कि एक-दूसरे के बीच खाई से फ़ासले ख़ुद गए हैं। शकीला के हाथ चाय भेज दी। शकीला चाय देकर वापस आकर ओसारे में बैठ गई। रज़िया आकर धीमे-से अम्मी के कान में फुसफुसाई—

"अम्मी, 'सास भी कभी बहू थी' कबसे छूटा पड़ा है? कित्ते एपिसोड निकल गए?" अम्मी ने 'शी' की आवाज़ निकाली—

"चुप रह, अफ़ज़ल सुन लेगा तो बड़बड़ाएगा।" वह ठुनककर चली गई और दूर जाकर बैठ मुँडेर पे कबूतरों का कुकवाना देखने लगी।

जबसे अफ़ज़ल घर में आया है, तीनों औरतों का रूटीन ही बदल गया है। अलस्सुबह उठकर फ़ज्र की नमाज़ अदा करना। तिलावत करना। फिर घर के काम निबटाना। बीच-बीच में नमाज़ और अफ़ज़ल की तक़रीरें। कितनी बोरिंग हो गई है लाइफ़? टी.वी. ख़ामोश, रेडियो ख़ामोश, ज़्यादा हुआ तो अब्बू शाम को न्यूज़ सुन लेते रेडियो पर। लगता है, सारे रंग ही खो गए हैं। कहाँ कि एक वो दिन थे कि अफ़ज़ल मोहम्मद रफ़ी के नग्मे गा-गा कर पूरा घर सिर पे उठा लेता था। अम्मी चीख़ती रहतीं—

"ऐ...हे रफ़ी मोहम्मद की औलाद, बन्द भी कर।" और वह चिढ़कर कहता—

"अरे अम्मी, तुम भी लता मंगेशकर से कम कहाँ हो। गाकर तो देखो, कितना सुकून मिलता है? मौसीक़ी तो दुनिया की रग-रग में है, अम्मी।"

"बस्स, अब रहने दे तानसेन की औलाद।"

अब्बू मुस्कराते रहते। बहनें इस नोक-झोंक का मज़ा लेती रहतीं। और एक ये दौर कि सब ख़्वाब-सा लगता रहता। जैसे सारे लोग दायरों के दरम्याँ कहीं चस्पाँ कर दिए गए हैं, जहाँ से उठकर जाना कठिन है। कहाँ चले गए वो रेशम से दिन? रज़िया-शकीला रोज़ बीच नींद से मुँहअँधेरे उठती हैं तो वज़ू बनाते हुए एक-दूसरे से पूछती हैं—

"ये भाईजान कब जाएँगे? हम लोगों का कॉलेज भी छूटा पड़ा है। अब उस हिजाब को लगाकर कैसे जाया जाए?" इसी उजलत में उनके दिन बीत रहे थे।

:

अफ़ज़ल को आए लगभग नौ दिन हो गए थे। उस गुपचुप माहौल में उसका मन भी उकताने लगा था। कोई मिलने-मिलाने आ जाता तो घड़ी भर उन सबके साथ उठ-बैठ लेता, बाक़ी ख़ामोश ही रहता। कभी-कभी उसे भी बहनों के बेलौस क़हक़हे याद आते जो अब जाने कौन से समन्दर में दफ़न होकर रह गए थे। मगर वह भी अपने खोल से कहाँ निकल पाया था? अपने आसपास उसने ऐसा घेरा बना लिया था जिसे लाँघकर जाना न उसके वश में था, न ही बहनों में इतना साहस। अम्मा भी बेहद सँभल-सँभल के रहतीं। अब्बू आते तो वह रेडियो लेकर कमरे में चले जाते और कुछ देर सुनकर होड़ लपेटकर सो जाते। अजीब सूनापन तारी हो गया था।

ठीक बारहवें दिन वह अब्बू के कमरे में आया और बोला—

"अब्बू, मैं सुबह निकल रहा हूँ। मदरसे से फ़ोन आया है कि फ़ौरन आना होगा।"

अब्बू ने समझ लिया कि अफ़ज़ल अब ख़ुद भी उकता गया है और यहाँ से भागना चाहता है। फिर भी कहा—

"क्यूँ, कुछ दिन और ठहर जाते छुट्टी मिल जाए तो? अब जाने कब आना हो?"

"नहीं अब्बू, अब मुझे जाना होगा। एक और बात कहनी है। फ़रहाना से कई दफा बात करने की कोशिश की, मगर नहीं हो पाई। उसने किसी से कहलाया है कि वह एक ही शर्त पर बात कर सकती है जब मैं पुराने रास्ते पर लौट आऊँ, जो मुमकिन नहीं है। इसलिए आप ख़ाला से कह दीजिएगा कि वह फ़रहाना का रिश्ता कहीं और करने के लिए आज़ाद हैं।"

ठीक है, जिसमें तुम्हारी बेहतरी हो, वही करो। तुम भी समझदार हो। मैं कह दूँगा।" अम्मी हालाँकि अन्दर से काफ़ी बुझ-सी गईं उसके जाने की ख़बर सुनकर, मगर कहा कुछ नहीं। बहनों को लगा, जैसे कोई ठंडी फुहार-सी आकर उन्हें भिगो गई है।

निर्मम अँधेरे

"हे दीदी, तू हिजड़ी है का?"

छुटके ने तपाक-से बोला तो डेहरी पर से लहसुन का झाबा उतारती नय्या भीतर तक सुलग गई। छुटके को घूरकर निहारा। वह जैसे उसकी निगाहों के ताप से सिहर-सा गया और उछलकर भाग खड़ा हुआ। 16 साल की नय्या ने डेहरी पर से लहसुन का झाबा उतारा और रसोई की ओर चली गई। एक विचित्र-सी वितृष्णा उसके भीतर घुल गई। अम्मा पर क्षोभ-सा हुआ।

"ई अम्मा तो जिनगी नर्क बनाय दिहिस है। जाने कउन सा मंत्र पढ़ाय दिहिस हम्मैं कि जीना दूभर होइ गया।"

ये बात नय्या लगभग दो साल से सुनती आ रही थी। अब तो उसके कान भी पक गए थे। कई बार इस बात को लेकर उसका सखियों और दूसरी लड़कियों से झगड़ा भी हो चुका था। बाहर जाती तो सखियाँ उसके मज़े लेतीं—

"हे नय्या, तैने तो मजे हैं। हर महीने की झंझा से फुर्सत।" तो दूसरी बोलती—

"पर तेरे सीने तो ई बात नाहीं कहते कि तू..." फिर सारी सखियाँ खिलखिला के हँस पड़तीं। नय्या पे घड़ों पानी पड़ जाता। खीज उठती।

नय्या को मन-ही-मन झुँझलाहट होती।

"ई कउन से जंजाल में फँसाए दिहा भगवान ने? कउन अइसे काँटे निकल आए हैं हमरेम कि सभै 'हिजड़ी-हिजड़ी' कहि के जीना दूभर किहे हैं।"

उसे याद है, जब से अम्मा ने उसे 'वो' बात समझाई थी, और बड़की भाभी से उसने अम्मा की कही बात दोहराई थी, तभी से उसे ऐसे उलाहने मिलने लगे थे। पर लोगों को उससे कौन-सी दुश्मनी है, वह कभी समझ न पाई। गाँव की लड़कियों के इस बर्ताव से वह इतनी आहत हुई कि उसने घर से निकलना ही बन्द कर दिया। पाठशाला भी छोड़ दी। माँ बड़बड़ाती रहतीं—"जाने का रखा है ई घरेम कि बाहेर निकलतै नाहीं। चार अच्छर पढ़ जाती ता कमसकम एक ढंग का घर तो

मिल जात। आजकल तो अपढ़ लड़कियन का वरै नाहीं नसीब होत हय, मगर ई महारानी की समझ मा आवै तब न?" कई बार उससे पूछा भी—"तू स्कूल जइहौ कि नाहीं...ई घरेम घुसी-घुसी का उखारा करती हौ?"

"घरेम पढ़ि लईब।" वह ख़ामोशी से उत्तर देती।

"हुँह! जाने कउन घर-घुसनू परेत सवार होइ गवा है?"

कहती हुई अम्मा इधर-उधर टहल जातीं। वह पढ़ाई के नाम पर ख़ाली समय में किताब में देख-देख नकल उतारती रहती। हालाँकि स्कूल की वह मेधावी छात्रा थी, पर जब से उक्त अफ़वाह फैली, मन स्कूल से भी भागने लगा। कक्षा में कुंठित और क्षुब्ध-सी बैठी रहती। उस दिन स्कूल में बड़े मनोयोग से बैठी अपना प्रिय विषय गणित पढ़ रही थी। एक के बाद एक सारे सवाल हल करती जा रही थी मगन-सी, कि कक्षा अध्यापक नीरज मास्साब ने गुहारा—

"नय्या, काम?"

वह मगन। कोई जवाब नहीं। पुनः गुहारा—"नय्या, कुछ कह रहा हूँ।" वह फिर भी हिसाब में गुम। तभी एक अन्य सहपाठिनी ने चुटकी ली—

"मास्टर जी, 'हिजड़ी' कहिए तब सुनेगी।" तत्क्षण पूरी कक्षा क़हक़हों से घुमड़ पड़ी। मास्टर जी भी पहले तो मुस्कराए, फिर सहसा कुछ सोचकर उस लड़की को घुड़का—

"चुप रहो, नालायक कहीं की।" लेकिन क़हक़हों ने उसकी तन्द्रा तोड़ दी। अपने पर कसी गई इस कुत्सित फ़ब्ती पर वह रुआँसी हो गई। लड़के भी उसे देख धीमे-धीमे मुस्करा रहे थे। नय्या के अन्दर जैसे शूल उतर गया। चेहरे पर पसीने की बूँदें चमकने लगीं। लगा, कई पहाड़ों का बोझ उसके कंधों पर आ के टिक गया हो जैसे। उसने झुँझलाकर पुस्तक, नोटबुक और कलम-दवात समेटकर बस्ते में खोंस लिया और मन-ही-मन मास्टर जी को गरियाया—

"या मास्टरौ बड़ा हरामी हय।"

ख़ैर ऐसे ही माहौल से उकताकर वह धीरे-धीरे स्कूल से कटने लगी। फिर जाना ही बन्द कर दिया। अम्मा अधिक तंग करतीं पढ़ने के लिए तो झल्लाकर बस्ता उठा लेती और कहीं दूर खलिहान के किसी कोने में या फिर किसी अमराई की तरफ़ निकल जाती और कभी कुछ पढ़ती-लिखती या फिर मन नहीं चाहता तो किसी घने बिरवे पर चढ़ी बैठी रहती। कभी कोई उसे वहाँ देख लेता तो गुहारता—

"हे-हे... हिजड़िया, हियाँ का करत हौ?"

उसके भीतर सहसा कुछ टूट जाता। कहीं ब्याह-बरात में जाती तो भी ऐसी निरर्थक फुसफुसाहटें उसका पीछा करती रहतीं। कभी बात सामने आ भी जाती तो अम्मा ज़रूर सबके लत्ते ले लेतीं। ललकारतीं—

"ख़बरदार जो हमरी बिटियप उँगली उठाइस कउनौ। राखी लगाकर ज़ुबान अईंच लईब।"

अम्मा ख़ैर दबंग महिला थीं ही। उनके हनक के सामने सबकी बोलती बन्द। पर कभी-कभी झड़प भी हो जाती, जब कोई बराबर की मिल जाती। हाँ, समस्या तब होती थी जब वह अकेली निकलती थी। लेकिन फिर भी एक जो कुटिल आभास था, वो सातों पहर उसका पीछा करता रहता। पल-पल उसके भीतर कुछ शीशे की तरह चटखता रहता। तीखे नैन-नक़्श और मादक क़द-काठी के बावजूद उसके भीतर एक ग्लानि पैठ गई थी। पीरू, उसके बचपन का मित्र, जो उस पर जां निसार करता था, वह भी सहसा उससे कतराने लगा था। एक दिन उसने ही उसके घर जाकर गिला उठाया था—

"हे पीरू, दोस्ती-पियार सब छोड़ दई का तूने? न मिलत हय, न कउनो बातचीत। कत्ते दिनन से हम एक साथे टहरे नाई हन?"

वह ख़ामोश रहा। हालाँकि उसका किशोर मन नय्या को देख एकबारगी लहका ज़रूर था, मगर अगले क्षण कुसुम की बात याद आ गई—

"हे पिरुआ, तोरी हिजड़ी कहाँ हय, दिखती नाहीं आजकल।"

वह आक्रामक हो उठा।

"अत्ते थप्पड़ मारिब न कि बहिरी होइ जइहव।"

"अरे जाव-जाव ...सारा गंव्वा कहत हय। केका-केका थप्पड़ मरिहव? जब बिहव्वा करि लेहो उससे तब पता लागी।"

वह सन्नाटे में आ गया। अकेले में दादी के पास गया और पूछा—"दादी रे, ई हिजड़ी का होत?"

"हे दइया, तूहौ बेपर की हाँकै लागत हौ।" फिर उसे दुलारती हुई बोली थी—"ईकै मतलब न स्त्री न पुरुष। अईसै स्त्री-पुरुष बिहाव के लाईक नाहीं रहत हंय उनसे दूर रहेक चाही, जईसे कि अपन नय्या। अत्ती सुन्दर सुशील छोरीस जनै भगवान कऊन जनम का बदला लई लिहिन?" और उसी दिन वह नय्या से दूर हो गया। नय्या जब लगातार उसे फटकारती रही तो वह झुंझला पड़ा और एक ही वाक्य में सब ख़त्म कर दिया—

"अब चिल्लाती का हव? तू तो हिजड़ी हव ना...तो तुसे मतलब का दोस्ती-यारी का?"

नय्या को काटो तो ख़ून नहीं। लगा, उसे सहसा किसी ने दहकते ज्वालामुखी के सम्मुख लाकर खड़ा कर दिया हो।

वह अटकते हुए टूटते शब्दों में इतना ही बोल पाई—

"पीरू, तूहव अईसा बोलब सोचे नाई रहन...?"

आगे कुछ नहीं कह सकी। जब पीड़ाएँ अपनी पराकाष्ठा पार कर जाती हैं तो वहाँ शब्दों की मर्यादाएँ टूट जाती हैं। वह अवाक् खड़ी रही। पीरू झल्ल-से मुड़ा और वापस घर में घुस गया। वह एक लुट जाने वाली स्थिति लिए खड़ी रह गई। आँखों में दुनिया भर का अँधेरा भर गया। फिर ख़ामोशी से वापस लौट आई। उस दिन के बाद से उसने घर से निकलना भी बन्द कर दिया। गहरी कुंठाओं ने उसे घेर-सा लिया। इसी मनोदशा में लगभग साल भर बीत गया। अम्मा भी अब कहते-कहते थक गई थीं। सो, उसे उसके हाल पर छोड़ दिया गया। हाँ, अब उसके विवाह की चिन्ता की जाने लगी थी। कुछ दिनों की तलाश के बाद आख़िर नज़दीक के गाँव में एक लड़का मिल ही गया। लड़का शहर में कमाता था। पिता बड़े काश्तकार थे। नय्या के माता-पिता फूले नहीं समा रहे थे सोच के कि 'बिटिया राज करी।' विवाह से पूर्व की औपचारिकताएँ पूरी कर ली गई थीं। क्वार के महीने का मुहूरत निकला था। नय्या के पिता ने अपने 20 बीघे के खेत में से एक पट्टी बेच दी थी और ब्याह की ख़ातिर अख़राज़ात जुटाने लगे थे। अभी तीन महीने का समय था। नय्या अपने ढंग से अपने ब्याह की ख़ुशी मनाने लगी थी। सबसे बड़ी बात अब उसे 'हिजड़ी' शब्द से मुक्ति मिलने वाली थी। अम्मा ने उसे बेसन का उबटन बना के दे दिया—"ईका रोज मलौ सरीरेप। तनि इनसान बनौ। ब्याहेम कछु अलग तव लागौ।" और वह दिन में कई दफा उबटन मलने लगी और हर बार उबटन मलने और धोने के बाद आईना निहारना नहीं भूलती। यहाँ तक कि एक दिन फुफ्फू ने टोक भी दिया—

"हाय दईया, या तव दिनम दस बार दर्पनै निहारा करती है। कस बेसरम, बेहया हुई जाती हय।" वह फुफ्फू की बात टाल जाती और मन-ही-मन बड़बड़ाती—

"या बुढ़ियक जनै कऊन जलन लागी रहत हय। अपन तव ससुराल छोड़ि भगियाई, अब हिंया हुकुम चलावत ही।"

ब्याह की तारीख़ क़रीब आ गई थी। नय्या के पिता ने सारी तैयारी कर ली थी। बड़े मनोयोग से सब कुछ जुटाने में लगे थे। अम्मा तो बात करना ही भूल गई थीं। सपने भी उन्हें नय्या के ब्याह के ही आते। कव्वाती रहतीं—

"को नय्या के बापू, अभै त परात खरीदेक बाक़ी है। पैजनिया गढ़वावैक हय, कपड़वा सी गवा होई?"

एक दिन की बात, सुबह-सवेरे लड़के के पिता व माता अचानक फट पड़े। नय्या की अम्मा का माथा ठनका। "मनै सकारे-सकारे कहीं कऊनव गड़बड़ तव नाहीं...कऊनव माँगे मंगनी तव नाहीं...?" फिर नय्या के बापू की तरफ़ घूमके धीमे-से फुसफुसाई—

"सुनत हव...जो साइकिलिया माँगीन तव साफ़ कहेव कि हमसे न होई। कहूँ कम मा आवत हय साकिल?"

"अच्छा, तनि जावै त देव हुँवा तक। बिटेवाक हाथे नाश्ता-चाय भेजवाए दिहेव।"

कहते हुए वह बाहरी दालान की ओर चले गए। नय्या को कुछ निर्देश देकर अम्मा भी पीछे से दालान की तरफ़ हो ली।

छोनों पक्ष से कुशल-क्षेम की औपचारिकताएँ निभाई गईं। उसके बाद एक नीम ख़ामोशी छा गई, जैसे हर कोई कहीं खोया हुआ कोई सिरा ढूँढ़ रहा हो और वो मिल नहीं रहा हो। आख़िर नय्या की अम्मा एक सिरा टटोलते हुए बोलीं—

"का समधिन, अत्ती भोरहय मा...मनै, कऊनव खास बात?"

"हाँ खासै, मुला तुमसे तनि अकेरेम बतियावैक हय।" नय्या के माता-पिता का चेहरा उतर गया। पिता समधी के साथ ओसारे में ही बैठे रहे। समधिन को नय्या की अम्मा कोठरे में लेकर चली गईं। पलंग खींचकर बैठ गईं। फिर सहमती-सी बोलीं—

"हाँ, अब बताव।"

"बहिन जी, तू हमरी बातियक बुरा न मानेव। मनै हर बाप-महातारी अपने बेटा-बेटिन का भलय चाहत हंय। उमस हमहूँ हन तुमहूँ हव।"

"देखौ समधिन, सब सफा-सफा बताव माजरा का हय?"

"मुला, हम कुछ सुना हय तोरी बिटियक बारेम कि तोर नैवा ब्याह कै जोगै नाहीं हय फिर काहे करत हौ उकै बयाहव? अईसै परी रहय देव कौनव कोना अन्तड़िम।"

"तू कस बात करत हव समधिन? अस कुछौ नाहीं, हमरी बिटिया पूर हय। बाक़ी ई बतिया कऊन कहिस हय तनि बताय देव उकै नाव, राखी लगायक उकै ज़ुबान अईंच लईब...ई सब बहुत रहत हंय दुई पाँवच मा।"

"अब ई सब छोड़ौ। ई बताव ई बतिया सही हय कि नाहीं?"

"नाहीं, सोलहौंव आना गलत।"

"हम मानी कईसे?" नय्या की अम्मा सोच में पड़ गईं तो लड़के की माँ ने ख़ुद सुझाव दिया—

"सुनव...अभै ई महीनेम लड़की का महीना होई गवा कि नाहीं?"

"पूछेक पड़ी।" कहते हुए नय्या की अम्मा बाहर की तरफ़ गईं और नय्या से पूछकर कुछ ही क्षण में वापस आ गईं ओर बोलीं—

"नाहीं, अभै टैम हय।"

"तो ठीक हय, जब ऊ महीनस होय त हमका ख़बर करि दिहेव। हम आई के चेक करिब। बेटक मामला है। ढिराहीस काम नाहीं लेबै।"

"ई कऊन बात करत हव... तू खामखां बेइज्जत करत हव हमार छोरियक। हमरी बातप विसवास नाहीं हय तुका?"

"देखौ समधिन, अकीन की बात छोड़ौ। बेटी-बेटक मामलेम आँख मूँद कै समझौता नाहीं करैक चाही। मानौ कलिहा बात न बनै त हमार लड़कवा हमरै मुँहेप तमाचा मरिहय कि हिजड़िक संग फेराय दिहेव।"

नय्या की अम्मा खूब सनाका खाईं। छोटी बहन यमुना ने आकर नय्या को सारा किस्सा बता दिया। नय्या सुध-बुध खोए सब सुनती रही। सोचती रही, "ई सब भवा कईसै?"

अतिथि जा चुके थे। नय्या की अम्मा के सीने में बेइज़्ज़ती की जो आग लगी थी, वो बेतहाशा धधक रही थी। "अईसा अपमान...अईसी बेइज्जती?"

जब कुछ न सूझा तो जा के ढोंढ़े की पत्नी से भिड़ गईं।

"काहे हो ढोंढ़ाईन, ई का प्रचार कई के बईठी हव हमार छोकरियाक लगे... पहिले त याक-दुई मर्तबा तुरी सिकायित त करिस ऊ, हम जावै दिहा कि चलौ, हँसी-मजाकेम होई गवा कभौ-कभौ, मगर हिंया त पानी सिर के उप्पर सनी गुजरि गवा।"

"का मतलब...हम समझिन नाहीं?"

"हमका बहुत पहिलय पता चलि गवा रहाय कि तू पूरे गंव्वाम हमार बिटेवक 'न-अउरत' घोषित कई दिहे हव खुबै प्रचार किहे हव।"

"द्याखौ नय्या क अम्मा, ज़ुबान सम्भार कय निकारेव। हमका का ग़रज़ परी हय कि उका हिजड़ी घोसित करत चली? ऊ अपन गोंईय्यन, सखियन, औ भौजईय्यन से खुदै बताईस कि ऊ अबही तक महीनेस नाय होत हय। हमार सुग्गी त 13वैं साल महीनेस होय लागै रही, हमहूँ लोन अईसन...बड़कई तो बरहवैं पकड़त-पकड़त तैयार होई गई रहा औ कहाँ नैवा हय तोहार...16वां लागै लागै का है औ अबहिन तकै वईसेन सूख-साखा। जाकै का मतलब? जब्बै उससे पूछौ, कहत है 'नाहीं'।"

"कऊनै सुवर कहत हय उकै महीना नाय होत। तू लोन देखत हव का?"

"तोहार बिटिया बोलिस, जाईकै उससे पूछौ।"

नय्या की अम्मा मुँह की खा के चली आईं। नय्या कोठरे में बिखरी पड़ी सुबक रही थी कि अम्मा का स्वर सुनाई दिया—

"ओरे नैवा, कहाँ मरि गई रे...?" वह चुपचाप बेसुध-सी पड़ी रही। दूसरी बार अम्मा हाँक लगाती उसी के कोठरे में पहुँच गईं—

"का रे सुनाई नाय देत? कानम कोढ़ चुई गवा हय का?"

वह उठकर बैठ गई। अम्मा ने समीप बैठते हुए पूछा—"का रे अपन गोंईय्यन से का कहि के आई हय कि तू हिजड़ी निकरि गई? तोके महीना नाय होत हय... तै 'ना-अऊरत' होई गई हय...?"

तब नय्या सुबकियों के बीच बड़ी कठिनाई से बोली थी—

"तूहै त कहे रहा अम्मा कि केकौ न बतायव इकै बारेम। औ जब बड़की भौजाई पूछिस रहा तब्बौ त तू कहै रहा कि अभी नाहीं, उमिर का हय अबहिन हमहूँ वहाय बोला जऊन तू कहेव...।"

"हे दय्या! वहय बात का बतंगड़ बनावा गवा। मुला अत्ती बात बढ़ि गए। अच्छा, ई बता कऊन तरीखेक आवत हय? औ हाँ, जईसन आई हमका खबर कई दिहेव।" उसने सिर हिला दिया। वह बग़ैर तारीख़ जाने ही बाहर निकल गई, मगर नय्या के भीतर जैसे जाने कितने अवसाद के काले बादल भर गए। उसकी किशोर वय ही एक कलुषित अवधारणा से लोहित होने लगी। ब्याह की जो ख़ुशी कल तक चेहरे पर दमक रही थी, वो सायास कहीं लुप्त हो गई थी। वह ख़ामोश बैठी यहाँ-वहाँ कुछ मन-ही-मन गढ़ती रही। ऐसे ही 20-22 दिन बीत गए। नय्या 'उन

दिनों' से भी गुज़री, मगर अम्मा को भनक तक न लगने दी। समधियाने में इस ख़बर की प्रतीक्षा की जाती रही। नय्या की अम्मा भी चिन्तित। नय्या ने पूरे चार-पाँच दिन बड़ी ख़ामोशी से गुज़ार दिए। आख़िर अम्मा ने एक दिन फिर टटोला—

"का रे नैवा, मुला महीना त पूरा निकरि गवा। कभै होईहय? तरिखिया ठीक सनी याद हय कि नाहीं? कउनै तरिखियाक होत हय?" वह ख़ामोश रही तो अम्मा फिर चिल्लाईं—

"कछु बतईहय...बकोसिहय...माजरा का हय...?"

नय्या ने ज़मीन की मिट्टी को पाँव के नाख़ून से खुरचते हुए नीचे ही देखते हुए कहा—

"आवा त रहा अम्मा, हम बतावा नाहीं। मोका लाज आवत रहा।"

"हाय भगवान गजबै भवा, मुला ऊ सबै प्रतीक्षम बईठ हंय औ हिंयां ई महारानी सब पिए बईठ हंय। आँय रे काहे करे धोका...,काहे परीसान कय रही हम सबका?"

और वहीं पड़े एक डंडे से जो नय्या की पिटाई शुरू की तो फिर तब तक नहीं रुकी जब तक थक नहीं गई। नय्या पिट-पिटा के कोठरे घुस के पड़ रही। छोटी बहन ने शाम को तेल गरमाकर उसकी चोटों पर लगाया। वह तेल मलती रही। नय्या उसी से अपनी व्यथा कहती रही—

"के यमुनवा इमा हमार का गलती? अपनय मनादी करिस कि काहुस न बतायव कि तू होय लागी हव। इससे लोन उमरि का हनाजा लगावय लागत हंय। त हम सबसे यहय बोल दिहा। कहाँ अब ऊई लोन अईहंय हमका चेक करै ई कऊन बात भई? लाजौ-सरम कउनव चीज होत हय। सबै खिलवाड़ बनाय लिहिन हंय हमका। तू कहूँस एक पुड़िया संखिया लाय देव हमका। दुनियैस चले जाई। ई बेइज्जती नाहीं बर्दास होत हय।"

"न दिदिया, मरै तोर दुसमन। गलती हमार महतारी के आए। भुगतैक परा हम सबकां। मगर ई भरम से निकारै खत्ती ई जरूरी हय। मरि कै त तू ऊ सबकी बतियन का सच्चा साबित कई देहौ। लोन ई बात का सही, मान लिहैं। ई लांछन का हटावै खत्ती जऊनै होत हय होय देव। याक दिन खुदै ऊ सबके मुँहेप तमाचा पड़ि जईहय।"

इस बात की चर्चा पूरे गाँव में फैल गई। महिलाओं को तो समय गुज़ारने का ख़ूबसूरत शगल मिल गया था। दिन भर यहाँ-वहाँ खिचड़ी पकती रहती। नय्या ने

बाहर निकलना ही छोड़ दिया था। बस, कोठरे में ही पड़ी रहती। साहस ही दम तोड़ गया था। खाना-पीना छूटा, सो अलग। छोटी बहन यमुना कहीं विनती-चिरौरी करके थोड़ा-बहुत खिला-पिला देती। बाक़ी वह यही सोच-सोच कर कुढ़ती रहती कि कैसे करेगी सामना उन लोगों का, जब वे उसकी जाँच-पड़ताल करने आएँगे। मन-ही-मन झुंझलाती, 'ई अम्मा कईसी मुसीबत मा डारि दिहिस हय। सगरा गंवम हँसाई करवाय दिहिस। सखियाँ, गोईयाँ सभै कस मजा लेत होईहंय।'

उसे पहले के सारे मंज़र स्मरण हो आते। किस तरह उससे सखियाँ और गोइयाँ बातों-बातों में पूछ लिया करती थीं—

"का रे नैवा, अबही तक तोरे महीना नाय आव...?"

"ऊ का होत हय?" वह अनजान बन जाती तो सखियाँ बड़े मज़े लेतीं और क्या-क्या न इशारे करतीं। ऐसे संशयपूर्ण सवालात उससे प्रायः युवा महिलाएँ और किशोरियाँ कर बैठतीं और उसका जवाब सुनकर तरह-तरह के अन्देशों से घिर जातीं। इन्हीं अन्देशों ने उनके मन में एक धारणा बना दी और उसे 'हिजड़ी' का तमगा मिल गया। शुरू में वह बहुत आहत हुई। कई दफा अम्मा से भी शिकायत की। अम्मा ने उन सबको गरिया-गरिया के बात ख़त्म कर दी, किन्तु उसका मनोबल टूटने लगा और वह धीरे-धीरे लोगों से कटती गई। स्कूल से भागने लगी। मन में कुंठित धाराएँ रेंगने लगीं। करारा झटका तब लगा जब पीरू ने भी हाथ जोड़ लिए। कई दिनों तक वह यही सोच-सोच कर विचलित होती रही—

'मनै कस निकरा। समाज के संग वहव मिल गवा। कहाँ कि जलम-मरन की सौगन्ध लिहिस रहा, कहाँ कि बिच्चम छोड़ि गवा। तनुक गईरत नाय आई तनुक नाय सोचिस जमानक बतियम आय गवा।'

अम्मा ओसारे में बैठी गेहूँ पछोड़ रही थीं कि नय्या उसी के समीप आ के बैठ गई और गेहूँ बिचारने लगी। अम्मा ने एक उड़ती-सी निगाह डाली उस पर और फिर अपने काम में लग गईं। वह कुछ देर ख़ामोश रह फिर झिझकती-सी बोली—

"अम्मा मनै ऊ आए गवा।"

"को?"

"ऊहै, जाके ख़ातिर हमका पिछला महीना पीटे रहा।"

"हो मोरी बिटिया..." कहते हुए अम्मा ने उसे चिपटा लिया। फिर सूप वहीं फेंककर आँगन की ओर भागीं—

"अरे हो नय्याक बापू, तनि सुनत हव, भोरहे जाईकै समधिन का लिवाय लाव।"

दूसरे दिन नय्या के बापू मुँह-अँधेरे ही निकल गए। दोपहर तक वह समधिन और उनकी बेटी को लिवाकर आ गए। नय्या की अम्मा ने बड़ी तैयारी की थी उनके सत्कार की, मगर उन्होंने आते ही कहा—

"नाहीं बहिन जी, कुछ नाहीं...बस, हमका लड़िकियाक दिखाय देव।"

नय्या की अम्मा ने पुकारा—

"नय्या, ओ नय्या।"

नय्या सकुचाती-सी उनके पास आकर खड़ी हो गई। इस समय वह बड़ी निखरी सी फ़िरोज़ी परी-सी दिख रही थी। सास मुग्ध-सी देखती रह गईं। फिर सँभलती-सी बोलीं—

"चलौ बेटा, कोठरियम चलौ तनि...।" वह थकी-सी उठी और कोठरे की तरफ़ हो ली। पीछे-पीछे दोनों महिलाएँ। फिर कोठरे में तीन ही प्राणी रह गए। कोठरा भीतर से बन्द कर लिया गया।

तीन-चार मिनट बाद कोठरा खुला। दोनों महिलाएँ बाहर निकलीं। उनके चेहरे से आश्वस्तता का भाव टपक रहा था। आकर ओसारे में बैठ गईं। नय्या कोठरे से बाहर ही नहीं निकली। कुछ देर बाद यमुना कोठरे के भीतर गई तो देखा, वह पलंग पे पड़ी सिसक रही थी। उसने पुकारा—

"जिजिया, का भवा? तू त परीछा मा पास होई गईव जिजिया?"

"हूँ, मगर ई पास होय का दुख फेल होय के दुख से कहूँ जादा हय, यमुना।" वह सिसकती-सी बोली। यमुना उसका मुँह चुपचाप तकती रही । वह आगे बोली—

"ई परीछा हम पीरू के लगे नाहीं दई पाईन। ई परीछा त सीता माता की अग्नि परीछा से भी जादा दुष्कर रही, यमुनवा...।" और फूट-फूट कर रोने लगी।

कुछ देर बाद लड़के की माँ व बहन चली गईं। तब अम्मा ने आ के उसका माथा चूम लिया और बोलीं—

"बहुत बड़ा बोझा उतरि गवा आज...।" और विवाह की तारीख़ की घोषणा कर दी। नय्या निर्विकार भाव से बस्स बैठी रही।

शब-ए-ग़ज़ीदा सहर

"मैं कुछ सोच रही हूँ।"

"क्या...बता न?"

उसने एक रहस्यमयी मुद्रा में सिर उठाया, थोड़ा उसके पास खिसक आई फिर कान में फुसफुसाई—

"किसी से कहेगी तो नहीं?"

"कभी नहीं, क़सम ले लो।" कहते हुए उसने अपने दोनों कान पकड़ लिये।

"ठीक है तो सुन, मैं सोचती हूँ न...मैं सोचती हूँ न...कि जब मर्द स्खलित होने की कगार पे होता है तो वह उस समय दुनिया का सबसे बदसूरत इनसान दिखता है। कभी देखा है, उस क्षण उसका चेहरा कितना कुरूप हो उठता है, जैसे किसी खौलते पानी से उठती हुई भाप में बनती-बिगड़ती आकृतियाँ।"

"ओह शिट।" रीवा ने मधु का हाथ पकड़कर झिटक दिया।

"क्यूँ, जवाब दो। क्या ग़लत कह रही हूँ? दिल पे हाथ रखकर कहो, प्लीज़ कहो, जिससे मैं इस भँवर से निकल सकूँ कि क्या वास्तविकता है? वास्तव में ऐसा है या फिर मेरे दिमाग़ का फितूर मात्र ही है?"

"नहीं कह सकती।" मधु उठकर टहलने-सी लगी। अन्दर एक बेचैनी-सी भर गई जैसे। रीवा ने उठकर उसका हाथ तेज़ी से पकड़कर झिटक दिया—

"बताना होगा तुम्हें। जब पूछ ही लिया है।"

"उफ़!" मधु ने हाथ छुड़ाया और खिड़की से कहीं बाहर देखने लगी। फिर कहीं गहरे उतरती हुई बोली थी—

"सच कह रही हो।" आख़िर उसने हथियार डाल दिए।

"सच्च?" रीवा जैसे चहक पड़ी। दौड़कर उसे पीछे से बाँहों में भर लिया—

"मुझे पता था...मुझे पता था कि तुम्हें भी..." कहते-कहते उसने बात वहीं

छोड़ दी। फिर दोनों सोफ़े पर चुपचाप बैठ गईं। कुछ देर तक पूरे कमरे में सन्नाटा पसरा रहा। फिर मधु जैसे कुछ टटोलते हुए बोली—

"मैं तो उस समय हमेशा आँखें ही मूँदे रहती हूँ। उसका अलग ही सुख है। आँख मूँदकर ही उस नैसर्गिक आनन्द की अनुभूति की जा सकती है जैसे कि कुछ चीज़ें बन्द आँखों से बेहद सुखद लगती हैं। हाँ, एक बार किसी कस्टमर ने बहुत डूबकर कहा था, "प्लीज़...प्लीज़ ओपेन योर आई डियर...।" मैंने आँखें खोल दीं। क्षण भर को ही उसका दानवी चेहरा सहन कर पाई और घबरा के फिर से आँखें मूँद लीं। अगर आँखों को कुछ देर और खोले रहती तो शर्तिया उसे अलग कर देती, पर नहीं, ग्राहक भगवान होता है। उसकी लिजलिजी कुरूपता को झेलती गई। हालाँकि सामान्यतः वह सुन्दर है, किन्तु उस एक क्षण में लगा, उसकी कुरूपता का कोई सानी नहीं है।"

"ओह!"

"हाँ, अपनी इस मानसिकता को परखने के लिए मैंने कम-से-कम दो बार और ऐसे प्रयास किए कि कहीं मेरा भ्रम तो नहीं या ये बात केवल उसी के साथ तो नहीं, तो पता चला कि प्रायः ऐसा ही होता है। उस एक क्षण में कोई भी पुरुष दुनिया का सबसे बदसूरत प्राणी होता है। इसीलिए आँखें मूँद लेना ही विकल्प है।" तभी रेवती आ गई थी। दोनों की गम्भीर मुद्रा देख चहकती-सी बोली थी—

"क्या बात है? बड़ी गम्भीर मंत्रणा चल रही है?"

"कुछ नहीं।" मधु ने इग्नोर कर दिया। रेवती रीवा को देखने लगी तो रीवा मुँह बनाकर बोली—

"तू नहीं समझेगी।"

"क्या?" रेवती को झटका-सा लगा। अब वह कहाँ मानने वाली थी? कहाँ पीछा छोड़ेगी? भला ऐसी कौन-सी बात है जो वह समझ नहीं सकती? क्यूँ नहीं समझ सकती? उसने तो जीवन के तमाम उतार-चढ़ाव देखे हैं। बेहद भयावह तजुर्बों से गुज़री है वह। ख़ैर, वह पीछे ही लग गई तब मधु ने थोड़ा झिझकते हुए बताया था तो वह छनक उठी थी—"ओह दी ये बात! मैं तो कबसे सोच रही हूँ कि यह बात किससे कहूँ? किससे कही जा सकती है? कोई समझेगा भी या नहीं?"

"ओह!" रीवा और मधु के मुँह से एक साथ ही निकला।

लखनऊ जैसे नाज़ुक शहर का यह बाहरी कोना, जहाँ आबाद होता है ये मधुर इलाक़ा—बसेरा। बसेरा का मतलब हर प्रकार से निष्कासित महिलाओं का

एक डेरा। इसमें जवान और किशोरियाँ तो हैं ही, बच्चियाँ भी हैं जो जिस्मों के हुनर सीख रही हैं। अधेड़ और वृद्धाओं का ज़िम्मा है इन सबको सँभालना व सुरक्षा देना। इनके लिए मर्द, मर्द नहीं मात्र एक धेला भर ही है। जैसे वे अपनी आपस की बातों में पूछेंगी—

"धेले ने कितना दिया?" या "कित्ते का धेला था? धेला कैसा था, मस्त था या सड़ियल?" वग़ैरह-वग़ैरह। ज़िन्दगी की रोमानियत से दूर वे दैहिक बही-खातों का हिसाब-किताब करने में व्यस्त हैं। उन्हें अपनी देह की मुनासिब क़ीमत चाहिए और थोड़ा-सा आदर, बस। यही कहता है उनका आत्मसम्मान। पिछली बार एक 80 साला वृद्ध पुरुष आया। महापुरुष कह लो। उसे भी जिस्म की बेचैनी से छुटकारा चाहिए था। अल्पना मौसी ने बड़ी क़दर की उनकी। उन्हें लगा, मोटा असामी हाथ लगा है। था भी। उन्होंने ख़ूब उसको खिलाया-पिलाया। ख़ातिर-तवाज़ो की। फिर बहादुर से कहकर सभी लड़कियों को पुकार लगवाई। सभी लड़कियाँ भागी-भागी आईं और उस कामदेव के सामने एक क़तार में खड़ी हो गईं। एक-एक कर वह सभी लड़कियों पर नज़र फेरता रहा फिर। आँखों में शान्त सागर-सा गहरापन। चेहरे पे अजब-सा सोंधा भाव और अन्दर अनाम-सा शोर। अन्ततः वह धीरे-से बोला—

"अल्पनाबाई, ये लड़कियाँ नहीं, मजबूरियाँ हैं।" कहकर उसने कोट की जेब से एक नोट की गड्डी निकाली और पाँच-पाँच सौ का नोट एक-एक लड़की को पकड़ाता गया। फिर मुँह फेरकर चलता बना। वे सारी की सारी फटी आँखों से उसे तकती रह गईं जबकि सभी मन-ही-मन मना रही थीं कि ये खूसट हमारे हिस्से में न आए। रेवती ने सोच लिया था कि मेरे हिस्से में आएगा तो पूरे समय आँख बन्द किए रहेगी। ख़ैर, ऐसा हुआ नहीं। महाशय ने पहले ही हथियार डाल दिए। सबकी जान में जान आई। ऐसे कितने हादसात हुए। नतीजा यही निकलता कि आख़िर दैहिक ऋतुएँ भी यूँ ही व्यंजनाहीन नहीं होतीं। वे भी अपनी तरह के आलम्ब ढूँढ़ती हैं। अगर कहीं विवशता हो तो बात अलग है। एक पुराने नवाब भी गाहे-बगाहे आते रहते थे बसेरा में। उनकी वहाँ से गई हद तक आत्मीयता है। अल्पना मौसी का बहुत सम्मान करते हैं। उनके लिए सिर्फ़ अर्चना ही बनी है। आ के कुछ देर मौसी का अहलो अहवाल करेंगे। फिर एक घंटे के लिए अर्चना के साथ कमरे में बन्द, और जब ठीक एक घंटे बाद कमरा खुलता है तो आह...। अर्चना और नवाब साहब को देखकर मन झूम उठता है। ये ख़ुशी उनके अन्तस से भाप बन के निकलती है और पूरी फ़ज़ा में फैल जाती है, मगर इन सबमें रेशमा का अजब

ही मिज़ाज है। बहुत ही चूज़ी है। उसे कोई जल्दी भाता ही नहीं। जब तक सामने वाला मनमाफ़िक न हो, वह सहमति नहीं देती। पैसे, दौलत उसे आकर्षित नहीं करते। सबने उसे कितना समझाया कि वह सिर्फ़ पैसे से मतलब रखे, मगर रेशमा का एक ही जवाब—

"नहीं, फलाँ मुझे पसन्द नहीं। वह मुझे अच्छा नहीं लगता।" मगर एक हद के बाद सब चीज़ें बर्दाश्त से बाहर हो गईं। अल्पना मौसी बरसीं एक दिन—

"काहे नहीं मानतीं? जिस्म बसिया जाएगा धरे-धरे। कहीं-न-कहीं तो इसका इस्तेमाल होना ही चाहिए। डोली उठेगी न, तो बरात का इन्तज़ार काहे को करना? इससे बेहतर है कि इसे किसी बावले की पूजा में लगा दो। दस पैसे ही मिलेंगे। और नहीं तो अपना रास्ता लो। तुम्हें हम क्यूँ खिलाएँ-पिलाएँ और जिलाएँ? जा के कहीं और सिर फोड़ो।"

रेशमा के सारे नख़रे छू हो गए। अब उसे अपनी सही जगह का एहसास हुआ और तब पता चला कि वह मात्र एक देह है और देह के सिवा कुछ भी नहीं। आख़िर वह एक खोटा सिक्का ही सिद्ध हुई। जाने किस बात पे गुमान करके जी रही थी? कोई तो वक़्त नहीं उसकी। आख़िर उसने मन मसोसकर समझौता कर ही लिया और अल्पना मौसी को अपनी सहमति दे दी। सुन्दर साँवली रेशमा पर उस दिन मौसी बलि-बलि गईं। सारा सिंगार उसके मन का किया गया और नवाब रमज़ान को कहला भेजा गया, जिनकी एक ही ज़िद थी कि हमें साँवली वेड़ी ही चाहिए और अल्पना मौसी उसके विकल्प तलाश-तलाश के हलकान हो गई थीं। वह रमजान जैसा ग्राहक हाथ से जाने देना नहीं चाहती थीं। उन्हें पता था कि नवाब रमज़ान उनका घर दौलत से भर देगा, अगर वह उसका काम कर सकीं तो। ख़ैर वह दिन आख़िर आ ही गया। शहर के मारूफ़ ओ' मशहूर व्यवसायी रमज़ान फ़ौरन बसेरा पहुँचे। शाम का धुँधलका गहराने लगा था। परिन्दों की रोमानी चौं-चौं फ़ज़ा में रोमानी रंग घोल रही थी। बसेरा के ऊपरी हॉल में कुमकुमों की जगमग थी। भीतर हल्का धुआँ-सा कोहरा या दूधिया रौशनी कह लो। नवाब साहब ने बड़ी शोख़ी के साथ रेशमा की चुन्नी खींची। चुन्नी सरककर नीचे गिर गई। साँवला चाँद दमक उठा। नवाब ने चाँद को दोनों हथेलियों में भर लिया, होंठ काँपने लगे—

"माशाअल्लाह...मैं यूँ ही नहीं इस हूर की आस लगाए बैठा था। क्या नाम है तुम्हारा...?"

"शब-ए-ग़ज़ीदा सहर।"

"क्या...?" वह जैसे समझ न सके। "क्या कहा तुमने?"

"शब-ए-ग़ज़ीदा सहर।"

"ये तुम्हारा नाम है?"

"नहीं, मेरी पहचान।"

अचानक उनकी कँपकँपी ठंडी पड़ गई। हथेलियों से चेहरा सरक गया। होंठ और ज़्यादा काँपने लगे।

"नहीं, कभी नहीं...।" उन्होंने जेब से नोटों की कुछ गड्डियाँ निकालीं और उसकी तरफ़ बढ़ा दीं—

"जाओ, तुम्हें आज़ाद किया।" और सिगरेट बॉक्स से एक सिगरेट निकाल सुलगाई और अधलेटे हो गए। हॉल में धुओं के हल्के-हल्के बादल तैरने लगे थे, जिनके पीछे साँवला चाँद छुपता जा रहा था।

(देह-व्यापार में संलग्न कुछ युवतियों की आन्तरिक गुफ़्तगू पर आधारित)

आई लव यू जनम-जनम तक

सूनी, उबाऊ तप्त सड़क के किनारे खड़े बरगद के उस वयोवृद्ध वृक्ष की वो कमज़ोर, लचर, तनावग्रस्त डाली किसी शापित-आवारा परिन्दे की भाँति हमेशा हाँफती-काँपती,डोलती,काले अन्धड़ में हड़ड़-हड़ड़ झूलती और तूफ़ानों के तिहाड़ से हर वक़्त टकराती सालों से ग्रसित है। वह अपने ही वजूद से क्षुब्ध है, निराश है। अपनी ही एकान्तता से हताहत या किसी तोड़ की प्रतीक्षा में तपस्यारत।

प्रायः उस पर कोई भूला-भटका पंछी उड़ता हुआ आकर बैठता अवश्य है। तब क्षण भर को हर्षातिरेक और आनन्द से वह भर जाती है, किन्तु थोड़ा सहज होते ही वह पंछी भी फड़कते पंखों से ओझल हो जाता है, कहीं दूर क्षितिज के अन्तर में। तब वह सोचती भर रह जाती, इस नभचर से अपना मिलाप ही कब था? कहाँ वह नभगामी, कहाँ मैं बँधी-बँधाई वर्जनाओं और मान्यताओं से। मुझे टूट-टाट कर जीना-मरना है ज़रूर, पर बँधे ही रहना है अपने 'आत्म से' अपनी धूमिल नियति के साथ। इन्हीं हताशाओं से वह प्रायः परिलक्षित होते हुए अपनी ही अमिट वास्तविकताओं से दो-चार होती रही है। उसे याद आया, एक दफा अवश्य जागे थे उसके लिए लिखे हुए सृष्टा के अभिलेख।

चकोर आ पहुँचा था। शरद का हरकता मौसम। नारंगी, धानी फ़ज़ा में घुले हुए इन्द्रधनुषी रंग। रंगों से झरती हुई फ़िरोज़ी चाँदनी। आते ही चकोर ने समाँ बाँध दिया था। एक सुन्दर-सा घोंसला गढ़ डाला था। डाली मंत्रमुग्ध-सी देखती ही रह गई थी। वह मन-ही-मन बहुत आभारी हुई थी सृष्टा की, जिसने उसके एकान्तमय सन्नाटों को स्वप्निल फूलों से भर दिया। वह नभचर दिन-रात उसी शाखा पर फुदकता रहता। बदरंग, क्षीण शाखा उसका सान्निध्य-आलिंगन पाकर धन्य हुई थी। धीरे-धीरे वे सहगामी हो गए। अनन्त सहयात्री जैसे। दोनों प्रायः आपबीती, जगबीती कहते रहते, सुनते रहते, मन लग जाता। लम्हे अनायास ख़ुशनुमा हो उठे थे। अन्तस के उजाले जीवन्त और रौशनी में बहती ज़िन्दगी। पंछी अजीब-सा सुकून बख़्शतोष लिये

डाली की लचीली, खुरदरी बाँहों पर या ऐंगी-भैंगी उँगलियों पर छोटे-छोटे क़दमों से किसी नृत्य-मुद्रा में फुदकता रहता। कभी चोंच रगड़ता, कभी नन्ही-नन्ही उड़ानें भरते हुए गोल-गोल घूमता उसकी परिक्रमा करने लगता, जैसे किसी भावुक और शरारती प्रेमी की नन्ही-नन्ही शरारतें, जैसे अलस्सुबह बिखरे हुए लश्कारे। डाली स्नेहांकित मुस्कान लिये उसे बाँहों में भरे मोहिनी निगाहों से उसे भर-भर आँख तकती रहती। तकती ही रहती...।

दिन भर की झंझावातों से थका-हारा हुआ पंछी शाम को वापस आते ही उसकी बाँहों में पड़ रहता। डाली अपनी बाँहों का झूला झुलाते हुए उसे दिल से लगा लेती। फिर वे धीरे-धीरे एक-दूसरे से दिन भर की धूप-छाँह और सारे मंज़र कह डालते। पंछी उसे बताता कि वह कहाँ-कहाँ कितना-कितना भटका, कितना लड़खड़ाया... और तब कैसे उस डाली के 'होने' ने उसे सँभाल लिया। उसे सम्बल दिया। तब वह कितनी व्यग्रता से उसके पास पहुँच जाने को व्याकुल हो उठता जब परिस्थितियों की आँच में तपकर सुलगने लगता। कुछ ऐसी ही व्यग्रता लिये डाली भी उसकी प्रतीक्षा में तिनके तोड़ती रहती। उसके आने तक वह बड़ी ही बेसब्री से एक-एक दंश बटोरे रहती कि उसके आते ही वह अपना दिन भर का अवसाद उड़ेलकर हल्की हो जाएगी। दिन भर वह आँधी-तूफ़ान और कई तरह की जद्दोजहद सहती हुई वलवलों से जूझती, पंछी के नीड़ की रक्षा करती हुई अपना प्रेम-धर्म निबाहती रहती और तमाम झंझावातों से जूझती हुई पंछी के लिए स्वयं को सँजोए रहती। उसकी संवेदनाओं में ख़ुद को पिरोए रहती। दोनों ही एक-दूसरे के लिए जीने को संकल्पबद्ध। एक-दूसरे के लिए समर्पित। एक-दूसरे के लिए जीते हुए।

पंछी किसी दूर-दराज़ के जंगल से आया हुआ शरणार्थी था। जंगल सघन होने के कारण एक दिन गहरी तपिश के चलते वन में आग का अन्धड़ टूट पड़ा था। सूर्य की रश्मियों ने अपने भीतर क्या-क्या न समेट लिया था। सब मर-खप चुके थे। अवशेष तक न शेष थे। यह उस पंछी का भाग्य था जो वह हाँफते-काँपते भागते सुरक्षित बच निकला था। उजड़ी बिसूरती हुई डाली पर उतर आया। उतरा और राहत की साँस ली। आरम्भ में डाली उसे एवॉइड करती रही। कौन पाले परदेसियों का रोग, किन्तु पंछी ने जब वहीं बसने का निश्चय कर लिया तो डाली को एकबारगी विश्वास न हुआ। जब विश्वास हुआ तो वह खिल उठी। धीरे-धीरे सलाम-दुआ शुरू हुई। फिर घड़ी-दो घड़ी साथ उठना-बैठना और फिर दोनों को एक-दूसरे की आदत

पड़ गई। डाली तो उसके मोह में ऐसा बँध गई कि उसे ये भी क़ाबिल-ए-बर्दाश्त न था कि कोई अन्य परिन्दा उसकी कोंपलों को स्पर्श करके ही निकल जाए। किसी अन्य पंछी की हल्की-सी छुअन भी उसमें वितृष्णा-सी घोल जाती। पत्तियाँ एक विरक्ति से झनझना उठतीं। फिर वह देर तक उस नापाक और दंशित स्पर्श को अपने कोटर में से उलीचती रहती तब तक, जब तक कि उसका आत्मीय पाखी अपनी विमोहक बाँहों का हार लिये आ न जाता। उस नवागन्तुक ने उसे बेतरह बाँध लिया था शायद। उसके स्वप्निल आलिंगन डाली को कहाँ-कहाँ न घुमा लाते।

किन्तु पता नहीं क्या हुआ कि भस्म हो गए सब मौसम। वीरानियाँ झरने लगीं नभ से। उस दिन की प्रतीक्षा जैसे प्रतीक्षा ही रह गई। जब तमाम वक़्त तक उसकी प्रतीक्षा के तट से कोई आहट तक न गुज़री तो वह कटी शाखा की तरह झूल गई जैसे। पहरों बीत गए। हालाँकि वह आशंकित ज़रूर थी, किन्तु उस पंछी ने उसके मन में जो विश्वास के बीज रोपे थे, वही विश्वास उसे सँभाले था। वह पहरों-पहर दिगंत व्यापी आकाश में शून्यता निहारती रह जाती, किन्तु उस दुर्भेद्य क्षितिज पर ऐसी कोई हरारत नहीं थी जो उसका भय और दु:ख कम कर सकती। वह प्राय: उदास रहती। यादें भुलाए नहीं भूलतीं किन्तु भुलाए बिना रहा भी नहीं जा सकता। किन्तु प्रेम का धुआँ क़यामत तक उठा करता है। प्रेम की नदी सुखाए नहीं सूखती, शमा बुझाए नहीं बुझती।

हल्की-सी आहट पर वह चौंक पड़ती और इधर-उधर तकने लगती। स्मृति-चिन्हों पर दृष्टि जाती तो आँखें भीग आतीं। कभी मन को कोई आशंका डराती तो वह उसकी मंगल कामना करने बैठ जाती, परन्तु मन में जब कहीं अविश्वास घुमड़ने लगता तो वह बरबस काँप उठती। चकोर के घोंसले को बार-बार सहलाती और सीने से लगा लेती, किन्तु उसकी ये सारी संवेदनाएँ और चिन्ताएँ व्यर्थ थीं। वह लौटा ही नहीं। वह भीतर ही भीतर दरक गई। अब उस पे न कोई मौसम शेष थे, न ही बेल-बूटे। उसने अपने आप से सारी ख़ुशरंगियाँ नोचकर फेंक दी थीं। किन्तु कहाँ? कुछ ज़ख़्म ऐसे होते हैं जो मोह लेते हैं। मन नहीं मानता। वह हर बार यात्री-पंछियों से उसका अता-पता पूछती रहती, किन्तु कोई सुकूनबख़्श जवाब न पाकर वह बुझ जाती। मिलाप भले ही आदमी की जान ले ले, पर इन्तज़ार जिलाए रखता है। वह भी प्रतीक्षा की एक गहरी साध लिये बैठी रही, बैठी रही, बैठी ही रही।

एक रोज़ आफ़त की मारी मैना उधर से गुज़रती दिखाई दी। डाल की पुकार पर वह लौट पड़ी। ख़ैरसल्लाह के बाद बातों-बातों में डाली ने उसे बुलाने का अपना

असल मक़सद बताया और उसकी टोह लेनी चाही। जवाब में जो कुछ पता चला, उसे सुनकर उसको गहरा आघात लगा। मैना ने बताया कि जिसकी प्रतीक्षा में वह समाधिस्थ है, उसने किसी अन्य गुलमोहर के वृक्ष पर अपना बसेरा कर लिया है और काफ़ी दिनों से वहाँ व्यवस्थित है। आगे वह कुछ न सुन सकी। सुनने को शेष रहा ही क्या था? धुँधली आँखों में कोई अविस्मृत छाया लहराने लगी थी। वह सन्देशवाहिनी उड़ गई थी। डाली अपने में ही खोई रह गई। जान भी न पाई वह कब गई? ख़ैर, तब से वह उदास थी। ग्लानि और आत्मग्लानि की कई-कई परतें भीतर बिछती गईं। सूनी निगाहों से राहें देखती रहती। मन का नाता होता ही इतना विमोहक है। कोई दूसरा जँचता ही नहीं। पंछी-यात्री अब भी उस पर आकर बैठते हैं। थोड़ी-बहुत कहते-सुनते हैं। वह अब भी सबको पूरा सान्निध्य और सत्कार देती है, किन्तु किसी को अपने दिल पे दस्तक नहीं देने देती, न ही किसी से कोई अपेक्षा ही की। लेकिन जब भी किसी ने उसके सान्निध्य की आवश्यकता महसूस की, वह पूरी निष्ठा से समर्पित हो गई। हाँ, कभी उसका प्रतिदान नहीं चाहा। किसी से जुड़कर कोई आकांक्षा नहीं पाली। किन्तु एक प्रश्न जीवन भर सालता रहा कि इस प्रेम का उत्कर्ष क्या था? इस प्रेम की सार्थकता क्या थी या इस मरुवन में उसे कितना-कितना भटकना पड़ेगा? उसने तो कहा था—

"प्रेम जीवन के अन्तिम क्षणों तक क़ायम रहता है..." फिर क्या हुआ?

पूरे चाँद की रात थी। ज़मीन का कण-कण लश्कारे मार रहा था। फ़ज़ा में ओदा सा पन। तभी, रात के दूसरे पहर में चाँद को चीरता हुआ स्वर्ण-पत्तियों से मढ़ा हुआ एक पंछी तीर के वेग-सा उड़ता हुआ आया और डाली के सीने से चिपके घोंसले में आ के समा गया। सूनी, उबाऊ मृतप्राय: पड़ी अचम्भित-सी डाली हठात् झनझना उठी—

"ऐ-हे मैं ख़्वाब तो नहीं देख रही?"

"नहीं-नहीं, मैं तुम्हारा प्रेमी पाखी ही हूँ। जिस रोज़ मैं तुम्हारे पास नहीं लौट सका, मैं विवश था। किसी मानव के निशाने का शिकार हो चुका था। जीवित ही न था। आता कैसे?

"हाय! क्या मानव प्रेम नहीं करता, प्रिय?"

"नहीं, वह प्रेम नहीं करता। वह केवल प्रेम करने का उपक्रम करता है। मात्र छलता है।"

"ओह समझी।"

"मगर परमात्मा प्रेमी-मन को ख़ूब समझता है। मेरे प्रति तुम्हारी आसक्ति को देख उसने एक निर्णय लिया। उसने मुझे तुमसे मिलने का यह अवसर दिया है। मैं हर पूर्णिमा की रात को तुम्हारे पास आया करूँगा तब तक, जब तक कि मैं दूसरा जन्म नहीं ले लेता। तुम मेरा इन्तज़ार करना।" डाली जैसे हतप्रभ रह गई। ख़ुशी के मारे आँखें झरने लगीं। निगोड़ी मैना ने कैसा बहका दिया था, वह सोचने लगी। लेकिन जब तक वह कुछ बोलती कि देखा, सुनहरा पंछी उड़ गया और उड़ता हुआ चाँद में समा गया। वह मन-ही-मन एक आह्लाद से भर गई।